Edgar Allan Poe traf mit seinen schaurigen und unheimlichen Erzählungen, den gruseligen und albtraumhaften Geschichten schon immer den Nerv des lesenden Publikums. Wie kein zweiter verstand es Poe, die tiefsten Ängste in seinen Geschichten lebendig werden zu lassen. Dieser Band versammelt *Der Fall des Hauses Ascher*, *Das vorzeitige Begräbnis*, *Das verräterische Herz*, *Ligeia* und andere Geschichten, die Poe zum Urvater und einem der meistgelesenen und beliebtesten Autoren der Schauer- und phantastischen Literatur machten – in der grandiosen Übertragung von Arno Schmidt und Hans Wollschläger.

Edgar Allan Poe, am 19. Januar 1809 in Boston geboren, verfaßte schon früh Gedichte, ohne damit jedoch erfolgreich zu sein. Er begann für verschiedene Zeitschriften zu arbeiten, seine Rezensionen und Artikel machten ihn als Autor bekannt. Berühmt wurde er mit dem Gedicht *The Raven* (*Der Rabe*, 1845), seine Kurzgeschichten und Erzählungen zählen zu den Meisterwerken des Genres. Er starb am 7. Oktober 1849 unter ungeklärten Umständen.

insel taschenbuch 4531
Edgar Allan Poe
Horrorgeschichten

EDGAR ALLAN POE
HORRORGESCHICHTEN

DAS BESTE VOM MEISTER DES UNHEIMLICHEN
AUS DEM AMERIKANISCHEN VON
ARNO SCHMIDT UND HANS WOLLSCHLÄGER

INSEL VERLAG

Umschlagfoto: Viktor Kozers

5. Auflage 2020

Erste Auflage 2012
insel taschenbuch 4531
Originalausgabe
Für diese Ausgabe © Insel Verlag Berlin 2012
Für diese Übersetzung © Insel Verlag Frankfurt am Main
und Leipzig 2008
Alle Rechte vorbehalten, insbesondere das des
öffentlichen Vortrags sowie der Übertragung durch
Rundfunk und Fernsehen, auch einzelner Teile.
Kein Teil des Werkes darf in irgendeiner Form
(durch Fotografie, Mikrofilm oder andere Verfahren)
ohne schriftliche Genehmigung des Verlages reproduziert
oder unter Verwendung elektronischer Systeme verarbeitet,
vervielfältigt oder verbreitet werden.
Vertrieb durch den Suhrkamp Taschenbuch Verlag
Umschlag: bürosüd, München
Druck: CPI – Ebner & Spiegel, Ulm
Printed in Germany
ISBN 978-3-458-36231-9

INHALT

DER FALL DES HAUSES ASCHER 9
DAS VERRÄTERISCHE HERZ 39
LIGEIA 48
DIE MASKE DES ROTEN TODES 73
MANUSKRIPTFUND IN EINER FLASCHE 83
BERENICE 101
GRUBE UND PENDEL 115
DAS GEBINDE AMONTILLADO 140
DER SCHWARZE KATER 151
DAS VORZEITIGE BEGRÄBNIS 167
DAS OVALE PORTRÄT 190

ANMERKUNGEN 197

DER FALL DES HAUSES ASCHER

Sein Herz gleicht der hängenden Laute;
rührst Du sie nur an – sie erklingt.
Béranger, ‹Le Refus›

Einen geschlagenen Tag lang, starr, trüb, tonlos & tief im Herbste des Jahres, war ich allein, zu Pferde, unter dem bedrückend lastenden Wolkenhimmel, durch einen ungewöhnlich öden Strich Landes dahingeritten; und fand mich endlich, da die Schatten des Abends sich anschickten heraufzuziehen, angesichts des melancholischen Hauses Ascher. Ich weiß nicht, wie es geschah – aber beim ersten flüchtigen Anblick des Baues beschlich ein Gefühl unleidlicher Düsternis meinen Geist. Ich muß ‹unleidlich› sagen; denn der Eindruck wurde durch keine jener halb≈angenehmen, weil immerhin poetischen, Empfindungen gemildert, mit denen das Gemüt normalerweise selbst die ernstesten Naturbilder von Verlassenheit und Grauen akzeptiert. Ich blickte auf die Szene vor mir – das Gebäude selbst, und die kargen Linienzüge der zugehörigen liegenden Gründe – auf die unwirtlichen Mauern – die blicklosen Fensteraugen – ein paar geile Binsenbüschel – die wenigen bleichen Rümpfe verstorbener Bäume – und eine solche Verödung der Seele überkam mich, daß ich kein irdisches Gefühl passender damit vergleichen kann, als den Traumrückstand des Opiumsüchtigen – das bittere Abgleiten in Nüchternheit & Alltag – die scheulich≈schlimme Entschleierung. Etwas fein Eisiges stellte sich ein, vor dem das Herz sank und verelendete, eine durch nichts einzulösende Gedankentrübsal, die kein Anspornen der Fantasie zu etwas dem Erhabenen Ähnlichen

hin zwingen konnte. Was war es nur – und ich verhielt grübelnder – was machte mich eigentlich so wehrlos-nervös beim Betrachten dieses Hauses Ascher? Das Geheimnis blieb mir gänzlich undurchschaubar, und ebensowenig konnte ich des Schattenvolks an Grillen Herr werden, das sich um mich Spintisierenden her zu drängeln begann. Ich mußte mich schließlich mit dem unbefriedigenden Ergebnis bescheiden, daß es eben unzweifelhaft Kombinationen von ganz simplen Naturgebilden gibt, die die Macht haben, uns in der angedeuteten Art zu beeinflussen; obschon eine klare Begründung dieses Einflusses unsere analytischen Fähigkeiten übersteigt. Ich erwog, daß vielleicht schon eine bloße andere Gruppierung der einzelnen Gegenstände, der Bildbestandteile, hinreichen möchte, den trübseligen Eindruck der Szenerie zu mildern, oder ihn gar ganz aufzuheben – schon gab ich diesem Einfall nach, lenkte mein Roß an den abschüssigen Rand einer schlimmschwarzen Teichscheibe, die glänzend & faltenlos am Hause lag, und spähte hinabhinein – aber noch durchdringender als zuvor schüttelte mich Schauder, ob der abgeformten & verkehrten Spiegelgestalten des grauen Röhrichts, und der spukhaften Baumschäfte, und der blicklosen Fensteraugen.
Nichtsdestoweniger hatte ich mir vorgenommen, in eben diesem Herrensitz der Verfinsterung für ein paar Wochen meinen Aufenthalt zu nehmen; war doch sein Besitzer, Roderick Ascher, einer der besten Freunde meiner Knabenzeit gewesen, obschon viele Jahre seit unsrer letzten Zusammenkunft verstrichen waren. Vor kurzem jedoch hatte ein Brief mich, den in einem entfernten Teil des Landes Weilenden erreicht – ein Brief von ihm – dessen wild zudrängende Art eigentlich nur noch eine

mündliche Antwort zuließ. Schon die Handschrift zeugte einwandfrei von nervöser Reizbarkeit. Der Briefschreiber berichtete von akutem körperlichem Unwohlsein – von Unregelmäßigkeiten in geistiger Hinsicht, die ihn ängstigten – und endlich von dem dringenden Bedürfnis, mich, seinen besten & in der Tat einzigen persönlichen Freund, bei sich zu sehen; mit der ausgesprochenen Absicht, in meiner Gegenwart Aufheiterung und Linderung seiner Krankheit zu suchen. Die ganze Art, in der all das, und Vieles mehr noch, ausgedrückt war – der unverkennbare *Herzenston* seiner Bitte – war es gewesen, das mir zum Zögern nicht Raum ließ; und so hatte ich denn prompt dem gehorsamt, was ich allerdings auch jetzt noch als eine recht seltsame Zitation anzusehen geneigt war.

Obgleich wir als Jungen sogar sehr intime Gespielen gewesen waren, wußte ich in Wirklichkeit doch nur wenig von meinem Freunde. Seine Zurückhaltung war allzeit außerordentlich & wie angeboren gewesen. Immerhin war mir doch so viel bekannt, daß sich in seinem extrem alten Geschlecht seit undenklicher Zeit immer wieder eine fremdartig verfeinerte Seelenlage manifestiert, und ihren Ausdruck viele Menschenalter hindurch in zahlreich=überspannten Kunstgebilden gefunden, sich in neuerer Zeit jedoch zu wiederholten Malen in Akten einer wahrhaft fürstlichen aber verschwiegenen Wohltätigkeit kundgetan hatte, sowie in einer leidenschaftlichen Hingabe an die Musik, und zwar fast mehr an deren verwickelte wissenschaftliche Grundlagen, als an ihre allgemein anerkannten & leichtwahrnehmbaren Schönheiten. Auch war mir die, doch wohl anmerkenswerte Tatsache bekannt geworden, daß der Stamm der Ascher, so altehrwürdig er auch sein mochte, zu keiner Zeit einen lebensfähigen Seitenast hervorgetrieben hatte; mit anderen Worten, daß also, von ganz unbedeutenden & ephemeren Ausnahmen abgesehen, sämtliche Familienmitglieder grundsätzlich nur in direkter Linie voneinander abstammten. Das mußte es wohl auch sein, erwog ich, während ich in Gedanken den absoluten Einklang des Charakters der Baulichkeiten mit dem, den man ihren Bewohnern nachsagte, überschlug, und darüber nachsann, wie sich beide, im Lauf der Jahrhunderte, wechselwirkend beeinflußt haben mochten – dieser Mangel an Seitenlinien war es vermutlich, und die daraus folgende unabänderliche Übertragung von Besitz & Namen vom Vater auf den einzigen Sohn, die Beides schließlich so verschmolzen hatte, daß der ursprüngliche Name des Anwesens in der queren & doppelsinnigen Bezeichnung ‹Das Haus Ascher› aufgegangen war – eine Bezeichnung, die im Sprachschatz des Landvolks Beide, das Geschlecht & den Stammsitz, zu umfassen schien.

Ich habe schon erwähnt, daß der einzige Effekt meines etwas kindischen Experimentes – nämlich des Hinabgaffens in den Pfuhl – lediglich der gewesen war, den ursprünglichen befremdlichen Eindruck zu vertiefen. Zweifellos trug das Bewußtwerden des raschen Zunehmens meines Aberglaubens – denn warum sollte ich ihn nicht so definieren? – beträchtlich dazu bei, besagtes Zunehmen wiederum noch zu beschleunigen. Ist solches doch, wie ich längst weiß, das paradoxe Grundgesetz aller dunklen Empfindungen, deren Wurzel das Grausen ist; und lediglich aus diesem Grunde mag es gewesen sein, daß, als ich erneut den Blick vom Bild im Pfuhl zum Hause selbst erhob, eine ungewöhnliche Einbildung in mir zu kellerkeimen begann – eine wahrlich so

lachhafte Einbildung, daß ich sie überhaupt nur zum Zeugnis der Zwanghaftigkeit hierher setze, mit der diese Sinneseindrücke mich beklemmten. Hatte ich meine Fantasie doch tatsächlich derart übersteigert, daß ich allen Ernstes zu glauben anfing, um das ganze Haus & seine unmittelbare Umgebung herum, lagere eine sonderliche & nur ihm eigene Atmosfäre – ein Dunstkreis, gänzlich unverwandt der Himmelsluft; wohl aber den Baumleichen entquollen, und dem Mauergrau, und der schweigsamen Lache – ein pesthaftes & mystisches Gedämpf, trüb, schlaffhaft, kaum erkennbar & bleifarben.
Ich schüttelte energisch von mir ab, was nur bare Träumerei gewesen sein *konnte;* und prüfte den objektiven Anblick des Gebäudes nunmehr eingehend und nüchtern. Der erste & Haupteindruck schien der einer unmäßigen Veralterung zu sein; und der Lauf der Zeiten hatte ihm schier alle Farbe genommen. Zarter Mauerschwamm überzog das Äußere gänzlich, und hing als feines, verworrenes Gespinst von den Dachkrämpen; und trotzdem wurde durch all-dies nicht etwa der Eindruck außergewöhnlicher Baufälligkeit erweckt. Direkt eingestürzt war das Mauerwerk an keiner Stelle; aber irgendwie schien ein krasser Widerspruch zu walten, zwischen der immer noch untadelig lückenlosen Oberfläche, und der bröckeligen Beschaffenheit des Einzelsteines. Vieles hierin erinnerte mich unwillkürlich an die trügerische Gesundheit alten Holzwerks, das, von jedem äußern Luftzug ungestört, während langer Jahre in irgendeinem verlassenen Gewölbe verrottet ist; jedoch außer dieser 1 Andeutung auf weit vorgeschrittenen Verfall wies der Bau kaum Male beginnender Zerstörung auf. Vielleicht hätte das Auge eines besonders geschulten Betrachters noch einen kaum

wahrnehmbaren Riß entdeckt, der, unterm Dach der Frontseite beginnend, im Zickzack an der Mauer herunterlief, und sich schließlich in den widrigen Wassern des Teiches verlor.

Während solcher & ähnlicher Beobachtungen ritt ich, über einen kurzen Fahrdamm dahin, dem Hause zu. Ein aufwartender Groom übernahm mein Pferd; und ich betrat den gotisch gewölbten Bogengang zur Halle. Von hier aus führte mich ein schweigender Diener verstohlenen Schritts immer weiter, durch so manche dämmernde & verwinkelte Korridore, hin zum *Studio* seines Herrn. Mehreres, das mir auf diesem Wege begegnete, nährte wiedrum mehr, ich weiß nicht wie, die undefinierbaren Empfindungen, von denen ich schon einiges angedeutet habe. Während die Gegenstände um mich – das Schnitzwerk der Zimmerdecken; die gedunkelten Wandbehänge; die Ebenholzschwärze der Parkettböden; die fantastisch triumfierenden Waffenrosetten (die vor meinen Schritten leise zu klirren anhoben) und doch immerhin Dinge waren, die mir ebenso, oder zumindest ähnlich, von Kindesbeinen an bekannt waren – obgleich ich also gar nicht zögerte, mir ständig zu sagen, wie vertraut mir all dergleichen sei – dennoch wunderte ich mich immer wieder neu, welch ungewohnte Gefühle solch gängige Gebilde mir auf einmal erweckten. Auf einer der Treppenfluchten begegnete uns der Hausarzt – sein Gesicht trug, wie mich bedünkte, einen Ausdruck teils von niedriger Pfiffigkeit, teils schien es ratlos. Er grüßte mich irgendwie betreten, und eilte weiter. Dann öffnete der Diener aber auch schon Türflügel, meldete mich seinem Herrn, und ließ mich ein.

Der Raum, in dem ich mich fand, war überaus groß und hochgewölbt. Die Spitzbogenfenster waren lang &

schmal, und in so beträchtlicher Höhe über dem schwarzeichenen Parkettboden gelegen, daß sie von innen her praktisch unzugänglich sein mußten. Matte karminene Lichtschimmer kamen durch die vergitterten Scheiben, und ließen wenigstens die augenfälligeren Gegenstände ringsum leidlich erkennbar werden; aber in die entfernteren Winkel des Gemaches, oder das verschlungene Schnitzwerk der Deckenwölbungen zu dringen, versuchte der Blick vergebens. Die Wände waren mit gedunkelten Gobelins behangen und die ganze Einrichtung wirkte uraltväterisch & unbehaglich & überkraus & verschlissen. Viele Bücher lagen umher, und Musikinstrumente nicht minder; aber auch sie vermochten die Szene nicht im geringsten zu beleben. Beim bloßen Atmen erspürte ich Belastungen – ein Hauch von ernsthafter, tiefer, unaustilgbarer Schwermut umhüllte und durchdrang Alles.

Bei meinem Eintritt erhob sich Ascher von dem Sopha, auf dem er bisher lang ausgestreckt geruht hatte, und begrüßte mich so lebhaft & warm, daß es mir für den ersten Augenblick schier ein zu viel an übertriebener Artigkeit zu enthalten schien – zu viel der formelhaften Höflichkeit des ennuyierten Weltmannes. 1 Blick in sein Gesicht jedoch überzeugte mich von seiner völligen Aufrichtigkeit. Wir nahmen Platz; und einige Herzschläge lang, während deren auch er schwieg, starrte ich auf ihn, halb mitleidig, halb voll ehrerbietiger Scheu. Wahrlich; nie noch hatte sich Jemand in so kurzer Zeit so schrecklich verändert, wie Roderick Ascher hier! Nur mit Mühe konnte ich mich dazu überreden, daß dies welke Wesen vor mir identisch sein solle, mit dem Gespielen meiner frühen Knabenjahre. Zwar das Gepräge seines Kopfes war schon immer eindrucksvoll gewesen – die Leichenblässe der Haut; ein Auge, groß, feucht & von unvergleichlicher Leuchtkraft; Lippen, zwar schmal & sehr bläßlich, aber von unsäglich schönem Schwung; eine Nase von edelstem hebräischem Schnitt, obschon von einer, bei solchen Formen ungewöhnlichen Breite der Nüstern; ein delikat modelliertes, aber so wenig vorspringendes Kinn, daß es einen Mangel an Willenskraft besprach; dazu ein Haar von gespinsthafter Weiche & Feinheit – all das waren Züge, die, im Verein mit einer übermäßigen Ausdehnung der Stirn von Schläfe zu Schläfe, ein Antlitz ergaben, das man so leicht nicht vergaß. Zur Zeit allerdings hatte die bloße Übersteigerung des eigentümlichen Charakters all dieser Einzelzüge, gekoppelt mit der Ausdrucksfülle, die wie eh & je von ihnen ausging, eine solche Summe an Verändertheit ergeben, daß mir Zweifel kommen wollten, zu Wem ich eigentlich hier spräche. Vor allem waren es die itzt geisterhafte Blässe der Haut, und der nunmehr unirdische Glanz des Auges, die mich frappierten, ja mit Ehrfurcht schlugen. Auch das seidige Haar hatte ungehindert wuchern dürfen; und wie es jetzt, als wilde sommerfädige Webe sein Antlitz mehr umflutete als umrahmte, konnte ich dessen arabesken Ausdruck selbst beim besten Willen nicht mehr mit dem hergebrachten Bilde der Species Mensch vereinbaren.

Im Gebaren meines Freundes fiel mir sogleich etwas Sprunghaftes Unbeständiges auf; und ich erkannte auch bald daß dies von einer nicht abreißenwollenden Reihe schwächlicher & flüchtiger Anläufe seinerseits herrührte, ein habituelles Zittern zu unterdrücken – eine übergroße nervöse Erregtheit. Auf etwas der Art war ich übrigens gefaßt gewesen; nicht minder des erwähn-

ten Briefes halber, als auch in Erinnerung an gewisse Wesenszüge schon des Knaben, und aufgrund von theoretischen Folgerungen aus seiner ganzen eigentümlichen Körper- und Geistesbeschaffenheit. Seine Gebärdung war abwechselnd lebhaft und lahm. Die Stimme konnte unversehens umschlagen; sie schwankte zwischen einem unentschlossenen Beben, wenn die Lebensgeister völlig abwesend schienen und einer ganz spezifischen gedrungenen Energie – jener abrupten, wuchtigen, uneiligen, hohlgewölbten Formung aller Laute – dieser bleiern austarierten, völlig gaumig modulierten Sprechweise, wie man sie beim Gewohnheitstrinker antrifft, oder auch dem unheilbaren Opiumesser in den Stadien konzentriertester Euphorie.
In solcher Art also sprach er nun von Sinn & Zweck meines Besuches, von seinem sehnlichen Wunsch, mich zu sehen, und der wohltätigen Wirkung, die er sich davon erhoffe. Auch ließ er sich mit einer gewissen Ausführlichkeit auf das ein, was er als die vermutliche Natur seines Leidens ansah. Es handelte sich, wie er sagte, um ein konstitutionell bedingtes, ein Familienübel, eines, für das ein Heilmittel zu finden er verzweifelte – übrigens eine bloße Nervenangelegenheit, fügte er sofort hinzu, die zweifelsohne bald vorübergehen werde. Sie äußere sich in einem ganzen Schwarm unnatürlicher Empfindnisse, von denen einige, über die er sich näher ausließ, mich beträchtlich interessierten & befremdeten; obwohl vermutlich seine Wahl der Worte, und überhaupt die ganze Art der Berichterstattung so mächtig wirkten. Er litt schwer unter einer krankhaften Verfeinerung der Sinne; nur die fadesten Speisen waren eben noch erträglich; er konnte nur noch Gewänder aus ganz bestimmten Stoffen tragen; jegliche Art Blumen-

duft wirkte bedrückend; selbst schwaches Licht marterte seine Augen; und es gab nur ganz spezielle Sorten von Klängen und auch die lediglich von Saiteninstrumenten, die ihn nicht mit Entsetzen erfüllten.
Geradezu sklavisch unterworfen aber fand ich ihn i anormalen Schrecken. «Ich vergehe,» sagte er, «ich *muß* zugrunde gehen an dieser unseligen Torheit; so – so & nicht anders, werde ich verkommen: ich fürchte alles künftige Geschehen; fürchte es nicht als solches, aber in seinen weiter wuchernden Folgen. Mir graut vor dem bloßen Gedanken an jedes, und sei es das trivialste Ereignis, das in diesem unerträglichen seelischen Erregungszustand jetzt auf mich einwirken könnte. Ich fürchte wahrlich nicht ‹Die Gefahr› an sich – wohl aber ihre letzte Auswirkung, das Grauen. Und in diesem wehrlosen – diesem erbarmungswürdigen Zustand – fühle ich, daß früher oder später der Zeitpunkt eintreten muß, wo ich Verstand & Leben zugleich einbüßen werde, in irgend einem Ringkampf mit dem grimmen Schattenwesen FURCHT!»
Zwischendurch, aus abgerissenen und wie vermummten Andeutungen, erfuhr ich von einem weiteren kennzeichnenden Zug seiner Geistesverfassung: es verfolgten ihn abergläubische Vorstellungen hinsichtlich des Gebäudekomplexes, den er bewohnte, und den er, seit so manchem Jahre, nicht mehr zu verlassen gewagt hatte – einer möglichen Einwirkung halber, von deren selbsterdachter Macht er in allzu schattenhaften Ausdrücken sprach, als daß ich sie hier verständlich wiedergeben könnte – einer Einwirkung, die bestimmte Eigentümlichkeiten der bloßen Gestalt & des Materials seines Stammhauses, infolge zu langer Duldung, über seinen Geist erlangt hätten – eine Herrschaft, die das rein

Körperhafte der grauen Mauern & Zinnen, zumal in Kombination mit dem Teichgedunste, in das sie alle hinabstarrten, schließlich eben doch über seine *Seelenlage* hätten an sich reißen können.
Er gestand freilich, wenn auch unter Zögern, ein, daß Vieles von diesen ihn so peinigend heimsuchenden Verdüsterungen, sich auch auf eine natürlichere & wesentlich handfestere Ursache zurückführen lasse – nämlich auf die ernstliche & langwierige Erkrankung – ja, die ersichtlich nahe bevorstehende Auflösung – einer zärtlich geliebten Schwester – seiner alleinigen Gefährtin seit vielen Jahren – seiner letzten & einzigen Verwandten hier auf Erden. «Ihr Ableben,» sagte er, mit einer Bitterkeit, die ich nie vergessen kann, «würde ihn (ihn den hoffnungslos Zerbrechlichen!) als Letzten des alten Stammes der Ascher zurücklassen.» Noch indem er diese Worte sprach, schritt Lady Madeline (denn so, erfuhr ich, war ihr Name) langsam durch den Hintergrund des Gemaches, und schwand vorüber, ohne meine Anwesenheit bemerkt zu haben. Ich betrachtete sie mit äußerstem Befremden, das nicht frei von Furcht war – und doch wäre es mir nicht möglich gewesen, dies mein Gefühlsgemisch zu begründen. Jedenfalls legte es sich wie Erstarrung an mich, während mein Auge ihrem entschwindenden Schreiten folgte. Als dann, nach langer Zeit endlich, eine Tür hinter ihr ins Schloß fiel, suchte mein Blick unwillkürlich & eifrig die Züge des Bruders – Der jedoch hatte sein Gesicht in den Händen vergraben, und ich gewahrte nur das: wie eine noch weit ungewöhnlichere Blässe die abgezehrten Finger überzogen hatte, und manche heiße Träne hindurch perlte.
Das Leiden der Lady Madeline hatte schon seit langem

der Kunst ihrer Ärzte gespottet. Eine tiefwurzelnde Apathie, allmählich fortschreitende Abzehrung, und häufige, obschon vorübergehende Anfälle von teilweise starrkrampfähnlichem Charakter – so lautete die ungewöhnliche Diagnose. Bisher war sie standhaft gegen die Krankheit angegangen, und hatte sich mit nichten von ihr endgültig ans Bett fesseln lassen; aber just am Tage meines Eintreffens hier im Hause, bei Einbruch der Dunkelheit, unterlag sie, (wie ihr Bruder mir zur Nacht unter unsäglichen Erregungen mitteilte), der gliederlösenden Macht des Zerstörers; und ich mußte zur Kenntnis nehmen, daß jener mir flüchtig gewährte Anblick ihrer Gestalt wahrscheinlich auch der letzte sein – daß mein Auge die Lady, zumindest als Lebende, nicht mehr erschauen würde.

In den anschließenden Tagen erwähnten jedoch weder Ascher noch ich ihres Namens mehr; und ich ließ mir während dieser Zeit ernstlich angelegen sein, die Schwermut meines Freundes zu lindern. Wir lasen und malten zusammen; oder ich lauschte auch, wie im Traume, den wilden Improvisationen, wenn er seiner Guitarre die Zunge löste. Und nun, da eine enger & immer enger sich gestaltende Vertraulichkeit mir die Klüfte seines Inneren stets rückhaltloser erschloß, erkannte ich umso schmerzlicher, wie unzulänglich alle Bemühungen ausfallen mußten, eine Seele aufzuheitern, aus welcher wirklich & wirksam gewordene Dunkelheit über alle Objekte seines geistigen & physischen Universums flutete, in einer einzigen nicht endenwollenden Schwarzen Strahlung.

Immer werde ich das Gedenken der langen feierlichen Stunden mit mir herum tragen, die ich dergestalt allein mit dem Herrn & Meister des Hauses Ascher verbrachte. Und doch würde mir jeglicher Versuch fehlschlagen, eine exakte Vorstellung von dem Charakter unserer Studien, beziehungsweise Beschäftigungen zu vermitteln, zu denen er mich verleitete, beziehungsweise in die er mich verwickelte. Eine übersteigerte und hochgradig exzentrische Vergeistertheit warf ihren schwefligen Glanz über Alles. Seine langen improvisierten Totenklagen werden mir immerdar in den Ohren klingen. Auch hält mein Gedächtnis, unter anderem, eine eigentümliche Umkehrung & Paraphrase der wilden Klänge von v. Weber's Letztem Walzer schier schmerzhaft deutlich fest. Von den Malereien, in denen seine überzüchtete Imagination sich emanierte, die, Strich um Strich, in immer neue Unbetretbarkeiten hinein wuchsen, und die mich umso mehr erschauern machten, als ich das Warum dieses So nicht wußte – von diesen Gemälden also (so lebhaft sie mir auch im Augenblick vor Augen stehen) würde ich vergeblich mehr als nur eine ganz kleine Anzahl zu verdeutlichen suchen, deren Thema möglicherweise noch im Ausdrucksbereich des geschriebenen Wortes liegt. Vermittelst der äußersten Vereinfachung, wie auch der absoluten Unverhülltheit der Absicht, verschüchterte & faszinierte er gleichzeitig den Nachempfindenden – wenn je ein Sterblicher Ideen gemalt hat, so war dies Roderick Ascher. Mich zumindest haben – in der damaligen Lage & Umgebung – die reinen Gegenstandslosigkeiten, die der Hypochonder auf seine Leinwände zu bannen verstand, mit einer unbeschreiblich tiefen Ehrerbietung erfüllt, wie ich sie später, etwa bei Betrachtung der, zugegeben auch glühenden, aber doch allzu handfesten Träumereien Fuseli's, auch nicht annähernd ähnlich empfunden habe.

Einer der phantasmagorischen Entwürfe meines Freundes, der nicht ganz so rigoros vom Geiste der Abstraktion durchtränkt war, mag, obgleich unzulänglich, durch Worte hier anzudeuten versucht werden. Das kleinformatige Bild zeigte das Innere eines unermeßlich langen Gewölbes oder Tunnels von rechteckigem Querschnitt, mit niederen Seitenwänden, glattweiß, und durch nichts, durch keinerlei grafisches Element, aufgelockert. Gewisse Einzelheiten der Zeichnung weckten & beförderten den Eindruck, daß sich dieser Höhlengang in großen Tiefen, weit unter der Oberfläche der Erde, befinden müsse. Ein Ausweg aus ihm war nirgendwo, in seiner ganzen Erstreckung nicht, zu entdecken; auch keine Fackel oder andere künstliche Lichtquelle wahrnehmbar; und dennoch war er von hellstem Gestrahle durchflutet, das das Ganze in einen geisterhaft widersinnigen Glanz tauchte.

Ich habe zuvor schon von der krankhaften Empfindlichkeit der Gehörnerven des Leidenden gesprochen, die ihm jegliche Musik, mit Ausnahme bestimmter Klangfolgen aus Saiteninstrumenten, unerträglich machte. Vielleicht war es eben diese selbstgewählte Beschränkung nur auf die Guitarre allein, was seinem Vortrag so überwiegend fantastischen Charakter verlieh; aber die flackernde Leichtigkeit der *Impromptus* konnte daraus allein schwerlich erklärt werden. Töne & Worte seiner wilden Fantasieen (denn nicht selten begleitete er sein Spiel aus dem Stegreif mit Reimen) können nur das Ergebnis jener intensiven geistigen Gesammeltheit & Konzentration gewesen sein, deren ich vorhin, als nur den seltenen Augenblicken höchster, künstlich herbeigeführter Euphorie eigen, gedacht habe. Der Wortlaut einer dieser Rhapsodien blieb mir besonders im

Gedächtnis haften. Vielleicht war ihr Eindruck, so wie er sie vortrug, auf mich umso nachhaltiger, weil ich mir einbildete, daß eine unverkennbare Unterströmung an Doppelsinnigkeit, mir, und zwar zum ersten Male, sichtbar werden ließ, wie bewußt doch Ascher selbst seine efische Vernunft auf ihrem Throne wanken fühlte. Die Strophen, ‹Das Geisterschloß› überschrieben, lauteten fast genau (wenn nicht gar wörtlich) wie folgt:

I

In dem grünsten unsrer Täler,
guter Engel stete Rast,
hob sein Haupt – schön, ohne Fehler –
einst ein stattlicher Palast.
Wo Fürst Geist befiehlt den Dingen,
ragte er!
Nie noch schirmten Seraphs≠Schwingen
ein Gebild' nur halb so hehr.

II

Stolze Banner wogten golden,
fluteten vom Dache frei;
(dies – all dies – war in der holden
Zeit, lang vorbei).
Da kosten Melodieen helle
die süße Luft,
die längs des Federschmucks der Wälle
hinauszog, ein beschwingter Duft.

III

Wandrer sahn vom Pfad im Haine,
durch zwei Fenster, dort im Saal
Geister musisch gehn, wie eine
Laute klingend es befahl;
rund um einen Thron, wo prächtig
(porphyrogen!)
geschmückt nach seinem Range mächtig,
der Herr des Reiches war zu sehn.

IV

Von Perlen und Rubinen glutend
war des Palastes Tor,
und stets kam flutend, flutend, flutend
daraus ein Schimmerchor
von Echos, deren süße Pflichten,
in Näh' und Fern
mit Zauberstimmen zu berichten
von Witz und Weisheit ihres Herrn.

V

Doch schlimm Gezücht, Gewandt wie Sorgen,
befiel den hohen Fürsten dann –
(Ach, laßt uns klagen; denn kein Morgen
bricht dem Verzweifelten mehr an!).
Das hohe Haus, die goldnen Tage,
das Blütenrot,
sind nur noch trüb-verschollne Sage,
die Zeit ist lang schon tot.

VI

Und wer nun reist auf jenen Wegen,
sieht durch der Fenster rot Geglüh
Gebilde sich fantastisch regen
zu einer schrillen Melodie;
und durch das fahle Tor stürzt schwellend
ein Spukhauf her,
auf & davon – sie lachen gellend –
doch lächeln nimmermehr.

Ich erinnere mich noch sehr wohl, daß uns diese Ballade auf Gedankengänge brachte, in deren Verfolg sich eine weitere Überzeugung Aschers kund tat, die ich noch nicht einmal so sehr ihrer Neuheit halber erwähne – denn Andere haben früher bereits ähnlich gedacht – als vielmehr um der Hartnäckigkeit willen, mit der er sie verfocht. Besagte Ansicht spricht, in ihrer allgemeinen Fassung, von einer Beseeltheit der gesamten Pflanzenwelt. In Aschers abwegiger Einbildungskraft aber hatte die Hypothese verwegeneren Charakter angenommen, insofern als sie, unter bestimmten Bedingungen, sogar in die Bereiche des Anorganischen übergriff. Mit Worten vermag ich weder die ganze Ausdehnung dieses Glaubens, noch seine ernstliche Verhaftetheit daran wiederzugeben; jedoch hing er, (wie früher schon angedeutet), mit den graulichen Steinen des Hauses seiner Vorväter zusammen. In diesem speziellen Fall waren, seiner Angabe nach, die Voraussetzungen für eine Beseeltheit durch die Methode der Übereinanderschichtung dieser Steine erfüllt worden – sowohl durch die Art ihrer Anordnung, als auch infolge des unmäßigen Mauerschwamms, der sie überzogen hatte – weiterhin durch die toten Bäume, wie sie hier umherstanden – vor allem aber durch das lange, ungestörte Nebeneinanderbelassen all dieser Dinge; sowie ihre zusätzliche Verdoppelung in den reglosen Wassern des großen Pfuhls. Der Beweis, – Beweis, wohlgemerkt, für die Tatsache der Beseeltheit! – sei unschwer erkennbar, sagte er, (und an dieser Stelle fuhr ich nun doch auf), in der langsamen aber sicheren Bildung eines eigenen Dunstkreises über den Wassern & um das Gemäuer herum. Die Folgen ließen sich, wie er hinzusetzte, jenem schleichenden aber unabwendbaren & fürchterlichen Einfluß entnehmen, der seit Jahrhunderten schon die Geschicke seines Geschlechtes gelenkt, und nunmehr auch ihn zu dem umgebildet habe, was er geworden sei – was ich vor Augen sähe. Derlei Ansichten bedürfen keines Kommentars, und ich gedenke auch keinen zu geben.

Unsere Bücher – Bücher, die seit Jahren keine geringe Rolle im geistigen Haushalt des Kränkelnden gespielt hatten – standen, wie man sich unschwer wird vorstellen können, in genauem Einklang mit diesem Grundton an Phantastik. Gemeinsam vertieften wir uns in Werke wie den ‹Vert-Vert› oder die ‹Chartreuse› von Gresset; den ‹Belphegor› Machiavellis; ‹Himmel & Hölle› von Swedenborg; ‹Die unterirdische Reise des Nikolas Klim› von Holberg; die diversen Chiromantien von Robert Fludd, Jean d'Indaginé und De la Chambre; Tieck's ‹Reise ins Blaue hinein›; und den ‹Sonnenstaat› Campanellas. Ein Lieblingsbuch war eine Ausgabe in Klein-Oktav des ‹*Directorium Inquisitorum*›, verfaßt von dem Dominikaner Eymeric de Gironne; und im Pomponius Mela gab es Stellen, über die alten Satyrn und Aegipane Afrikas, über denen Ascher sitzen und träumen konnte, stundenlang. Sein allerhöchstes

Entzücken jedoch fand er beim Durchlesen eines äußerst raren und merkwürdigen gotischen Quartbandes – dem Manuale einer längst vergessenen Glaubensgemeinschaft – den ‹*Vigiliae Mortuorum secundum Chorum Ecclesiae Maguntinae*›.
Ich mußte, ob ich wollte oder nicht, sofort an das schwärmerische Ritual dieses Werkes, sowie seinen sehr möglichen Einfluß auf den Hypochonder denken, als er mir, eines Abends, nach der abrupten Mitteilung, daß Lady Madeline nicht mehr sei, seine Absicht eröffnete, ihren Leichnam vierzehn Tage lang (bis zur endgültigen Beisetzung also) in einem der zahlreichen Gewölbe innerhalb der Hauptmauern des Hauses aufzubahren. Dennoch war auch die rein äußerliche Begründung, die er für ein so eigenartiges Vorgehen anführte, von der Art, daß ich mich nicht berechtigt fühlte, sie zu diskutieren. Der Bruder war (so teilte er mir mit) in Anbetracht des ungewöhnlichen Krankheitscharakters der Abgeschiedenen, und gewisser verdächtig=zudringlicher Erkundigungen seitens der sie behandelnden Ärzte, zu solchem Entschluß bewogen worden; wozu noch die Abgelegenheit & Ungeschütztheit des eigentlichen Familienfriedhofes hinzukam. Ich will auch nicht leugnen, daß – wenn ich mir so die sinistre Visage des Menschen vergegenwärtigte, dem ich damals, am Tag meiner Ankunft im Hause, auf der Treppe begegnet war – ich wirklich keinerlei Lust verspürte, mich dem zu widersetzen, was ich höchstens als eine gänzlich harmlose & keinesfalls unnatürliche Vorsichtsmaßnahme ansah.
Auf Aschers Ansuchen hin, war ich ihm sogar eigenhändig bei Durchführung dieser vorläufigen Bestattung behülflich. Nachdem der Körper eingesargt worden war, trugen wir Zwei allein ihn an seine Ruhestätte.

Das Gewölbe, in dem wir ihn niedersetzten, (und das so lange nicht geöffnet worden war, daß unsre in der Stickluft fast verlöschenden Fackeln uns kaum die nächste Umgebung erkennen ließen), war klein, dumpfig, ohne jegliche Öffnung, die dem Licht Zutritt gewährt hätte; und lag in großer Tiefe genau unter jenem Teil des Gebäudes, in dem sich mein Schlafzimmer befand. Offensichtlich war es, in den vergangenen Zeiten des Faustrechts, als Burgverließ übelster Sorte benützt worden; in späteren Tagen dann anscheinend als Lagerungsort für Pulver oder andere hochfeuergefährliche Stoffe; denn ein Teil des Fußbodens war, ebenso wie das ganze Innere des langen Tunnelganges, durch den wir hereingekommen waren, sorgfältig mit Kupfer ausgekleidet. Auch die Tür aus massivem Eisen war gleichermaßen geschützt – ihr ungeheuerliches Gewicht erzeugte, wie sie sich in ihren Angeln wälzte, ein ungewöhnlich durchdringendes Knarren und Kreischen.
Nachdem wir unsere traurige Bürde an diesem Ort des Grauens auf Böcke abgestellt hatten, hoben wir den noch unzugeschraubten Deckel des Sarges ein Stück zur Seite, und betrachteten das Antlitz der Bewohnerin. Eine frappierende Ähnlichkeit zwischen Bruder und Schwester fiel mir als Erstes auf; und Ascher, der vermutlich meine Gedanken erraten mochte, murmelte ein paar Worte des Sinnes: daß die Verstorbene & er Zwillinge gewesen seien, und stets die innigste, schier unbegreifliche Seelengemeinschaft zwischen ihnen gewaltet habe. Unsere Blicke verweilten allerdings nicht lange auf der Toten – vermochten wir sie doch nicht ohne scheue Ehrfurcht zu betrachten. Das Leiden, das die Lady dergestalt in der Blüte ihrer Jugend aufs Totenbett hinstreckte, hatte – wie alle diese Krankheiten mit

ausgeprägt kataleptischem Charakter – auf Busen und Antlitz eine zarte Röte zurückgelassen, die wie Hohn wirkte; und um die Lippen jenes lässige verhaltene Lächeln, das bei Toten so grauenhaft ist. Wir legten den Deckel wieder auf und befestigten ihn; verwahrten die Tür aus Eisen; und suchten dann mühsam unsern Weg in die kaum minder düsteren Gemächer im oberen Teile des Hauses.
Und nun, nachdem ein paar Tage bitteren Grames verflossen waren, trat eine merkliche Änderung im Charakter der seelischen Erkrankung meines Freundes ein. Sein bisher mir gewohntes Benehmen war verschwunden; seine gewohnten Beschäftigungen wurden vernachlässigt oder waren ganz vergessen. Mit hastigem, ungleichem und ziellosem Schritt streifte er von Zimmer zu Zimmer. Die Blässe seines Teints hatte womöglich eine noch geisterhaftere Tönung angenommen – die Leuchtkraft des Auges jedoch war gänzlich erloschen. Die vordem zuweilen hörbare Aufgerauhtheit der Stimme war dahin; dafür kennzeichnete sie nunmehr ein anhaltend hohes Tremulieren, wie etwa unter äußerster Schreckeinwirkung. Es gab tatsächlich manchmal Augenblicke, wo ich dachte, sein ständig aufgeregter Geist arbeite sich mit irgendeinem drückenden Geheimnis ab, und er ringe unaufhörlich nach dem erforderlichen Mut, sich dessen durch Aussprechen zu entlasten. Zu andern Zeiten wieder war ich genötigt, all das für die bloßen unberechenbaren Launen der Wahnhaftigkeit zu halten; sah ich ihn doch buchstäblich Stunden hintereinander mit der Miene angespanntester Aufmerksamkeit ins Leere starren, wie wenn er irgend eingebildeten Geräuschen zuhöre. Kein Wunder, daß sein Zustand mich entsetzte – ja, langsam ansteckte.

Ich fühlte deutlich, wie mir schrittweise aber nur allzugewiß, seine ebenso phantastischen wie suggestiven Wahngebilde immer näher auf den Leib rückten.
Absonderlich erfuhr ich die ganze Macht solcher Vorstellungen, als ich mich am siebten oder achten Tage, nachdem wir Lady Madeline in das Burgverließ geschafft hatten, spät in der Nacht zur Ruhe zu begeben im Begriff stand. Kein Schlaf nahte meinem Lager – während Stunde um Stunde verrann. Ich versuchte, die Nervosität, die sich meiner bemächtigt hatte, gewaltsam wegzudenken. Ich nahm mir fest vor, zu glauben, daß das Meiste, wenn nicht gar Alles von dem was ich empfand, lediglich auf Rechnung des verwirrenden Einflusses der bedrückenden Zimmereinrichtung hier zu setzen sei – etwa der dunklen & zerschlissenen Draperien, die, vom Atem eines aufziehenden Unwetters bis zur Regsamkeit gequält, sich unstet an den Wänden bewegten, und ruhelos am Schnitzwerk der Bettstatt raschelten. Aber meine Bemühungen blieben fruchtlos. Ein ununterdrückbares Zittern bemächtigte sich stufenweise meines ganzen Körpers, und zuletzt hockte mir die allergrundloseste Angst wie ein Alp auf der Brust. Ich schüttelte ihn endlich keuchend & gewaltsam von mir; richtete mich in den Kissen auf, und lauschte, während ich angespannt in die dichte Finsternis des Gemaches spähte – warum weiß ich nicht; aber irgendein Instinkt zwang mich dazu – auf gewisse leise & undefinierbare Geräusche, die in längeren Abständen, sobald der Sturm etwas abflaute, an mein Ohr drangen – woher, wußt' ich nicht. Von einem unerträglichen Gefühl, durchdringenden obschon unerklärlichen Grauens übermannt, warf ich hastig meine Kleider um, (fühlte ich doch, daß ich diese Nacht sowieso ohne Schlaf

bleiben würde); und versuchte dann ernstlich, mich aus dem kläglichen Zustand, in den ich verfallen war, dadurch zu ermannen, daß ich rasch im Gemach auf & nieder ging.

Ich hatte erst ganz wenige Male die Kehre hin & her gemacht, als ein leichter Schritt auf der angrenzenden Treppe mich aufhorchen ließ – ich erkannte ihn sofort als den Ascher's. Unmittelbar darauf klopfte er auch schon, sehr sacht, an meine Tür; und trat dann ein, eine Lampe in der Hand. Sein Gesicht war, wie gewöhnlich, leichenbleich – aber diesmal schillerte es in seinen Augen, wie eine Art irrer Fröhlichkeit – etwas wie gewaltsam zurückgehaltene *Hysterie* sprach sich in seinem ganzen Benehmen aus. Sein Gehaben erschreckte mich – aber schließlich war ja Alles meiner so lang & mühsam erduldeten Einsamkeit vorzuziehen, und ich begrüßte sein Erscheinen deshalb sogar mit einem Gefühl der Erleichterung.

«Und Du hast es nicht gesehen?», fragte er unvermittelt, nachdem er einige Augenblicke schweigend um sich in die Runde gestarrt hatte – «Du hast es also noch nicht gesehen? – Aber warte nur! gleich –». Mit diesen Worten hastete er, nicht ohne zuvor sorglich seine Lampe abgedunkelt zu haben, an eines der Fenster, und stieß die Flügel auf, mitten in den Sturm hinein –:

–: die rasende Wut der Böe hätte uns beinah zu Boden geworfen! Es war unleugbar eine rechte Windnacht, und herrlich fremdartig dazu, voller Schrecknis & Schönheit. Ein Wirbelsturm mußte allem Anschein nach in der Nachbarschaft toben; denn die Windrichtung änderte sich oft & ungestüm; und selbst die seltene Schwere des Gewölks, (von einem Tiefgang, daß es schier die Zinnen des Hauses erdrückte), verhinderte uns nicht daran, die Geschwindigkeit wahrzunehmen, mit der es von allen Seiten wie lebendig aufeinander einjagte, ohne daß es sich jedoch wiederum zu zerstreuen schien. Ich habe gesagt, daß wir all dies trotz der außergewöhnlichen Schwere des Gewölks erkennen konnten – obgleich weder Mond noch Sterne sichtbar waren, noch Blitzähnliches zuckte, oder das Wetter leuchtete. Aber die bauchigen unteren Flächen der riesig wogenden Dunstmassen erglommen, ebenso wie sämtliche irdischen Gegenstände unsrer allernächsten Umgebung, in dem unnatürlichen Eigenlicht einer schwächlich fosforeszierenden aber deutlich sichtbaren gasigen Ausdünstung, die das Haus umlungerte, und wie ein Mantel einhüllte.

«Du sollst – Du darfst Dir das nicht ansehen!», sagte ich erschaudernd zu Ascher, indem ich ihn, mit sanfter Gewalt, vom Fenster fort und zu einem Sitz hinzog. «Bei diesen Erscheinungen, die Dich so verstören, handelt es sich lediglich um, gar nicht einmal so seltene, elektrische Fänomene – oder meinetwegen mögen auch die schädlichen Miasmen des Teichs an dem ganzen Spuk schuld sein. Laß uns das Fenster einfach zumachen; – die Luft ist erkältend, und schädlich für Dich. Hier hab' ich einen Deiner Lieblingsromane – ich lese vor, und Du hörst zu – und so wollen wir diese gruselige Nacht zusammen herumbringen, ja?»

Der altfränkische Band, den ich zur Hand genommen hatte, war der ‹Tristoll› des Sir Launcelot Canning; aber ich hatte ihn mehr in kümmerlichem Scherz denn im Ernst als Lieblingsbuch Aschers bezeichnet, findet sich doch in all seiner ungefügen & fantasiearmen Weitschweifigkeit wahrlich nur wenig des Anziehenden für

so ätherische & vergeistigte Idealitäten, wie die meines Freundes. Immerhin war es als einziges Buch just zur Hand; und ich nährte eine schwache Hoffnung, daß die Erregung, die jetzt in dem Hypochonder arbeitete, sich vielleicht gerade durch das Übermaß an Narretei lösen könnte, das ich ihm vortragen würde; (denn die Geschichte der Geisteskrankheiten ist schließlich voll von ähnlichen Widersinnigkeiten). Hätte ich nur nach dem Eindruck wilder überanstrengter Munterkeit urteilen dürfen, mit der er den Worten der Erzählung lauschte, beziehungsweise anscheinend lauschte, dann allerdings hätte ich mich zu dem Erfolg meines Kunstgriffs sehr wohl beglückwünschen können.
Ich war bei jener wohlbekannten Stelle des Buches angelangt, wo Ethelred, der Held des ‹Tristoll›, nachdem er im guten vergebens versucht hat, Zutritt zu der Klause des Eremiten gewährt zu erhalten, nunmehr dazu übergeht, sich den Einlaß gewaltsam zu erzwingen. Wie man sich erinnern wird, heißt es im Text ab hier wörtlich also:
«Und Ethelred, der von Natur mannhaften Herzens war, und dazu durch die Tüchtigkeit des Weins, den er getrunken, machtvoll ganz & gar, versäumte sich nicht länger in Verhandlungen mit dem Eremiten, der, traun, eigensinnig war, ja von boshafter Denkart durch & durch; vielmehr, da er den Regen auf seinen Schultern fühlte und das aufziehende Wetter scheute, hob er unverzüglich den Streitkolben, machte, nicht unhurtigen Schlages, Raum in den Türbohlen für seine beerzte Hand, und nun zog er so derbe, und ruckte & splitterte & riß auseinander, daß das Krachen des dürren & hohl= berstenden Holzes im ganzen Forst schollerte & widerschallte.»

Nach Beendigung dieses Satzes fuhr ich auf, und hielt einen Herzschlag lang inne; schien es mir doch (obschon ich sofort folgerte, daß meine aufgepeitschte Fantasie mich gefoppt haben müsse) – dennoch schien es mir, wie wenn aus irgend einem, sehr entlegenen, Teil des Gebäudes undeutlich etwas an mein Ohr gedrungen wäre, was in seiner völligen Ähnlichkeit geradezu ein Echo (wennschon freilich ein ersticktes & dumpfes) eben jenes splitternden & berstenden Getöses hätte sein können, das Sir Launcelot so sonderlich beschreibt. Zweifellos war es dies zeitliche Zusammentreffen allein, das mich derart hatte aufhorchen machen; denn inmitten all des Gerappels der Fensterrahmen, untermischt mit den normal-undefinierbaren Geräuschen des immer noch zunehmenden Sturmes, hatte der Ton selbst gewißlich nichts an sich gehabt, was mich hätte besonders ablenken oder verstören können. Ich fuhr also in der Geschichte fort:

«Da aber der wack're Degen Ethelred nunmehr in die Türe trat, war er empfindlich erstaunt & erzürnt zugleich, keine Spur mehr des tückischen Einsiedels zu finden; wohl aber an seiner Statt einen Drachen, schuppigen & greulichen Gebarens und feuriger Zunge, der vor einem goldnen Pallast mit silbernem Estrich die Wacht hielt, und an der Wand dort hing ein Schild aus schimmerndem Erz, mit dieser Legende darauf eingegraben –

‹Allhier trete ein nur ein Sieger allein;
erschlägt er den Drachen, der Schild wird dann sein.›

Und Ethelred hob neuerlich seinen Kolben und schmetterte ihn auf das Haupt des Drachen, der darob vor ihm zusammenbrach, und seinen pestigen Atem verhauchte,

in einem abscheulich= & rauhen Schrei, und der überdem noch so durchdringend war, daß Ethelred sich am liebsten hätte die Ohren mit den Händen verhalten mögen, gegen das fürchterliche Getön, dergleichen niemals zuvor erhört worden ist, an keinem Ort.»
Hier hielt ich plötzlich wiedrum inne, und diesmal mit einem Gefühl wilder Bestürztheit – denn es bestand keinerlei Zweifel mehr, daß ich in eben diesem Augenblick tatsächlich einen gedämpften und anscheinend fernen Ton vernommen hatte (obgleich ich in Betreff der Richtung, aus der er kam, nicht die geringste Angabe hätte machen können); aber rauh war er gewesen, auch langgezogen, und nicht minder ganz ungewöhnlich krächzend & knarrend – haargenau so, wie meine Einbildung mir das unnatürliche Drachengekreisch, von dem der alte Romanschreiber berichtet, heraufbeschworen hatte.
Verstört, wie ich infolge des Eintretens dieses zweiten & überaus erstaunlichen Zusammentreffens zugestandenermaßen war, und bestürmt von tausend widerstreitenden Empfindungen, unter denen Verwunderung & höchster Schreck vorherrschten, bewahrte ich doch immer noch Geistesgegenwart genug, um durch keinerlei diesbezügliche Bemerkung die nervöse Empfindlichkeit meines Gefährten zu steigern. Ich war mir keineswegs darüber sicher, ob auch er die betreffenden Geräusche vernommen hätte; obgleich während der letzten paar Minuten fraglos eine seltsame Veränderung in seinem Gehaben eingetreten war. Ursprünglich in einer Stellung, mir gerade gegenüber, hatte er nach & nach seinen Stuhl so herumgedreht, daß er nunmehr mit dem Gesicht zur Zimmertür hin saß; wovon die Folge war, daß ich seine Züge nur zum Teil noch wahr-

nehmen, wohl aber erkennen konnte, wie seine Lippen bebten, als murmele er Unhörbares. Der Kopf war ihm auf die Brust gesunken – aber 1 flüchtiger Blick auf das weit & starr offen stehende Auge in seinem Profil, verriet mir, daß er mit nichten schlafe. Auch die Bewegung seines Leibes stand in genugsamem Widerspruch mit solcher Möglichkeit – denn er wiegte sich mit sanftem, aber anhaltendem & gleichförmigem Schwunge hin & her. Nachdem ich all dies blitzgeschwind zur Kenntnis genommen hatte, setzte ich den Bericht Sir Launcelots aufs neue fort, und las:

«Und nunmehr, da der Recke der furchtbaren Wut des Drachen entronnen war, und des ehernen Schildes gedachte und der darüber verhängten Bezauberung, die er lösen wollte, räumte er den Leichnam aus seinem Wege, und schritt kühn über das silberne Pflaster des Schlosses fürder, dahin, wo der Schild an der Mauer hing – der, wahrlich, wartete nicht, bis der Held völlig heran war; sondern fiel zu seinen Füßen nieder, auf den Silberestrich, mit mächtig großem & erschrecklich hallendem Gedröhn.»

Kaum waren diese Worte über meine Lippen gekommen, da – als sei in diesem Augenblick tatsächlich ein erzener Schild auf einen silbernen Estrich niedergestürzt – vernahm ich deutlich einen hohlen, metallisch klangvollen, obschon offenbar gedämpften Widerhall. Völlig verstört sprang ich auf; Ascher jedoch ließ sich in seiner gemessen schaukelnden Bewegung nicht stören. Ich stürzte zum Stuhl hin, auf dem er saß. Die Augen starrten ihm gradeaus, und in seinem ganzen Gesicht regierte steinerne Starrheit. Aber als ich ihm jetzt die Hand auf die Schulter legte, durchrann ein heftiger Schauder seine Gestalt; ein kränkliches Lächeln vibrier-

te um seine Lippen; und ich sah ihn, als ahne er meine Anwesenheit nicht, halblaut hastig überstürzt vor sich hin plappern – da ich mich tiefer über ihn beugte, faßte ich endlich auch die gräßliche Bedeutung seiner Worte: «Ich nicht hören? – ja, ich hör' es, und *hab*' es gehört. Lang – lang – lange – viel Minuten, viele Stunden, viele Tage lang hab' ich's gehört – doch ich wagte nicht – oh mir, ich elender Wicht, der ich bin! – ich wagte nicht – *wagte* es nicht, zu reden!: *Wir haben sie lebend in die Gruft gesenkt!* Sagte ich nicht, meine Sinne seien scharf? So wisse nun, daß ich ihre ersten schwachen Regungen im hohlen Sarge hörte. Sie hörte – viele, viele Tage sind's – doch ich wagt' nicht – *ich wagt' nicht zu sprechen!* Aber heute – zur Nacht – ‹Ethelred›: haha! – da barst des Einsiedels Tür, und da kreischte der Drache im Tod, und der Schild erdröhnte!? – sag' lieber gleich: da zerriß der Sarg, und die Kerkertür schrie aus eisernen Angeln, und sie müht' sich heran durch den kupfernen Gang des Gewölbes! Oh, wohin soll' ich fliehn? Wird sie nicht binnen kurzem hier sein? Eilt sie nicht schon, mir meine Überstürzung vorzuwerfen? War das nicht ihr Schritt auf den Stufen? Vernehm' ich nicht schon den schweren, den schrecklichen Schlag ihres Herzens? – TOLLMANN!», hier sprang er rasend hoch, und kreischte seine Silben heraus, als gebe er in der Anstrengung seinen Geist auf – «TOLLMANN! ICH SAGE DIR, DASS SIE IN DIESEM AUGENBLICK VOR DER TÜR STEHT!»
Wie wenn durch die übermenschliche Energie seines Aufschreis Geistergewalt entbunden worden sei – so öffnete das schwere alte Türgetäfel, auf das der Sprecher deutete, ungesäumt seine gewichtigen, ebenhölzernen Kiefer. Wohl war es nur die Wucht der tosenden Bö – aber da draußen vor der Tür STAND die hohe verhüllte

Gestalt der Lady Madeline von Ascher. Blut war auf ihren weißen Gewanden, und Spuren verzweifelter Anstrengung überall entlängs des abgezehrten Leibes. Einen Herzschlag lang verharrte sie zitternd auf der Schwelle und schwankte und taumelte hin und her. Dann, mit einem leise stöhnenden Schrei, schlug sie nach vorn, an den Körper ihres Bruders, und riß ihn, in ihrem heftigen und nunmehr endgültigen Todeskampf mit sich zu Boden – auch er eine Leiche, ein Opfer des Grauens, wie er es ahnend vorweggenommen hatte.

Aus dem Gemach und aus diesem Hause floh ich wie gehetzt! Der Sturm ging noch immer um in all seiner Wut, als ich mich auf dem alten Fahrdamm wieder fand. Plötzlich schoß Wildlicht grell über meinen Weg, und ich fuhr herum, um zu sehen, von wo solch seltsamer Schimmer ausgehen könne; waren doch hinter mir einzig das Haus & seine weitläufigen Schatten. Die Strahlung entstammte dem blutrot seinem Untergang zusinkenden Vollmond, der nunmehr satt durch jenen kaum sichtbaren Riß schimmerte, welcher, wie eingangs erwähnt, im Zickzackzug vom Dach des Gebäudes bis hinab zur Grundmauer verlief. Während ich noch so hinstarrte, klaffte der Riß rapid weiter auf – rasend fauchte ein Windstoß heran – der volle Kreis des Satelliten brach auf einmal hervor – mir schwindelte der Kopf, als die Mauern wie Vorhänge auseinander flogen – da erscholl ein langes tumultuarisches Gegröhl, wie die Stimme von tausend Wassern – und der unergründliche klamme Pfuhl zu meinen Füßen schloß sich mürrisch & schweigend über den Trümmern des HAUSES ASCHER.

DAS VERRÄTERISCHE HERZ

Wahrhaftig! – reizbar – sehr, fürchterlich reizbar warn meine Nerven gewesen, und sie sind es noch; doch warum meinen Sie, ich sei verrückt? Das Leiden hat meine Sinne geschärft – und keineswegs zerrüttet oder abgestumpft. Schier unvergleichlich scharf war mein Gehörssinn. Ich hörte alle Dinge im Himmel und auf Erden. Ich hörte viele Dinge in der Hölle. Wie? – bin ich darum verrückt? Geben Sie acht! und merken Sie auf, wie grundgesund – wie ruhig ich Ihnen die ganze Geschichte erzählen kann.

Wie der Gedanke zum erstenmal in mein Hirn drang, läßt sich unmöglich sagen; doch nachdem ich ihn einmal gefaßt, verfolgte er mich ständig Tag und Nacht. Ein Zweck war nicht dabei. Auch keine Leidenschaft. Ich mochte den alten Mann gern. Er hatte mir niemals Unbill zugefügt. Er hatte mich nie beleidigt. Nach seinem Geld gelüstete mich's nicht. Ich denke, es war sein Auge! ja, das war's! Er hatte das Auge eines Geiers – ein blaßblaues Auge mit einem Häutchen darüber. Sooft dessen Blick auf mich fiel, überlief es mich kalt; und so kam ich denn nach und nach – ganz langsam und allmählich – zu dem Entschlusse, dem alten Mann das Leben zu nehmen und somit des Auges auf immer ledig zu werden.

Hier liegt nun der springende Punkt. Sie meinen, ich sei verrückt. Verrückte sind Wirrköpfe. Nun, da hätten Sie aber einmal *mich* sehen sollen! Sie hätten sehen sollen, wie klug ich vorging – mit welcher Vorsicht – mit welch weiser Voraussicht – mit welcher Verstellung ich zu Werke ging! Nie war ich freundlicher zu dem alten Manne denn während der einen ganzen Woche, eh' ich ihn mordete. Und jede Nacht, um Mitternacht, drückt' ich die Klinke seiner Türe nieder und öffnete sie – oh, so sanft! Und wenn ich sie dann so weit geöffnet, daß mein Kopf hindurchpaßte, steckte ich eine Blendlaterne hinein – die ganz dicht geschlossen war, so daß kein Schein nach außen dringen konnte – und dann den Kopf hinterher. Oh, wenn Sie gesehen hätten, wie listig ich das anfing, – Sie hätten lachen müssen! Ich bewegte ihn ganz langsam – ganz, ganz langsam – um ja den alten Mann nicht im Schlafe zu stören. Es kostete mich eine Stunde, bis ich den Kopf zur Gänze so weit durch die Öffnung gebracht hatte, daß ich den Alten sehen konnte, wie er auf seinem Bette lag. Ha! – wäre wohl ein Verrückter so klüglich verfahren? Und dann, wenn ich den Kopf so recht im Raume hatte, blendete ich behutsam die Laterne auf – oh, so behutsam – behutsam (denn die Scharniere knarrten) blendete ich sie grad so weit auf, daß ein einziger dünner Strahl auf das Geierauge fiel. Und dieses tat ich sieben lange Nächte lang – stets just um Mitternacht – doch immer fand ich das Auge geschlossen; und so war es unmöglich, zu Werke zu gehen; denn es war ja nicht der alte Mann, der mich quälte, es war sein Böses Auge, war sein Böser Blick. Und jeden Morgen, wenn der Tag dann anbrach, ging ich kühn in seine Kammer und unterhielt mich dreist mit ihm, indem ich ihn in herzlichem Tone beim Namen nannte und mich erkundigte, wie er die Nacht verbracht habe. Sie sehen also – er wäre schon ein sehr schlauer alter Mann gewesen, hätte er geargwöhnt, daß ich in jeder Nacht, genau um zwölf, geschlichen kam, um ihn im Schlaf zu betrachten.

In der achten Nacht war ich beim Öffnen der Türe noch vorsichtiger als gewöhnlich. Der Minutenzeiger einer

Uhr bewegt sich geschwinder, denn ich es tat. Niemals vor dieser Nacht noch hatte ich das Ausmaß meiner eignen Kräfte und meines Scharfsinns so tief empfunden. Kaum vermochte ich meinen Triumphgefühlen zu gebieten. Zu denken, daß ich hier war und langsam, Stück um Stückchen, die Türe öffnete – und daß er nicht einmal im Traume etwas von meinen heimlichen Taten und Gedanken ahnte! Ich mußte förmlich kichern bei dieser Vorstellung; und vielleicht hörte er mich; denn ganz plötzlich bewegte er sich auf dem Bette, als habe ihn etwas aufschrecken lassen. Nun denken Sie wohl, ich hätte mich zurückgezogen – aber keineswegs! In seinem Zimmer herrschte eine Finsternis von dichter Pechesschwärze (denn die Läden waren fest geschlossen, aus Furcht vor Einbrechern), und so wußte ich, daß er's nicht sehen konnte, wenn die Tür sich öffnete, und fuhr denn also fort, sie weiter, immer weiter aufzuschieben.

Ich hatte den Kopf schon drinnen und war eben dabei, die Laterne zu öffnen, da glitt mein Daumen auf dem blechernen Riegel ab, und der alte Mann fuhr im Bette hoch und schrie – «Wer ist dort?»

Ich blieb ganz still und gab keine Antwort. Eine geschlagene Stunde lang bewegte ich keinen Muskel, und während dieser ganzen Zeit hörte ich nicht, daß er sich wieder legte. Er saß noch immer aufrecht in seinem Bett und lauschte; – grad so wie ich es, Nacht um Nacht, getan, das Klopfen der Totenuhren in der Wand zu behorchen.

Jetzt vernahm ich ein leichtes Stöhnen, und ich wußte, es war ein Stöhnen tödlichen Entsetzens. Es war kein Laut des Schmerzes oder Kummers – oh, nein! – es war der leise erstickte Laut, der vom Grunde der Seele sich löst, wenn übermächtiges Grauen auf ihr lastet. Ich kannte diesen Laut nur allzu gut. So manche Nacht schon, grad um Mitternacht, wenn alle Welt schlief, ist er im eignen Busen mir heraufgestiegen und hat mit seinem fürchterlichen Echo die Schrecken noch vertieft, die mich verstörten. Ich sage, ich kannte ihn gut. Ich wußte, was der alte Mann empfand, und eigentlich tat er mir leid, wiewohl in meinem Herzen ein Kichern saß. Ich wußte, daß er wachgelegen hatte – seit jenem ersten leise-leichten Geräusch, mit dem er sich im Bett herumgedreht. Und unablässig seither war die Angst in ihm gewachsen. Er hatte sich vorzustellen versucht, daß sie grundlos sei, doch war's ihm nicht gelungen. «Es ist nichts denn der Wind im Kamine», hatte er sich zugeredet, «es ist nur eine Maus, die über den Boden läuft» oder «es ist bloß ein Heimchen, das einen einzigen Zirper getan hat». Ja, mit derlei Mutmaßungen hatte er sich zu trösten versucht: doch war das alles vergeblich gewesen. *Vergeblich* alles: denn der Tod war zu ihm getreten und vor ihm hergeschritten und hatte mit seinem schwarzen Schatten das Opfer eingehüllt. Und es war die Trauerwirkung dieses unsichtbaren Schattens, welche ihn die Anwesenheit meines Kopfes in der Kammer *empfinden* ließ, obschon er sie weder sah noch hörte.

Nachdem ich lange Zeit in aller Geduld gewartet, ohne zu vernehmen, daß er sich niederlegte, beschloß ich, die Laterne um einen kleinen – um einen ganz, ganz kleinen Spalt zu öffnen. Ich tat's – und Sie können sich nicht vorstellen, wie – *wie* verstohlen und leise – bis schließlich ein einziger trüber Strahl, dünn wie ein Spinnwebfaden, aus der Ritze schoß und voll auf das Geierauge fiel.

Es war offen – weit, weit offen – und Wut überkam mich, da ich darauf starrte. Ich sah es mit vollendeter Deutlichkeit – das häßliche bläßliche Blau – mit der scheußlichen Häutchenhülle darüber, deren Anblick mich bis ins Mark der Knochen frösteln ließ; doch von Gesicht oder Gestalt des alten Mannes vermochte ich weiters nichts zu erblicken: denn ganz wie instinktiv hatte ich den Strahl genau auf jenen verfluchten Fleck gerichtet. Und habe ich Ihnen nicht gesagt, daß was Sie fälschlich für Verrücktheit nehmen, nichts ist denn eine Überschärfe der Sinne? – jetzt, sag' ich, jetzt drang mir zu Ohr ein leiser, dumpfer, hastiger Pochlaut, wie eine Uhr ihn hören läßt, wenn man sie in Kattun gewickelt hat. Ich kannte auch *diesen* Laut sehr gut. Es war das Herz des alten Mannes, das da schlug. Es steigerte meine Wut, wie Trommelschlag den Mut des Soldaten aufspornt.
Aber selbst jetzt noch hielt ich an mich und blieb still. Ich atmete kaum. Die Laterne bewegte sich nicht. Ich versuchte, wie unverrückbar still ich den Strahl auf das Auge gerichtet halten konnte. Derweilen wuchs das höllische Getrommel des Herzens immer mehr. Es wurde rascher und rascher in jedem Augenblick und lauter und immer lauter. Des alten Mannes Entsetzen muß schier ohne Maß gewesen sein! Lauter, so sagte ich, pocht' es, lauter in jedem Moment! – hören Sie auch gut zu? Ich sagte Ihnen doch, daß meine Nerven reizbar sind: das sind sie. Und nun, um die Mittstunde der Nacht, von der furchtbaren Stille jenes alten Hauses umlauert, erregte mich dies sonderbare Geräusch bis zu unbezähmlichem Entsetzen. Doch abermals noch hielt ich minutenlang an mich und stand regungslos. Aber das Schlagen ward lauter, lauter! Ich dachte, das

Herz müßte mir zerspringen. Und nun packte mich eine neue Sorge – ein Nachbar könnte das laute Pochen hören! Die Stunde des alten Mannes war gekommen! Mit einem Gellschrei riß ich die Laterne auf und sprang ins Zimmer. Er kreischte – einmal – doch nur einmal noch. Im Augenblick hatte ich ihn auf den Boden gezerrt und das schwere Deckbett über ihn geworfen. Dann lächelte ich fröhlich, daß die Tat so weit getan war. Minutenlang noch freilich schlug das Herz mit dumpf gedämpftem Pochen weiter. Doch störte das mich nicht; durch die Wand hindurch würde man es nicht hören. Endlich dann setzte es aus. Der alte Mann war tot. Ich zog das Bett zurück und untersuchte den Leichnam. Ja, er war tot, mausetot. Ich legte die Hand auf sein Herz und ließ sie mehrere Minuten lang darauf ruhen. Kein Pulsschlag war zu spüren. Er war mausetot. Sein Auge würde mich nie mehr plagen.

Sollten Sie noch immer der Ansicht sein, ich sei verrückt, so werden Sie sofort anders denken, wenn ich Ihnen die raffinierten Vorsichtsmaßnahmen beschreibe, die ich nun ergriff, die Leiche zu verbergen. Die Nacht schritt voran, und ich arbeitete hastig, doch in aller Stille. Zuerst zerlegte ich den Leichnam. Ich schnitt den Kopf herab sowie die Arme und Beine.

Dann hob ich drei Bohlen im Fußboden der Kammer auf und deponierte alles zwischen den Verbundstücken. Darauf brachte ich die Bretter so geschickt, so fachkundig wieder an ihre Stelle, daß kein menschliches Auge – nicht einmal *seines* – etwas Unrechtes daran hätte entdecken können. Es gab nichts wegzuwaschen – kein Fleckchen – keinerlei Blutspur. Dazu war ich denn doch zu schlau gewesen. Ein Zuber hatte alles derartige aufgenommen – ha! ha!

Als ich diese Arbeiten zu Ende gebracht hatte, war es vier Uhr – und noch so finster wie um Mitternacht. Als die Glocke eben die Stunde schlug, ertönte ein Klopfen von der Haustür herauf. Ich ging mit leichtem Herzen hinunter, zu öffnen – denn was hatte ich *nun* noch zu fürchten? Drei Männer traten ein, die sich mit vollendeter Liebenswürdigkeit als Beamte der Polizei vorstellten. Ein Schrei sei während der Nacht von einem Nachbarn vernommen worden; er habe Verdacht geschöpft, es könne da etwas faul sein; so sei denn Anzeige erstattet worden auf dem Polizeibüro, und sie (die Beamten) habe man abgeordnet, der Sache an Ort und Stelle nachzugehen.

Ich lächelte – denn *was* hatte ich wohl zu fürchten? Ich bat die Herren herein. Der Schrei, so sagte ich, sei mir selber im Traume entfahren. Der alte Mann, erwähnte ich, sei auf das Land gereist. Ich führte meine Besucher durch das ganze Haus. Ich bat sie, doch zu suchen – recht genau zu suchen. Ich zeigte ihnen schließlich *seine* Kammer. Ich wies ihnen seine Schätze – sicher, unversehrt. Im Vollgefühle meines Selbstvertrauens holte ich Stühle ins Zimmer und drängte sie, doch *hier* von ihren Mühen auszuruhen, indessen ich selber im wilden Rausch meines vollkommenen Triumphes meinen eigenen Stuhl genau auf die Stelle rückte, darunter die Leiche des Opfers ruhte.

Die Beamten waren zufrieden. Mein *Verhalten* hatte sie überzeugt. Ich fühlte mich bei blendender Laune. Sie nahmen Platz, und während ich heiter und gelassen antwortete, schwatzten sie über alle möglichen Alltäglichkeiten. Doch gar nicht lange, so spürte ich, wie ich bleich ward, und wünschte sie fort. Mein Kopf schmerzte, und in den Ohren glaubte ich ein Klingen zu hören: doch sie saßen fest und schwatzten weiter. Das Klingen ward deutlicher: – es dauerte an und ward immer deutlicher: ich redete munterer kreuz und quer, um das Gefühl loszuwerden: doch es dauerte an und gewann Entschiedenheit – bis ich denn schließlich merkte: das Geräusch war *nicht* in meinen Ohren!

Zweifellos wurde ich nun überaus bleich; – doch flüssiger noch plauderte ich dahin und mit erhobener Stimme. Doch das Geräusch nahm zu – was konnt' ich nur tun? Es war ein *leiser, dumpfer, hastiger Pochlaut, wie eine Uhr ihn hören läßt, wenn man sie in Kattun gewickelt hat!* Ich rang nach Atem – und doch vernahmen's die Beamten nicht. Ich redete geschwinder – vehement; doch das Geräusch nahm immer weiter zu. Ich sprang vom Stuhle auf und disputierte über Nichtigkeiten, in hochgestochenem Ton und hitzigen Gebärden; doch das Geräusch nahm immer weiter zu. Warum nur wollten sie nicht gehen? Ich ging mit schweren Schritten auf und ab, wie wenn die Bemerkungen der Männer mich in Wut gebracht hätten – doch das Geräusch nahm immer weiter zu. Oh Gott! was *konnte* ich tun? Ich schäumte – ich tobte – ich fluchte! Ich schwang den Stuhl in die Höhe, auf dem ich gesessen hatte, und schmetterte ihn krachend auf die Bretter, doch das Geräusch nahm zu und übertönte alles. Es wurde lauter – lauter – wurde immer lauter! Und immer noch schwatzten die Männer munter vor sich hin und lächelten. War es denn möglich, daß sie gar nichts hörten? Allmächtiger Gott! – nein, nein! Sie hörten's wohl! – sie hatten schon Verdacht! – sie *wußten*! – sie machten sich nur lustig über mein Entsetzen! – so dacht' ich, und so denke ich noch jetzt. Doch alles lieber noch als diese Qual! Alles ertragen – nur nicht diesen Spott! Ich hielt dies gleisnerische Lächeln nicht mehr aus! Ich fühlt's, ich mußte schreien oder sterben! und nun – horch! – wieder! – lauter! lauter! *lauter!* «Ihr Schurken!» kreischt' ich, «laßt die Heuchelei! Ich will die Tat gestehn! – hier! reißt die Bohlen auf! – hier schlägt's! – hier schlägt sein fürchterliches Herz!»

LIGEIA

Und darin leit der Wille, der stirbet nimmer.
Wer kennet die mysteria des Willens sampt seiner Macht?
Ist doch GOtt selbst nur ein großer Wille,
der durchdringt alle Ding ob seines hohen Eiferns.
Der Mensch stehet den Engeln nach,
ja letztlich dem Tode selbst,
nur kraft der Schwäche seines so matten Willens.
Joseph Glanvill, 1636–80

Ich kann nicht, und ging's um mein Seelenheil, mich entsinnen, wie oder auch nur präzise wann ich zuerst bekannt wurde mit der Lady Ligeia. Lange Jahre sind seitdem verflossen, und mein Gedächtnis ist matt ob der vielen Erleidnisse. Oder, mag sein, ich kann mir diese Dinge jetzt nicht mehr vergegenwärtigen; weil, wie es denn in Wahrheit so ist, der Charakter meiner Geliebten, ihre seltene Bildung, der einzigartige & dennoch sanfte Typ ihrer Schönheit, und endlich die verhexende versklavende Überredsamkeit ihrer halblauten Stimmmusik, sich den Weg in mein Herz mit so standhaft verstohlenen Schritten gebahnt haben, daß sie mir unwahrnehmbar & unverzeichnet geblieben sind. Dennoch möchte ich meinen, daß ich ihr zuerst & am häufigsten begegnet bin, in irgendeiner großen, alten, verfallenden Stadt nahe am Rhein. Von ihrer Familie – hab' ich sie sicherlich reden hören. Daß sie aus grauster Vorzeit datiert, kann nicht bezweifelt werden. Ligeia! Ligeia! Vergraben wie ich bin, in Studien von einer Art, mehr als alle andern dazu angetan, gegen Eindrücke der Außenwelt abzutöten, ist es durch jenes holde Wort allein – durch ‹Ligeia› – daß ich vor meinem geistigen

Auge das Bild Ihrer erzeuge, die nicht mehr ist. Und jetzt, da ich dies niederschreibe, blitzt mir die Erkenntnis auf: daß ich von Ihr, die mir Freundin war & Angelobte, die die Partnerin meiner Studien wurde, ja schließlich das Weib meines Busens, den Familiennamen *nie gekannt* habe! War das eine verspielte Zumutung seitens Ligeias? oder war es eine bewußte Probe der Stärke meiner Neigung, daß ich hinsichtlich dieses Punktes keinerlei Querelen anstellen sollte? oder war es gar eine Caprice meinerseits – die wildromantische Opfergabe am Schreine der allerleidenschaftlichsten Ergebenheit? Aber ich entsinne mich nur undeutlich der Sache selbst – was wunders, daß ich so gänzlich der näheren Umstände vergaß, die jene bewirkten oder begleiteten? Und, wahrlich, wenn je der Geist, den man die ROMANZE nennt – wenn jemals sie, die bleich=hinfällige ägyptisch=dunstschwingige *Ashtophet* idolatrischen Angedenkens – die Schutzgöttin, wie man sagt, von Ehen übler Vorbedeutung ist; dann ist sie nur allzugewiß die Schutzgöttin der meinigen gewesen.

1 teuren Themenkreis jedoch gibt es, bei dem mein Gedächtnis mir nicht versagt – es ist das *Äußere* Ligeias. Sie war hoch von Wuchs, etwas sehr schlank, ja in ihren letzten Tagen ausgesprochen mager. Es wäre vergebens, wollte ich versuchen, die Majestät, die gemache Ruhe ihrer Haltung abzuschildern, oder die unbegreifliche Leichtigkeit & Spannkraft ihres Schreitens. Sie kam und sie schwand wie ein Schatte. Nie bin ich ihres Eintretens in mein abgesondertes Studio gewahr geworden, ehe die teure Musik ihrer süßgedämpften Stimme anhub, und sie mir ihre Marmorhand auf die Schulter legte. In Schönheit des Angesichts glich ihr nie eine

Maid. Es war das Gestrahle eines Opiumtraums – eine Vision, luftiger, geisterhöhender, göttlich-wilder, als alle Phantasien, die je die schlummernden Seelen der Töchter von Delos umschwebten. Dennoch waren ihre Züge mit nichten von jenem vorbildlichen Regelmaß, das in den klassischen Bildwerken der Heidenzeit zu verehren man uns fälschlicherweise beigebracht hat. «Es gibt keine höchstrangige Schönheit,» sagt Bacon, Lord Verulam, sehr richtig von sämtlichen Formen & *genera* des Schönen, «ohne eine gewisse *Fremdartigkeit* in ihren Proportionen.» Trotzdem, ob ich gleich sah, daß die Züge Ligeias kein klassisches Regelmaß hatten – ob ich gleich wahrnahm, daß ihre Lieblichkeit einwandfrei «höchstrangig» war und empfand, wie viel an «Fremdartigem» hier durchschimmerte – trotzdem habe ich stets vergeblich versucht, besagte Unregelmäßigkeit zu entdecken, oder meinen eigenen Eindruck des «Fremdartigen» auf seinen letzten Ursprung zurückzuführen. Ich studierte den Kontour der hohen & blassen Stirn – er war untadelig – (welch kaltes Wort das, es auf eine so göttliche Majestät anzuwenden!) – ihre Haut, die mit dem reinsten Elfenbein wetteiferte; die gebietende Ausdehnung & Ruhe, die breite Sanftheit der Schläfenregion; und endlich das rabenschwarze, das schimmernde, das üppige & natürlich-gelockte Haargeflecht, das die Vollkraft des Homerischen Epithets ‹hyakinthos!› handgreiflich vor Augen stellte. Mein Blick ruhte auf den delikaten Umrissen ihrer Nase – und nirgendwo, es sei denn in den anmutsvollen Medaillons der Hebräer, habe ich je ähnliche Perfektion erschaut. Hier wie dort die gleiche üppige Geglättetheit der Oberfläche; die gleiche kaum wahrnehmbare Tendenz zum Aquilinen; die gleichen harmonisch ge-

schwungenen Nüstern, die von freiem Geiste sprachen. Ich betrachtete den süßen Mund. Hier, in der Tat, triumfierte Alles, was himmlisch ist – die magnifike Schwingung der kurzen Oberlippe – der wollüstig= kissenhafte Schlummer der unteren – die Grübchen, die spielten, und die Farbe, die sprach – die spiegelnden Zähne, die mit geradezu frappierender Brillianz jeglichen Schimmer des heiligen Lichtes widergaben, den ihr heiter & sanftes, und dabei hinreißendes Lächelgestrahle über sie ausgoß. Ich musterte achtsam die Bildung des Kinns – und auch hier fand ich es alles wieder, das sanfte Gebreite, die Weichheit & Majestät, die Fülligkeit & Vergeistertheit der Griechen – jene Kontouren, die, und auch dann nur im Traum, der göttliche Apoll dem Kleomenes, dem großen Sohne Athens, offenbarte. Und dann spähte ich, tief, in die mächtigen Augen Ligeias.
Was Augen betrifft, haben wir keine Vorbilder aus antiker Zeit. Und es mag auch sein, daß eben in diesen Augen meiner Geliebten jenes Geheimnis lag, auf das Lord Verulam hindeutet. Sie waren, wie ich glauben muß, weit größer als die gewöhnlichen Augen, die unserm Geschlecht zuteil geworden sind. Sie waren voller, als selbst die vollsten der Gazellenaugen des Stammes im Tale von Nourjahad. Doch geschah es lediglich in Abständen – in Augenblicken höchster Erregung – daß diese Eigentümlichkeit mehr als nur leicht auffällig an Ligeia wurde. Und in solchen Augenblicken dann war ihre Schönheit – vielleicht erschien es meiner erhitzten Fantasie nur also – wie die Schönheit von Wesen, die entweder über oder doch abseits der Erde sind – gleich der Schönheit der fabelhaften Houris der Türken. Die Farbe der Bälle war ein allerschimmerndstes Schwarz,

und weit über sie herab hingen jett=dichte Wimpern von beträchtlicher Länge. Die Brauen, leicht unregelmäßig geschwungen, hatten den gleichen Farbton. Die «Fremdartigkeit» jedoch, die ich in diesen Augen fand, war von einer Art, die mit der Form, der Farbe, dem Glanz der Einzelzüge nicht zusammenhängt, und muß letzten Endes ihrem *Ausdruck* zugeschrieben werden. Ach, des Worts ohne Bedeutung!, hinter dessen bloßer fonetischer Breitenausdehnung wir unsre Unkenntnis von so viel Spirituellem verschanzen. Der Ausdruck der Augen der Ligeia! Wie oft, stundenlang, hab' ich darüber nachgegrübelt! Wie hab' ich, eine ganze Mittsommernacht hindurch, mich gemüht, ihn zu ergründen! Was war es – dieses ‹tiefer als der Brunnen des Demokritus› – das dort fern im Hintergrund der Pupillen meiner Geliebten lag? Was *war* es doch? Ich war wie besessen von der Passion des Entdeckens. Diese Augen!, diese mächtigen, diese schimmernden, diese göttlichen Bälle!, sie wurden für mich zum Zwillingsgestirn der Leda, und ich der inbrünstig=devoteste ihrer Beobachter.

Unter den vielen unverstandnen Anomalien der Wissenschaft von der Seele, gibt es keinen Punkt so frappierend & aufregend, wie den Umstand – von der Schulweisheit noch nicht einmal bemerkt, wie ich glaube – daß wir beim Bemühen, uns etwas lang Vergessenes ins Gedächtnis zurückzurufen, uns oftmals *ganz dicht am Rande* des Erinnerns finden, ohne doch, am Ende dann, der Erinnerung selbst habhaft werden zu können. Und wie oft habe ich dergestalt, während meines konzentrierten Forschens in Ligeia's Augen, die volle Erkenntnis ihres Ausdrucks sich nahen gefühlt – sich nahen gefühlt – aber immer noch nicht ganz mein – und dann am

Ende sich wiederum gänzlich entfernen! Und (selt=, oh seltsamstes Mysterium von allen!) ich fand in den gewöhnlichsten Objekten des Universums einen Großkreis von Analogien für diesen Ausdruck. Ich will damit sagen, daß im Anschluß an die Periode, da Ligeia's Schönheit in meinen Geist eingegangen war & dort waltete wie in einem Heiligenschreine, mich ob so mancher Existenzen in der materiellen Welt Empfindungen überkamen, wie ich sie grundsätzlich angesichts ihrer mächtigen leuchtenden Augenbälle um mich & in mir fühlte. Dennoch vermochte ich meine Empfindung deswegen nicht des näheren zu definieren, oder zu analysieren, oder auch nur sie fester ins Auge zu fassen. Ich erkannte sie manchmal, sei mir die Wiederholung vergönnt, beim Beobachten einer schnellwachsenden Weinranke – bei Kontemplation einer Motte, eines Schmetterlings, einer Chrysalis, eines rinnenden Wassers. Ich habe sie im Ozean gespürt; und beim Fall eines Meteors. Ich habe sie gespürt bei den Seitenblicken ungewöhnlich alter Leute. Und es stehen 1 oder 2 Sterne am Himmel – (besonders einer; ein Stern 6. Größe, doppelt & gleichzeitig veränderlich; er findet sich nahe dem Hauptstern der *Leier*) – bei deren teleskopischer Beobachtung ich jenes Gefühls gewahr geworden bin. Ich bin damit erfüllt worden bei bestimmten Klangfolgen von Saiteninstrumenten, und nicht unhäufig bei gewissen Stellen in Büchern. Unter zahllosen anderen Beispielen entsinne ich mich besonders des einen, in einem Band Joseph Glanvill's, das (vielleicht nur seiner Kuriosität halber – wer kann das schon sagen?) nie verfehlt hat, mich mit jenem Gefühl zu inspirieren:

«Und darin leit der Wille, der stirbet nimmer. Wer kennet die mysteria des Willens sampt seiner Macht? Ist doch GOtt selbst nur ein großer Wille, der durchdringt alle Ding ob seines hohen Eiferns. Der Mensch stehet den Engeln nach, ja letztlich dem Tode selbst, nur kraft der Schwäche seines so matten Willens.»

Länge der Jahre & das entsprechende Nachdenken haben mich freilich in den Stand gesetzt, eine entfernte Verbindung zwischen dieser Stelle des englischen Moralisten und einem Teilzuge im Charakter Ligeias ausfindig zu machen. Die *Hochgespanntheit* des Gedankens, der Tat, der Rede, ist bei ihr möglicherweise ein Ergebnis, oder zumindest ein Anzeichen, jener gigantischen Willenskraft gewesen, die während unsres langen Umgangs andere & direktere Belege ihres Vorhandenseins zu geben verfehlt hat. Von allen Frauen, die ich je gekannt habe, fiel sie, die äußerlich ruhige, die immer: milde Ligeia, dem ungestüm andringenden Fittichschlage tiefer Leidenschaft am heftigsten zur Beute. Und von solcher Leidenschaft konnte ich nie anders eine Mutmaßung mir bilden, als eben durch jene miraculöse Expansion ihrer Augen, die mich immer so entzückte & gleichzeitig erschreckte – durch die schier magische Melodie, Modulation, Deutlichkeit & Sanftheit ihrer sehr tiefgedämpften Stimme – und durch die wütende Energie (doppelt eindrucksvoll durch den Kontrast mit ihrer Sprechweise), der wilden Worte, die sie gewohnheitsmäßig äußerte.

Ich hatte bereits Ligeia's Wissen erwähnt: es war immens – wie ich es sonst nie beim Weibe gekannt habe. In den klassischen Zungen war sie zutiefst bewandert; und soweit sich meine eigene Bekanntschaft mit den modernen europäischen Dialekten erstreckt, habe ich sie nie versagen hören. Um ehrlich zu sein: habe ich Ligeia bei irgend einem Thema, und sei es das meist bewunderte (weil schlicht das abstruseste) gerühmtester akademischer Gelehrsamkeit, *jemals* versagen sehen? Wie singulär – wie prickelnd=aufregend, hat grade dieser 1 Punkt im Wesen meiner Gattin, sich in diesen letzten Jahren meiner Erinnerung wieder aufgedrängt! Ich habe gesagt, ihr Wissen sei der Art gewesen, wie ich es sonst nie beim Weibe gekannt habe – aber wo lebt & atmet der Mann, der, und zwar mit Erfolg, *all* die weiten Gebiete des ethischen, physikalischen & mathematischen Wissens durchschritten hat? Ich habe damals nicht eingesehen, was ich jetzt klar erkenne, daß Ligeia's Errungenschaften gigantisch waren, erstaunlich waren; immerhin war ich mir ihrer unendlichen Überlegenheit soweit bewußt, daß ich mich voll kindlichen Vertrauens ihrer Führung durch die kaotischen Welten metaphysischer Untersuchungen überließ, mit denen ich während der ersten Jahre unseres Ehelebens meistens beschäftigt war. Mit welch umfassendem Triumphgefühl – mit wie lebhaftem Entzücken – mit wie viel von alldem, was die Hoffnung an Ätherischem hat – *fühlte* ich, wenn sie sich bei nur wenig gepflegten – und noch weniger gekannten – Studien über mich beugte – wie sich langsam, schrittweise, jene köstliche Aussicht immer weiter vor mir zu dehnen begann, deren langen, gorgonisch=prächtigen & noch ganz unbetretenen Pfad ich im Lauf der Zeit würde fürderschreiten dürfen, bis hin zum Ziel einer Weisheit, allzu himmlisch köstlich, um nicht verboten zu sein!

Wie tiefgehend also muß der Kummer gewesen sein, mit dem ich nach Ablauf einiger Jahre meine wohlbegründeten Hoffnungen die Schwingen breiten & mir davon fliegen sah! Ohne Ligeia war ich nur ein Kind, das umnachtet tappt & tastet. Ihre Anwesenheit, ihre Kommentare allein, machten die so manchen Mysterien des Transcendentalen, in die wir uns versenkt hatten, lebendig & lichtvoll. Ohne den Lüsterglanz ihrer Augen wurden selbst Lettern, sonst lampig & golden, stumpfer denn saturnisches Blei. Und nun schienen diese Augen weniger & immer weniger häufig auf die Seiten ob denen ich brütete. Ligeia erkrankte. Die wilden Augen loderten mit einer allz, einer allzu glorreichen Strahlung; die bleichen Finger nahmen die transparente, die wächserne Färbung des Grabes an; und die blauen Venen der hohen Stirn schwellten & sanken ungestüm im Gezeitentakt auch der sänftlichsten Erregung schon. Ich sah, daß sie sterben mußte – und ich rang verzweiflungsvoll im Geist mit dem grimmigen Azrael. Und das Ringen des leidenschaftlichen Weibes war zu meinem Erstaunen sogar noch energischer als das meine. In ihrer festen Sternennatur war so vieles gewesen, das bei mir den Eindruck hatte aufkommen lassen, ihr würde der Tod ohne seine Schrecknisse nahen; aber weit gefehlt. Worte sind impotentes Zeug & können keinen rechten Begriff von der Wut des Widerstandes geben, mit dem sie gegen das Phantom anrang. Ich stöhnte vor Seelenpein ob des bemitleidenswürdigen Schauspiels. Ich würde ja beschwichtigt – würde vernünftig zugesprochen haben; aber angesichts der Hochgradigkeit ihrer wilden Begier nach Leben – Leben – *nichts als Leben!* – wären Tröstung wie auch Verständigkeit gleichermaßen der Gipfel der Narretei gewesen. Dennoch wurde, bis zum letzten Moment, und bei den krampfigsten Konvulsionen ihres ungestümen Geistes, die äußerliche Gelassenheit ihres

Betragens mit nichten erschüttert. Ihre Stimme wurde noch sanfter – wurde noch gedämpfter – doch auf der verwilderten Bedeutung der so ruhig geäußerten Worte möchte ich lieber nicht verweilen. Mein Hirn schwindelte, wenn ich verzückt einer mehr als sterblichen Melodie lauschte – Anmaßungen & Sehnsüchten, Sterblichen vordem ungekannt.

Daß sie mich liebe, würde ich nicht bezweifelt haben; und auch dessen hätte ich ohne weiteres gewiß sein dürfen, daß in einem Busen, wie dem ihren, die Liebe ungleich der gewöhnlich so genannten Leidenschaft regiere. Aber erst im Tode bekam ich den vollen Eindruck von der Stärke ihres Gefühls. Lange Stunden, während deren sie sich meiner Hand bemächtigt hielt, ergoß sie vor mir das Überströmen eines Herzens, dessen mehr als leidenschaftliche Ergebenheit sich dem Götzendienst näherte. Wie hatte ich mir nur verdient, durch solche Geständnisse beseelt zu werden? – und wie hatt' ich mir verdient, so verflucht zu werden durch Abberufung meiner Geliebten in eben der Stunde, wo sie sie machte? Aber ich kann es nicht ertragen, mich über diesen Gegenstand zu verbreiten. Sei mir vergönnt, mich darauf zu beschränken, daß in Ligeia's mehr als weiblicher Hingebung an eine Liebe – wehe!, wie unverdient; wie einem Unwürdigen gespendet – ich endlich das Grundprinzip ihres Sehnens erkannte, ihrer so ungestüm ernstlichen Begierde nach einem Leben, das ihr nunmehr so reißend entschwand. Es ist dies wilde Sehnen – diese eifervolle Heftigkeit der Sucht nach Leben – *nichts als Leben* – das getreulich zu schildern ich nicht die Macht habe – nicht die Fähigkeit es in klare Ausdrücke zu fassen.

Es war just um die Mitte der Nacht da sie von mir ging,

als sie mich gebieterisch an ihre Seite winkte, und mich ihr gewisse Verse wieder vorsprechen hieß, die sie selbst, nur wenige Tage zuvor, gedichtet hatte. Ich gehorsamte. Es waren aber diese: –

Ho! eine Gala=Nacht;
im öden Spätjahr welch Pläsier! –
Ein Engelhauf in Schleiertracht,
beschwingt, mit Thränenzier,
sitzt im Theater, anzuschaun
ein Stück von Furcht & Gier
und ein Blasorchester probt stoßweis', traun,
Sphärenmusikmanier.

Mimen, sie murr'n & mümmeln leis',
Puppen in GOtt=Livreen,
und kommen & irr'n im Kreis. –
Geheim gestaltlos ungesehn
vollziehen Wesen die Regie,
die auch die Bühne beliebig drehn;
kondorgeschwingt verhängen sie
unsichtbare Weh'n.

Vom scheck'gen Spiel – seid unbesorgt –
soll nichts vergessen sein!
Das Phantom nicht; nicht die Dauerjagd
all der Menge hinterdrein:
in sich selbst stets zurück läuft die Zirkelbahn
und der Irrsinnsreih'n.
Das Thema: viel Sünde, und mehr von Wahn,
doch hauptsächlich Schrecken & Pein.

Doch sieh, was ringelt sich zuletzt
dort ein in die Redoute?!
Ein blutrot Ding, das einsam bis jetzt
in der Kulisse ruht'.
Wie's ringelt! – wie's ringelt! – es würgt im Sturm
jed' armen Mimnichtgut;
und bei Seraph's schluchzt's, so lutscht der Wurm
geliertes Menschenblut.

Aus – aus gehn die Lichter – allaus. –
Genug ward gebebt; und alsbald
kommt stürmisch (ein Bahrtuch, oh Graus!)
der Vorhang herniedergewallt.
Und die Engel stehn auf; bleich, gedrückt,
bestätigen sie den Verhalt:
‹MENSCH› hieß das gesehene Stück,
und ‹DER WURM› war die Siegergestalt.

«O Gott!» – Ligeia schrie es halb, als ich mit diesen
Zeilen ein Ende machte, indem sie aufsprang & mit
einer krampfigen Gebärde die Arme nach oben reckte –
«O GOtt! O himmlischer Vater! – sollen diese Dinge
denn unwandelbar so sein? – soll dieser Sieger denn
nicht 1 Mal besiegt werden? Sind wir denn nicht Deines
Wesens ein Teil? Wer – wer kennet die mysteria des
Willens sampt seiner Macht? Der Mensch stehet den
Engeln nach, *ja letztlich dem Tode selbst,* nur kraft der
Schwäche seines so matten Willens.»
Und nun, wie wenn erschöpft vor Erregung, ließ sie es
zu, daß ihre weißen Arme an ihr herniedersanken, und
kehrte feierlich auf ihr Totenbette zurück. Und als sie
ihre letzten Seufzer aushauchte, da kam, vermischt mit
ihnen, ein leises Murmeln zwischen ihren Lippen her-

vor. Ich legte mein Ohr an sie, und unterschied wiederum die Schlußworte jener Stelle im Glanvill: – «*Der Mensch stehet den Engeln nach, ja letztlich dem Tode selbst, nur kraft der Schwäche seines so matten Willens.*»

Sie starb: und ich, völlig zu Boden geschlagen vor Kummer, vermochte die Öde & Einsamkeit meiner Behausung in der düstren, verfallenden Stadt am Rheine nicht länger mehr zu ertragen. Ich hatte nicht Mangel an dem, was die Welt Wohlstand nennt. Ligeia hatte mir weit mehr, erheblich weit mehr mitgebracht, als Sterblichen gewöhnlich zuteil wird. Nach einigen wenigen Monaten schlaffen & ziellosen Umherwanderns, erstand ich deshalb eine Abtei, die ich nicht näher zu bezeichnen gedenke, in einer der wildesten & wenigst besuchten Gegenden des schönen England, und ließ sie einigermaßen wohnlich herrichten. Die düstre, traurige Großartigkeit des Bauwerks, die schier barbarische Verwilderung des Grundstücks, die vielen sich an beide knüpfenden, schwermütigen & altehrwürdigen historischen Erinnerungen, standen weitgehend im Einklang mit den Gefühlen gänzlichen Verlassenseins, die mich in diesen entlegenen & unwirtlichen Teil des Landes getrieben hatten. Aber ob auch das Äußere der Abtei, allerorts überhangen vom grünenden Verfall, nur geringe Veränderungen zuließ; machte ich in einer Art kindlicher Perversität, oder, mag sein, auch mit der schwachen Hoffnung, mich von meinem Kummer abzulenken, im Inneren förmlich Profession davon, einen mehr als königlichen Prunk zu entfalten. An derlei Tollheiten hatte ich selbst in frühester Kindheit schon Geschmack gefunden, und nun kamen sie mir zurück, als sei ich vor Gram wieder kindisch geworden. Ach, ich fühl' es durchaus, wieviel sich sogar von beginnendem

Wahnsinn hätte entdecken lassen in der Überpracht &
Fantastik dekorativer Wandbehänge, in den feierlichen
Bildwerken Ägyptens, in den wilden Kehlungen der
Leisten & Möbel, in den Tollhausmustern der Teppiche
aus büschelig-langhaarigem Goldbrokat! Ich war zum
regelrechten Sklaven in den Fesseln des Opiums geworden, und all meine Unternehmungen, wie das, was
ich in Auftrag gab, trug etwas von der Farbe meiner
Träumungen an sich. Aber diese Absurditäten alle her-
zuzählen ist die Zeit zu schade. Laßt mich nur von dem 1,
ewig verfluchten, Gemache sprechen, in das ich, in
einem Augenblick geistiger Abwesenheit, vom Altare
als meine Braut – als die Nachfolgerin der unvergeß-
lichen Ligeia – sie führte, die blondhaarige, die blau-
äugige Lady Rowena Trevanion, von Tremaine.
Da ist nicht 1 einziges Stück jenes Brautgemaches, ob
Architektur ob Dekoration, das nicht jetzt noch sichtbar vor mir stünde. Wo hatten die hochmütigen Ange-
hörigen der Braut wohl ihre Seelen, als sie, aus Durst
nach Golde, der Maid, dem so geliebten Kind, erlaubten,
die Schwelle eines *so* geschmückten Raums zu über-
schreiten?! Ich sagte bereits, daß ich mich ans Detail
des Gemaches ganz genau erinnere – ob ich schon arg
vergeßlich geworden bin, was die allerbedeutungsvoll-
sten Dinge anbelangt – und hier, in dem fantastischen
Gepränge, war weder Harmonie noch ein System, das
dem Gedächtnis hätte Anhalt bieten können. Der
Raum war in einem hohen Türmchen der burgartig ge-
bauten Abtei gelegen, war pentagonalen Grundrisses,
und von beträchtlicher Geräumigkeit. Die ganze nach
Süden gerichtete Wand des fünfseitigen Prismas nahm
das einzige Fenster ein – eine immense, ununterteilte
Scheibe von venezianischem Glas – aus einem einzigen,

bleigrau gefärbten Stück; so daß die hindurchfallenden Strahlen, sei's Sonne sei's Mond, einen geisterhaften Lüsterglanz auf die Objekte im Innern werfen mußten. Über den obern Teil dieses Kolossalfensters zog sich das Rankenwerk eines alten Weinstocks hin, der die massige Mauer des Türmchens empor geklommen war. Die Zimmerdecke aus düster:schwarzem Eichenholz war ausschweifend hoch, gewölbt, und mit künstlichen Schnitzereien in wild: & grotesken Mustern, halbgotisch halbdruidisch, über & über bedeckt. Vom höchsten entlegensten Schlußstein dieser melancholischen Wölbung, hing an einer einzelnen langgliedrigen Goldkette eine mächtige Weihrauch:Lampe aus dem gleichen Metalle herab, von reich durchbrochener, sarazenischer Arbeit, und so eingerichtet, daß eine pausenlose Folge buntscheckiger Flammen sich mit schlangengleicher Vitalität innen, wie auch nach außen heraus, ringelte.
Einige wenige Ottomanen und golden orientalische Kandelabergestalten standen an einzelnen Stellen herum; und dann war eben auch das Ruhebett – das Braut: Bette – nach einem indischen Vorbild, und niedrig, und geschnitzt aus schwerem Ebenholz, mit einem Baldachin darüber gleich einem Bahrtuch. In jeglichem der Winkel des Raumes stand aufrecht 1 gigantischer Sarcophag von schwarzem Granit, aus den Königsgräbern gegenüber von Luxor, mit ehrwürdig skulpturenüberlaufenen Deckeln, unvordenklich zu schauen. Aber in der Wandbekleidung des Gemachs bestand, weh' mir!, die Hauptfantasterei von allem. Die ragenden Wände, gigantischaufstrebend – ja, imgrunde unproportioniert hoch – waren vom Gipfel bis zum Fuß behangen mit schweren, breitfaltigen, massiv gewirkten Tapeten – Tapeten aus einem Material, das sich gleichermaßen auf

dem Fußboden als Teppich wiederholte, als Bezug der Ottomanen & der Ebenholzbettstatt, als Baldachin dieser Bettstatt, und endlich in dem prächtigen Faltengerolle der Vorhänge, die das Fenster teilweise verschatteten. Das Material bestand aus dem schwersten Goldbrokat; war allerorts, in unregelmäßigen Abständen, mit arabesken Figuren von etwa 1 Fuß Durchmesser gemustert, von tiefstem Jettschwarz & dem Stoff eingewebt. Aber besagte Figuren wirkten nur von 1 ganz bestimmten Standpunkt aus gesehen wie echte Arabesken. Durch einen heutzutage allgemein geläufig gewordenen Trick, (und der sich sogar in sehr entlegene Epochen des Altertums zurückverfolgen läßt), hatte man ihr Aussehen je nach Standpunkt veränderlich eingerichtet. Einem, der den Raum betrat, schienen sie zunächst einmal simple Mißgestalten; bei weiterem Fürderschreiten aber schwand dieser Eindruck allmählich; und Schritt auf Schritt, wie der Besucher seinen Ort im Raum veränderte, sah er sich umzingelt von einer endlosen Folge gespenstischer Bildungen, wie sie den Aberglauben des Nordmannen eigen sind, oder in den Schlummerstunden schuldiger Mönche aufsteigen. Dieser fantasmagorische Effekt wurde noch beträchtlich dadurch erhöht, daß immerfort ein starker künstlich erzeugter Windstrom hinter den Wandbehängen entlang strich – was dem Ganzen eine scheußliche & wunderliche Regsamkeit verlieh.
In Hallen dieser Art – einem Brautgemach dieser Art – verbrachte ich mit der Lady von Tremaine die unheiligen Stunden des ersten Monats unsrer Ehe – verbrachte sie unter nur geringer Unruhe. Daß mein Weib die wilde Verdrossenheit meines Wesens fürchtete – daß sie mich mied & nur recht wenig liebte – mußte ich wohl oder

übel erkennen; aber es bereitete mir dies eher Vergnügen als das Gegenteil. Denn ich verabscheute sie mit einem Haß, der eher einem Dämon angestanden hätte, als einem Menschen. All mein Gedenken floh zurück, (oh, mit welchem Grad von Reue!) zu Ligeia, der geliebten, der erhabenen, der schönen, der begrabenen. Ich schwelgte in Erinnerungen an ihre Reinheit, an ihre Weisheit, an ihr hohes ätherisches Wesen, an ihre leidenschaftliche, ihre abgöttische Liebe. Nun endlich brannte mein Geist voll & frei von all & noch mehr als all den Feuern, mit denen ihr eigner geflammt hatte. In den Euphorieen meiner Opiumträume, (denn ich war habituell in den Fesseln & Banden der Droge), rief ich oft laut ihren Namen in die Stille der Nacht, oder durch die schlupfwinkligen Täler & Schluchten bei Tag; wie wenn ich durch den wilden Eifer, die leidenschaftliche Feierlichkeit, die verzehrende Glut meines Sehnens nach der Dahingeschiedenen, sie wieder auf die alten Pfade dieser Erde zurückrufen könnte, die sie – ach, *konnte* es denn für immer sein? – verlassen hatte.

Um den Beginn des zweiten Monats unsrer Ehe, wurde die Lady Rowena von plötzlicher Krankheit befallen, von der sie sich nur langsam erholte. Das Fieber das sie verzehrte, brachte Unruhe in ihre Nächte; und in den verworrenen Zuständen des Halbschlummers sprach sie von Geräuschen & Bewegungen inner: wie außerhalb des Turmgemachs, die meines Erachtens ihren Ursprung nur in einer in Unordnung geratenen Fantasie hatten, oder vielleicht in den gaukelnden narrenden Einwirkungen des Gemaches selbst. Sie begann schließlich zu genesen – dann zu gesunden. Aber nur eine kurze Zwischenzeit ging dahin, als eine zweite, heftigere Unpäßlichkeit sie erneut auf ein Krankenbett warf; und von dieser Attacke erholte sich ihr, von Natur aus zarter Leib, nie mehr ganz & gar. Ihre Beschwerden nahmen nach dieser Zeit alarmierenden Charakter an, und alarmierender noch waren die häufigen Anfälle, die gleichermaßen der Kunst wie den größten Bemühungen ihrer Ärzte spotteten. Parallel mit dem Zunehmen dieses chronischen Leidens, das demnach anscheinend bereits zu festen Fuß bei ihr gefaßt hatte, um durch menschliche Mittel noch beseitigt werden zu können, mußte ich wohl oder übel eine entsprechende Zunahme der nervösen Reizbarkeit ihres Temperamentes feststellen, wie auch eine steigende Anfälligkeit, sich bei trivialen Anlässen zu fürchten. Wiederum sprach sie, und diesmal häufiger & beharrlicher, von den Geräuschen – den leichten Geräuschen – und jenen ungewöhnlichen Bewegungen in den Falten der Wandbehänge, auf die sie früher bereits hingedeutet hatte.

Eines Nachts, es ging schon gegen den September, erzwang sie sich mit noch mehr als dem gewöhnlichen Nachdruck meine Aufmerksamkeit für dies unleidliche Thema. Sie war just aus unruhigem Schlummer erwacht; während ich unter Gefühlen, halb Angst halb vages Grausen, dem Arbeiten ihrer abgemagerten Züge zugesehen hatte. Ich saß an der Seite ihrer ebenhölzernen Bettstatt, auf einer der Ottomanen aus Indien. Sie richtete sich mit halbem Leibe auf, und sprach in eindringlichem leisem Flüsterton von Geräuschen, die sie *eben, jetzt,* höre – von denen ich jedoch nichts vernahm – von Bewegungen, die sie *eben, jetzt,* sähe – von denen ich jedoch nichts erblickte. Der Wind rauschte recht überstürzt hinter den Wandbehängen, und ich gedachte ihr zu beweisen, (was, ich will es nur gestehn, ich *völlig* selbst nicht glaubte), wie dort die schier unartikulierten

Atemstöße & hier die so sehr sachten Änderungen der Figuren an der Wand nichts als die natürlichen Auswirkungen seien, jener mechanisch immerrauschenden Winde. Aber eine tödliche Blässe, die ihr Gesicht überzog, bewies mir schon, daß all meine Bemühungen, sie zu beschwichtigen, fruchtlos bleiben würden. Ihr schien übel werden zu wollen, und von der Dienerschaft war keines in Rufweite. Ich entsann mich, wo eine Karaffe leichten Weines stünde, den ihre Ärzte verordnet hatten, und hastete quer durchs Gemach, ihn zu holen. Aber als ich in den Lichtkegel der Weihrauch=Lampe steppte, zogen 2 Ereignisse von überraschender Natur meine Aufmerksamkeit auf sich. Ich hatte gefühlt, wie ein greifbar= ob schon unsichtbares Etwas leicht an mir vorbei geschlüpft war; und weiterhin sah ich, wie auf dem goldnen Teppich, genau inmitten des komplizierten Überschimmers, den der Weihrauch=Lüster warf, ein Schatte lag – ein schwacher, unbestimmter Schatte, von englischem Aspekt – wie man sich etwa den Schatten eines Schattens denken würde. Aber mir war was wild zumut, so erregte mich eine unmäßige Dosis Opium, und ich achtete dieser Dinge nur wenig, noch erwähnte ich ihrer gegenüber Rowena. Da ich den Wein gefunden hatte, durchquerte ich wiedrum das Gemach; ich schenkte den Pokal voll ein, und hielt ihn an die Lippen der hinsinkenden Lady. Sie hatte sich jedoch zum Teil schon wieder erholt und nahm mit eigner Hand das Trinkgefäß; während ich auf die nächste Ottomane sank und meine Augen fest auf ihre Gestalt richtete. Und da geschah es, daß ich deutlich des leichten Schritts gewahr ward, quer übern Teppich her & hin zur Bettstatt; und 1 Sekunde nur darauf, da Rowena eben im Begriff war, den Wein an ihre Lippen zu setzen, sah ich, (o'r meinethalben träumte daß ich säh'), wie wenn aus einem unsichtbaren Quell, tief in der Luft des Raumes, 3 oder 4 schwere Tropfen einer strahlend rubinroten Flüssigkeit in den Pokal fielen. Aber ob auch ich dies sah – Rowena nicht also. Sie schluckte den Wein ohne Zaudern; und ich meinerseits enthielt mich, ihr gegenüber eines Umstands zu erwähnen, der, wie ich mir sagte, letzten Endes, doch wohl nur das Gaukelspiel einer lebhaften Einbildungskraft gewesen sein mußte, zu überhitzter Tätigkeit gesteigert infolge der Schreckhaftigkeit der Lady, des Opiums, und der Stunde.

Doch kann ich's vor mir selber nicht verbergen, wie, dem Fallen der Rubintropfen unmittelbar folgend, im Leiden meiner Gattin eine rapide Wendung zum Schlimmeren eintrat; so daß am dritten Abend drauf die Hände ihrer Dienerinnen sie für die Gruft herrichteten, und ich am vierten, allein mit ihrem Leib im Leichenlaken, in dem fantastischen Gemache saß, das sie als meine Braut empfangen hatte. – Wilde Wische, Schattenflitter, opiumbürtig, hatt' ich vor mir. Unruhigen Auges starrte ich auf die Sarkophage in den Ecken des Raumes, auf die wechselnden Figuren der Wandbehänge, und auf das Geringel der buntscheckigen Feuer in dem Lüster mir zu Häupten. Dann fielen meine Blicke, als ich mir die Umstände einer früheren Nacht zurückrief, auf den Lichtfleck unterm Weihrauchlüster, wo ich die schwache Fährte des Schattens gesehen hatte. Sie war jedoch nicht länger dort; und, befreiter atmend, richtete ich mein Auge nach der bleich: & starren Gestalt auf der Bettstatt. Da stürmten tausend Erinnerungen an Ligeia auf mich ein – da kam, mit der tosenden Heftigkeit einer Überschwemmung, die ganze Summe jenes unnennbaren Wehes meinem Herzen wieder, mit dem ich *sie* einst also aufgebahrt betrachtet hatte. Die Nacht ging dahin; und immernoch saß ich, den Busen voll bitterer Gedanken an die Eine einzig & über alles geliebte & starrte auf den Körper Rowenas.

Es mag um Mitternacht gewesen sein, oder vielleicht auch früher oder später, denn ich hatte auf die Zeit nicht acht gegeben, als ein schluchzender Laut, leise sanft doch ganz bestimmt, mich aus meiner Verträumtheit aufschreckte. Ich *fühlte* daß er von dem Bett aus Ebenholz her kam – dem Bett des Todes. Ich lauschte in einem Übermaß von abergläubischem Entsetzen – doch erfolgte keine Wiederholung des Lautes. Ich strengte meine Sehkraft an, um eine etwaige Bewegung des Leichnams zu entdecken – aber nicht die geringste war zu erkennen. Dennoch konnte ich mich nicht getäuscht haben. Ich *hatte* das Geräusch gehört, wie schwach auch immer, und meine Seele in mir war geweckt worden. Beherzt & ausdauernd konzentrierte ich meine Aufmerksamkeit auf jenen Leib. Viele Minuten verstrichen, ehe ein Umstand eintrat, dazu angetan, Licht auf das Geheimnis zu werfen. Schließlich wurde unverkennbar, daß ein schwacher, ein ganz leichter & kaum wahrnehmbarer Schimmer von Farbe auf den Wangen erschienen war und längs der eingesunknen kleinen Venen ihrer Augenlider. Ein Gemisch von unaussprechlichem Grausen & heiliger Scheu, für welches die Sprache der Sterblichen kein hinreichend eindringliches Wort kennt, machte, daß ich mein Herze stillestehen, meine Glieder erstarren fühlte, dort wo ich saß. Doch endlich bewirkte ein Gefühl der Pflicht, daß ich die Herrschaft über mich selbst wieder gewann. Ich konnte nicht länger daran zweifeln, daß wir bei unsern Zurüstungen übereilt vorgegangen waren – daß Rowena

noch lebte. Es war erforderlich, daß auf der Stelle etwas unternommen werde; aber das Türmchen war gänzlich abgesondert von dem Teile der Abtei, den die Diener bewohnten – keiner von ihnen befand sich in Rufweite – ich hatte keine Möglichkeit, sie mir zu Hülfe herbeizurufen, ohne den Raum für mehrere Minuten zu verlassen – und das zu tun, konnte ich wiederum nicht wagen. Deshalb begann ich das Ringen allein & mein Bemühen, den noch zögernd weilenden Geist zurückzubeschwören. Nach kurzer Zeit jedoch wurde es gewiß, daß ein Rückfall eingetreten sei: der Farbanflug verschwand von Wangen wie von Lidern, und hinterließ eine Bleichheit die die des Marmors noch übertraf; die Lippen schrumpften & knifften sich ein im gespenstischen Ausdruck des Todes; eine widerliche Kälte & Klammheit breitete sich aus, rapide über den ganzen Körper hin; und unmittelbar darauf war auch schon all die übliche steife Starre eingetreten. Mit einem Schauder fiel ich auf die Couch zurück, von der es mich so unversehens aufgeschreckt hatte, und überließ mich wieder leidenschaftlich wachen Visionen von Ligeia.
Eine Stunde war so dahingegangen, als (konnte es möglich sein?) ich zum zweiten Mal eines vagen Lautes gewahr wurde, der aus Richtung des Bettes herkam. Ich lauschte – in einem Übermaß an Grauen. Wieder kam der Laut – es war ein Seufzer. Ich stürzte hin zum Leichnam, und sah – sah deutlich – ein Zittern um die Lippen. Binnen einer Minute darauf entspannten sie sich, und gaben eine helle Linie, die Perlenzähne, frei. Bestürzung kämpfte jetzt in meinem Busen mit der tiefen heil'gen Scheu, die bis hierher dort allein geherrscht hatte. Ich fühlte, daß mein Auge trübe zu werden, mein Verstand irre zu gehen begann; und nur vermittelst einer gewalt-

samen Anstrengung gelang es mir schließlich, meine Kraft für die Aufgabe zusammenzunehmen, auf die mich die Pflicht dergestalt noch einmal hingewiesen hatte. Ein Hauch von Rot lag nunmehr stellenweise über Stirn, und über Wangen & Kehle; eine spürbare Wärme durchdrang die ganze Gestalt; ja, sogar ein leichter Herzschlag war vorhanden. Die Lady *lebte;* und mit verdoppelter Inbrunst widmete ich mich der Aufgabe ihrer Wiedererweckung. Ich rieb & badete ihr Schläfen & Hände, und bediente mich jeglichen Mittels, das Erfahrung & eine nicht geringe medizinische Lektüre nur eingeben konnten. Aber umsonst. Urplötzlich floh die Farbe, der Puls stockte, die Lippen gewannen neuerlich den Ausdruck des Todes, und 1 Augenblick darauf hatte der ganze Leib bereits die Eiseskälte, die bleiblaugraue Färbung, die verspannte Starre, die eingesunkenen Kontouren, und all die sonstigen ekelhaften Eigenheiten Eines angenommen, der manchen Tag schon in der Gruft gehaust hat.

Und wiederum versank ich in Visionen von Ligeia – und wiederum (was wunders, daß ich schaudre, da ich's schreibe?) *wiederum* erreichte mein Ohr ein schwacher Schluchzer aus den Bereichen der Ebenholzbettstatt her. Aber warum im einzelnen die unsagbaren Schrecken jener Nacht herzählen? Warum des breiten vermelden, wie, in Abständen, bis nahzu schon der Morgen grauen wollte, dies grausige Drama der Wiederbelebung sich ständig wiederholte; wie jedwede schreckliche Wiederkehr immer nur ausmündete in einen strengern & scheinbar unwiderruflicheren Tod; wie jedwede Agonie den Eindruck eines Kampfes machte, mit einem unsichtbaren Feind; und wie jedweder Kampf gefolgt ward von ich weiß nicht was für wilden Veränderungen in der persönlichen Erscheinung des Leichnams? Sei mir vergönnt, zum Schluß zu eilen.

Der größere Teil der fürchterlichen Nacht war verbraucht, und sie, die tot gewesen war, regte sich wieder einmal – und diesmal mächtiger als bislang, obgleich auffahrend aus einer Auflösung, die in ihrer äußersten Hoffnungslosigkeit entmutigender gewesen war, als alle bisherigen. Ich hatte längst schon aufgehört zu ringen oder mich zu bewegen, blieb vielmehr starr auf meiner Ottomane sitzen, eine hülflose Beute im Wirbel heftigster Erregungen, von denen extreme Scheu vielleicht noch die am wenigsten schreckliche, am wenigsten angreifende war. Der Leichnam, wiederhol' ich, rührte sich, und diesmal mächt'ger als zuvor. Mit ungewohnter Energie flammte das Gesicht auf von Farben des Lebens – die Glieder entspannten sich – und wären nicht die Augenlider noch so krampfig zusammengepreßt gewesen, und hätten nicht die Binden & Gewandungen des Grabes der Gestalt noch ein Friedhofsgepräge gegeben, ich hätte mir einbilden können, daß Rowena diesmal endgültig die Fesseln des Todes abgeschüttelt habe. Aber wenn ich mir auch, selbst jetzt, diese Idee nicht gänzlich zu eigen machte; so konnt' ich schließlich doch nicht länger zweifeln, als drüben sich's vom Bett erhob, und wankend, schwachen Schritts, geschlossnen Auges, mit der Gebärdung Eines schwer vom Traum Befangnen, das etwas im Leichenlaken keck & handgreiflich bis in Zimmermitte vordrang.

Ich zitterte nicht – ich rührte mich nicht – denn ein Schwarm undefinierbarer Einbildungen, die mit Aussehen, Wuchs, Gehaben der Gestalt in Verbindung standen, und mir überstürzt durch den Kopf fuhren, hatte mich gelähmt – mich zu Stein erkältet. Ich rührte mich nicht – doch starrte die Erscheinung an. Eine wahnhafte Mißordnung war in meinen Gedanken – ein unstillbarer Tumult. Konnt' es denn tatsächlich die *lebende* Rowena sein, die mir entgegentrat? Konnt' es denn *überhaupt* Rowena sein – die blond=haarige, blau= äugige Lady Rowena Trevanion von Tremaine? Warum, *warum,* sollt' ich daran zweifeln? Die Binden lagen schwer um ihren Mund – aber konnt' es denn nicht der Mund der atmenden Lady von Tremaine sein? Und die Wangen – da blühten die Rosen wie am Mittag ihres Lebens – ja, das mochten in der Tat die hübschen Wangen der lebendigen Lady von Tremaine sein. Und das Kinn, mit den Grübchen der Gesunden, konnt' es nicht das ihre sein? – aber *war sie denn größer geworden während ihrer Krankheit?* Welch unaussprechlicher Wahnsinn packte mich bei dem Gedanken? 1 Sprung, und ich hatte ihre Füße erreicht! Im Zurückschrecken vor meiner Berührung lösten sich von ihrem Haupt die gespenstischen Leichenbinden, die es behindert hatten, und schon ergossen sich, hinein in die rauschende Atmosphäre des Gemachs, mächtige Massen eines langen & aufgelösten Haars: *es war schwärzer denn die Rabenschwingen der Mittnacht!* Und nun taten sich auch, langsam, *die Augen* der Gestalt auf, die vor mir stand. «Hier nun zumindest,» ich schrie es laut, «kann ich niemals – niemals irre gehen – dies sind sie, die vollen, & die schwarzen, & die wilden Augen – meiner toten Liebe – der Lady – der LADY LIGEIA!»

DIE MASKE DES ROTEN TODES

Der ‹Rote Tod› hatt' lang das Land verheert. Nicht eine Pestilenz je war so voll Verderben, so scheußlich graus gewesen. Blut war ihr Avatara und Sigill – die Rotglut und der Horror Bluts. Schneidende Pein trat ein und jäher Schwindel – und dann, aus allen Poren überflutend, Blutfluß, mit Tods Zersetzung. Scharlachene Flecken auf dem Leib und auf besonders dem Gesicht des Opfers warn der Plage Bann, der es von Hülfe und von Mitgefühl der Nebenmenschen ausschloß. Und erster Anfall, Fortgang und das Ende der Seuche warn dann das Werk kaum einer halben Stunde.
Doch der Fürst Prospero war glücklich und beherzt und von besonderm Klugsinn. Als seine Lande halb entvölkert waren, forderte er wohl tausend gesunde und frohmutige Freunde unter den Rittern und Damen seines Hofes vor sein Angesicht, und mit ihnen zog er sich in die tiefe Abgeschiedenheit einer seiner befestigten Abteien zurück. Es war dies ein ausgedehnter und gar prächtiger Bau, die Schöpfung von des Fürsten eigenem exzentrischen, doch hehr erhabenen Geschmack. Eine hochmächtige Mauer gürtete sie ein. Und diese Mauer hatte erzene Pforten. Da sie nun eingezogen, brachten die Höflinge Schmelzöfen und massige Hämmer herbei und verschweißten die Riegelbolzen. Es sollte, so beschloß man, weder für Eindrang von draußen dort noch für Entweichen hier dem jähen Antrieb von Verzweiflung oder von Tollsucht gar ein Mittel belassen bleiben. Reichlich war die Abtei mit Proviant versehen. Mit solcher Fürsicht gerüstet, mochten die Höflinge der Ansteckung wohl Trotz bieten. Die Welt da draußen konnte für sich selber sorgen. Inzwischen war es Narr-

heit, sich grämlichen Gedanken hinzugeben. Der Fürst hatte Fürsorge getroffen für jede Art Zerstreuung. Possenreißer waren zur Stelle, Improvisatoren, Ballett-Tänzer auch und Musikanten, da gab es Schönheit, da gab es Wein. All dies und Sicherheit waren hier drinnen. Draußen war und blieb der ‹Rote Tod›.

Es ging gegen Ende des fünften oder sechsten Monds seiner Zurückgezogenheit, da vereinte Fürst Prospero, indessen drauß die Pestilenz am wildesten wütete, all seine tausend Freunde auf einem Maskenball von allerhöchster Pracht.

Es war ein zügellos wollüstliches Schauspiel, dieses Maskenfest. Doch erst noch seien die Räume geschildert, in denen es so wild gefeiert ward. Es waren ihrer sieben – eine herrscherliche Suite. In vielen Palästen nun bieten solche Zimmerfluchten einen langen und geraden Durchblick, indem die Flügeltüren zu beiden Seiten nahezu bis an die Wand zurückgleiten, so daß die Sicht hin durch die gesamte Ausdehnung kaum behindert ist. Hier lag der Fall jedoch sehr anders, wie von des Herzogs Liebe zum Bizarren wohl zu erwarten war. Die Gemächer waren so unregelmäßig angelegt, daß der Blick nur wenig mehr denn jeweils eins erfaßte. Eine scharfe Biegung kam alle zwanzig oder dreißig Ellen, und jede Biegung brachte neuen Eindruck. Zur Rechten und zur Linken, mitten in jeder Wand, blickte ein hohes und schmales gotisches Fenster hinaus auf einen geschlossenen Gang, welcher den Windungen der Suite folgte. Diese Fenster warn aus buntgeflecktem Glase, und ihre Farbe wechselte je nach der herrschenden Schattierung von Schmuckwerk und Verzier in dem Gemach, das sie erhellten. Dasjenige am äußersten Ostende zum Beispiel war ausstaffiert in Blau – und leb-

haft blau warn seine Fenster auch. Das zweite Zimmer war, in Putz und Wandbehängen, purpurn gehalten – und purpurn waren hier die Scheiben. Das dritte war ganz grün – insgleichen seine Fenster. Das vierte war orangen eingerichtet und in Orange beleuchtet – in Weiß das fünfte dann – das sechste violett. Das siebente Gemach war dicht verhüllt von schwarzen Samtverhängen, die hoch am Deckgewölb sich spannten und schwer in Falten an den Wänden nieder auf einen Teppich von gleichem Material und gleicher Färbung fielen. Doch einzig in dieser Kammer wollte die Farbe der Fenster nicht mit der Zierausstattung überein stimmen. Hier warn die Scheiben scharlachrot – tief blutigfarben. Nun gab's in keinem von den sieben Prunkgemächern nur irgend Lampen oder Kandelaber, bei allem sonst verschwenderischen Überfluß von güldnem Zierrat, der überall verstreut lag oder vom Gewölb hierniederhing. Kein Licht etwelcher Art entströmte Lampe oder Kerze in der Zimmerflucht. Doch in den Gängen, welche der Suite folgten, da stand einem jeden Fenster gegenüber ein schwerer Dreifuß – drauf eine Kohlenpfanne, deren Feuer seine Strahlen durch das getönte Glas hinüberwarf und so den Raum blendglänzend erhellte. Und damit ward eine Fülle prunkbunter und phantastischer Erscheinungen erzeugt. Doch in dem westlichen oder schwarzen Gemach war die Wirkung des Feuerscheins, der durch die blutiggetönten Scheiben hin auf die düsteren Behänge strömte, schier geisterbleich und gräßlich im Extrem und brachte auf die Züge Aller, die es betraten, solch einen wilden Blick, daß wenige von der Gesellschaft den Mut besaßen, auch nur den Fuß in sein Bereich zu setzen.
In diesem Gemach auch war es, daß an der westlichen

Wand sich eine gigantische Standuhr aus Ebenholz erhob. Ihr Pendel schwang her und hin mit dumpfem, wuchtig monotonem Schall; und wenn des großen Zeigers Kreisbahn auf dem Zifferblatt beendet und eine neue Stunde auszuschlagen war, kam von den messingnen Lungen der Uhr ein Laut, klar tief sonor und überaus harmonisch, doch von so sonderlichem Tongedröhn, daß stets bei jedem Stundenschlag die Musikanten des Orchesters für einen Augenblick doch zu verhalten gezwungen warn in ihrer Darbietung, um dem Geräusch zu lauschen; und gleicher Weise zwang's die Walzertänzer auch, von ihren Drehungen zu lassen; und kurze Verlegenheit befiel die ganze ausgelassene Gesellschaft; und indessen die Uhrenschläge noch erschallten, ward bemerkt, daß auch der Flatterhafteste erbleichte und die Betagtern und Gefaßtern sich mit feuchten Händen nach den Stirnen griffen, wie in verworrner Träumerei und Sinnesschwere. Doch war der letzte Echohall verschollen, so durchlief ein Leichtsinnslachen die Versammlung; die Musikanten blickten einander an und lächelten, ganz wie ob ihrer eignen Nervenschwäche und Narrheit, und flüsternd taten sie einander das Gelöbnis, es sollte das nächste Uhrenschlagen in ihnen kein ähnliches Empfinden mehr erzeugen; und waren dann wieder sechzig Minuten verstrichen (das aber sind drei Tausend und sechs Hundert Sekunden der Zeit, die flüchtig dahin verrinnt), so folgte doch erneut ein Glockgeläut, und dann griff ganz die nämliche Verwirrung und Zitterbangigkeit und Sinnesschwere als vorher um sich.

Doch trotz all dieser Dinge war's ein lustiges und prächtiges Gelage. Der Herzog war von durchaus eigentümlichem Geschmack. Er hatte ein feines Aug' für Farben und Effekte. *Decora* bloßer Mode galten ihm gering. Seine Ideen waren gewagt und feurig, und seine Konzeptionen glühten vor barbareskem Glanz. Wohl giebt es manche, die ihn für wahnsinnig betrachtet haben würden. Doch sein Gefolge hielt ihn nicht dafür. Man mußte ihn wohl hören und ihn sehen und ihn berühren, um dess' gewiß zu sein.

Die Schmuckausstattungen der sieben Prunkgemächer hatte er zum großen Teil aus Anlaß dieser *fête* höchstselber dirigiert; und auch sein eigner lenkender Geschmack war es, der den Maskierten den Charakter lieh. Und wahrlich, diese Masken warn grotesk. Da gab es reichlich Glanz und glitzerndes Geflitter, piquante Reize und manch Truggebild – wovon man vieles seither in Hernani gesehen hat. Da waren arabeskeste Gestalten, schier fratzenhaft in Gliedrung und Gewand. Da traten Wahnsinnsausgeburten auf, wie der Verrückte nur sie sich ersinnt. Da war viel Liebliches, viel lüstern Liederliches, auch viel Bizarres, und manches gruslich Schaurige, doch nichts, das irgend hätte Abscheu wekken mögen. Hin durch die sieben Kammern schritt und glitt – so war's zuletzt – ein Heer von Träumen. Und diese Träume wanden sich hin und hinum, empfingen Färbung von den Räumen und ließen schließlich das tolle Musizieren des Orchesters nur wie das Echo ihres Schreitens scheinen. Und wieder schlägt die ebenholzne Uhr, die in der Halle von Sammet steht. Und dann, für einen Augenblick, ist alles still, und alles schweigt bis auf der Standuhr Stimme. Die Träume sind wie im Frost erstarrt, wie sie grad eben stehen. Doch die Echos der Glocke sterben dahin – sie haben nur einen Augenblick gedauert – und locker-loses, halb noch unterdrücktes Gelächter flutet hinter ihnen nach, da sie verscheiden. Und nun schwillt die Musik auch wieder auf, und es beleben sich die Träume neu und drehn sich munterer als je dahin und nehmen Färbung von den vielfach-tintig getönten Fenstern an, durch die das Strahlen der Kohlenbecken strömt. Doch dem Gemach, das weit im äußern Westen von den sieben liegt, dem will nicht einer der Maskierten sich näher wagen; denn die Nacht schwindet schon dahin; schon flutet dort ein rötlicheres Licht durch die blutfarbenen Scheiben herein; und die Schwärze der düstern Vorverhängnisse entsetzt; und wer den Fuß auf den düstern Teppich wagt, dem kommt von der nahen Uhr von Ebenholz ein dumpfgedämpfter Schall noch feierlicher tönend-dröhnend zu als jener, welcher derer Ohren füllt, die den entlegnern Lustbarkeiten der anderen Gemächer nachgehn.

Doch diese anderen Gemächer waren dicht bevölkert, und fieberhaft und hastig schlug in ihnen das Herz des Lebens. Und das Gelag nahm wirbelnd seinen Fortgang, bis endlich von der Uhr der Schall der Mitternacht begann. Und da verstummte die Musik, wie ich's erzählte; und die Bewegungen der Walzertänzer kamen zur Ruhe; und klamm beklommnes Stillstehn aller Dinge war wie zuvor. Nun aber mußte der Schlag der Uhr zwölf Mal erschallen; und so vielleicht geschah's, daß mehr Gedankenschwere, und für längre Zeit, sich in den Sinn der Nachbedenklicheren unter den Schwelgern schlich. Und so, vielleicht, geschah es auch, daß, eh' das letzte Echo des letzten Glockenschalls noch eigentlich verschollen, schon viele einzeln in der Menge waren, die Muße gefunden hatten, einer maskierten Gestalt gewahr zu werden, deren Gegenwart zuvor nicht eines Obacht angezogen hatte. Und kaum war das Gerücht

von dieser neuen Erscheinung flüsternd rund verbreitet, da erhob sich schließlich von der ganzen Gesellschaft ein Summen und Gemurr der Mißgehaltenheit und Überraschung – dann, endlich, gar des Schreckens, Grausens, Ekels.
Bei einer Versammlung so geisterhafter Truggebilde, wie ich sie gemalt, darf man wohl vermuten, daß keine gewöhnliche Erscheinung solches Aufsehen hätte erregen können. Tatsächlich waren der Maskenfreiheit der Nacht nahezu keine Grenzen gesetzt; doch die fragliche Gestalt hatte selbst noch Herodes übertroffen und war weit über selbst das unbeschränkte Dekorum des Fürsten hinausgegangen. Es sind Saiten in den Herzen auch der Leichtsinnigsten, welche nicht ohne Gemütsaufwallung berührt werden können. Selbst für den, der auf immer verloren, dem Leben und Tod gleicherweise für Scherz gelten, gibt es Dinge, mit denen kein Scherz mehr sich treiben läßt. Tatsächlich schien die ganze Gesellschaft nun zutiefst zu empfinden, daß in Verkleidung und Betragen des Fremden weder Witz noch Schicklichkeit zu finden war. Die Gestalt war hoch und hager und war von Kopf bis Fuß in die Laken des Grabs gehüllt. Die Maske, welche das Gesicht verbarg, war in allen Zügen so ähnlich einem starren Leichenantlitz nachgebildet, daß auch die gründlichste Prüfung hätte Schwierigkeit haben müssen, den Betrug zu entdecken. Und doch hätte all dies bei den tollen Schwelgern in der Runde wohl noch Duldung gefunden, wenn nicht gar Beifall. Doch der Vermummte war so weit gegangen, die Urgestalt des Roten Todes anzunehmen. Seine Gewandung war von *Blut* besprenkelt – und seine breite Stirn, mit allen Zügen des Gesichts, sprenkelte der scharlachene Schrecken.

Als nun die Augen von Fürst Prospero auf dies gespenstische Bild fielen (das mit langsamer und feierlicher Bewegung, wie um seine Rolle noch augenfälliger durchzuführen, unter den Walzertänzern her und hin schritt), ward sichtbar, wie er im ersten Augenblick von einem heftigen Schauder erschüttert ward – des Schrecks entweder oder des Widerwillens; doch schon im nächsten rötete sich seine Stirn vor Zorn.

«Wer wagt es», so verlangte er heiser von den Höflingen zu wissen, die in seiner Nähe standen – «wer wagt es, uns mit diesem lästerlichen Blendwerk Hohn zu bieten? Ergreift ihn und nehmt ihm seine Maske – auf daß wir erfahren, wen wir bei Sonnenaufgang an den Zinnen zu hängen haben!»

Es war im östlichen oder blauen Gemach, da der Fürst Prospero stand, als er diese Worte äußerte. Sie hallten laut vernehmlich hin durch alle sieben Räume, denn der Fürst war ein beherzter und ein starker Mann, und unter einem Winken seiner Hand war die Musik verstummt.

Es war im blauen Zimmer, wo der Fürst stand, eine Gruppe erbleichter Höflinge zur Seite. Zuerst noch, da er sprach, entstand eine leicht hastige Bewegung in dieser Gruppe, als wollte man sich auf den Eindringling stürzen, der im Augenblick auch nah zur Hand war und nun, mit stolzem und bedächtigem Schritt, noch näher auf den Sprecher zutrat. Doch bei dem namenlosen Grauen, das die wahnwitzigen Anmaßungen des Vermummten der ganzen Gesellschaft eingehaucht hatten, fand sich niemand, der auch nur die Hand nach ihm ausgestreckt hätte, ihn zu ergreifen; so daß er, unbehindert, bis auf eine Elle an des Fürsten Person herantrat; und indessen die gewaltige Versammlung, wie unter einem einzigen Bewegtrieb, aus der Mitte der

Räume an die Wände zurückwich, nahm er seinen Weg ununterbrochen, doch mit dem gleichen feierlich gemeßnen Schritt, der ihn von allem Anfang ausgezeichnet, hin durch das blaue Gemach zum purpurnen – durch dieses dann zum grünen – durchs grüne zum orangenen – durch dieses wieder zum weißen – und gar von dort noch hin zum violetten, ehe noch eine entschiedene Bewegung getan ward, ihn festzuhalten. Doch dann geschah's, daß der Fürst Prospero, rasend vor Zorn und Scham ob seiner eignen momentanen Feigheit, in Eile durch die sechs Gemächer stürzte, derweil ihm niemand nachzufolgen wagte, auf Grund eines tödlichen Entsetzens, das sich aller bemächtigt hatte. Hochauf erhoben trug er einen gezognen Dolch, und schon war er, in wildem Ungestüm, auf drei, vier Schritt dem Weichenden nahe gekommen, – da wendete sich die Gestalt, nachdem sie jetzt das äußerste Gemach gewonnen, das von schwarzem Samt, jählich herum, um dem Verfolger standzuhalten. Ein greller Schrei erscholl – und der Dolch fiel funkelnd auf den düsterschwarzen Teppich nieder, auf den im Augenblick danach im Tode der Fürst Prospero hinstürzte. Da warf sich, mit dem tollen Mute der Verzweiflung, ein Hauf der Festesgäste mit einem Male in das schwarze Gemach, und indem sie den Vermummten packten, dessen hohe Gestalt aufrecht und reglos stand im Schatten der Uhr von Ebenholz, befiel ein unaussprechlich' Grauen sie, da sie die Grabeslaken und die leichengleiche Maske, die sie so rüde ungestüm anfaßten, unbewohnt fanden von jeglicher greifbarn Gestalt.
Nun ward die Gegenwart des Roten Tods erkannt. Wie in der Nacht ein Dieb war er gekommen. Und einer nach dem andern sanken die Gäste nieder, hin in den

blutbetauten Hallen ihres Schwelggelags, und starb ein jeglicher in seines Falls Verzweiflungshaltung. Und in der ebenholznen Uhr verlosch das Leben mit dem des letzten dieser Fröhlichen. Und die Flammen der Dreifüße verglommen. Und Finsternis und Verfall kam, und der Rote Tod hielt grenzenlose Herrschaft über allem.

MANUSKRIPTFUND IN EINER FLASCHE

«*Wem 1 Moment des Seins nur übrig,
hat nichts mehr zu verbergen not.*»
«*Qui n'a plus qu'un moment à vivre
n'a plus rien à dissimuler.*»
Philippe Quinault, ‹Atys›

Von Vaterland & Familie habe ich wenig zu sagen. Ungerechte Behandlung, wie auch der Lauf der Zeit, haben mich aus dem einen vertrieben und der anderen entfremdet. Elterliche Wohlhabenheit ermöglichte mir eine Schulbildung von nicht gewöhnlicher Art; und ein zur Betrachtsamkeit neigendes Gemüt befähigte mich, in die Wissensvorräte, die ein frühes & überaus emsiges Studium aufspeicherte, Methode zu bringen. – Vor allen Dingen bereitete mir die Beschäftigung mit den deutschen Moralisten das hellste Entzücken; nicht etwa aus irgendeiner übelberatenen Bewunderung ihrer zungenfertigen Wahn-Witze, sondern der Leichtigkeit wegen, mit der die unnachsichtige Logik, zu der ich mich erzogen hatte, mich in den Stand setzte, ihre Falschheit zu entdecken. Man hat mich ob dieser unfruchtbaren Trokkenheit meines Geistes oft getadelt; mir einen Mangel an Einbildungskraft schier wie ein Verbrechen unterstellt; und der Pyrrhonismus meiner Ansichten hat mich allzeits in Verruf gebracht. Ich fürchte tatsächlich selbst fast, daß ein starker Hang zu den Naturwissenschaften meinen Geist mit einem in unsern Tagen sehr verbreiteten Irrtum hoffnungslos imprägniert habe – ich meine die Angewohnheit, jedwedes eintretende Ereignis, selbst das einer solchen Zurückführung am wenigsten fähige, auf die Gesetze besagter Wissenschaften zurückzuführen. Alles in Allem genommen, konnte kein Mensch weniger dafür anfällig sein als ich, sich durch die *ignes fatui* des Aberglaubens aus den strengen Bereichen der Wahrheit verlocken zu lassen. Ich habe es für angemessen erachtet, so viel voraus zu schicken; damit man die unglaubhafte Geschichte, die ich zu erzählen habe, nicht etwa als die Irrgänge einer roh-unreifen Einbildungskraft abtun, sie vielmehr als die positive Erfahrung eines Geistes werten möge, dem fantastische Träumereien stets nur ein toter Buchstabe gewesen sind und Null & nicht-Ich. –

Nach so manchem Jahr Auslandsaufenthalt, ging ich im Jahr 18.. im Hafen von Batavia, auf der reichen & dichtbevölkerten Insel Java, zu Schiff, um eine Reise nach dem Archipel der Sunda-Inseln anzutreten. Ich fuhr als bloßer Passagier – ohne einen anderen Beweggrund als den einer Art nervöser Unrast, die mich verfolgte wie der böse Feind.

Unser Fahrzeug war ein hübsches Schiff von rund 400 Tonnen, kupferverbolzt, und auf den Werften von Bombay aus malabarischem Teakholz erbaut. Die Fracht bestand aus Rohbaumwolle und Öl von den Lakkadiven; auch hatten wir Kokosfaser an Bord, Jagremelasse, Büffelbutter, Kokosnüsse, sowie ein paar Kisten Opium. Die Ladung war ungeschickt verstaut, und das Schiff infolgedessen zum Krängen geneigt.

Wir traten unsre Fahrt an, da kaum ein Lüftchen ging, und trieben dann, entsprechend langsam, so manchen Tag an der Ostküste Javas dahin, ohne daß irgendein besonderer Vorfall Abwechslung in die Einförmigkeit unseres Laufes gebracht hätte; es sei denn die gelegentliche Begegnung mit einem der kleinen Küstenfahrer eben des Archipels, nach dem wir unterwegs waren.

Eines Abends, übers Heckbord gelehnt, beobachtete ich eine sehr eigentümliche, isolierte Wolke in Nordwest. Sie war ebensowohl ob ihrer Färbung auffällig, als auch deswegen, weil es die erste war, die wir seit unsrer Abfahrt von Batavia zu Gesicht bekommen hatten. Ich sah ihr aufmerksam zu bis gegen Sonnenuntergang; wo sie sich unversehens sowohl ost= wie westwärts verlängerte, und den ganzen Horizont mit einem schmalen Dunstband einfaßte, das täuschend einer langen Linie flach liegenden Strandes glich. Bald darauf zog die düster=rote Erscheinung des Mondes mein Augenmerk auf sich, wie auch der absonderliche Charakter der See. Diese letztere schien in rapider Veränderung begriffen, und das Wasser wirkte beträchtlich durchsichtiger als gewöhnlich. Obgleich ich deutlich den Meeresboden erkennen konnte, ergab sich doch, als ich das Lot warf, daß das Schiff sich in 15 Faden Tiefe befand. Die Luft wurde nunmehr unerträglich stickig und war überladen mit schraubig= hauchenden Ausdünstungen, ähnlich denen, wie sie über heißem Eisen aufsteigen. Als die Nacht hereinbrach, erstarb dann auch das geringste Lüftchen, und eine noch völligere Windstille sich vorzustellen, ist schlechthin unmöglich. Die Flamme einer auf die Achterhütte gestellten Kerze brannte dort ohne das geringste wahrnehmbare Flackern; und ein langes Haar, zwischen Daumen & und Zeigefinger gehalten, hing, ohne daß auch nur die Andeutung einer Bewegung zu entdecken gewesen wäre. Dennoch äußerte sich der Kapitän dahingehend, daß er kein Anzeichen von Gefahr bemerke; und da wir ernstlich im Begriff waren, auf die Küste zuzutreiben, gab er Befehl, die Segel zu beschlagen & den Anker fallen zu lassen. Eine Wache wurde nicht ausgestellt; und die hauptsächlich aus Malaien bestehende

Mannschaft streckte sich nach & nach auf dem Deck zur Ruhe aus. Ich begab mich nach unten – nicht ohne ein Vorgefühl von schwerem Unheil; stand mir doch jedwedes der Fänomene gut dafür, daß wir einen Taifun zu besorgen hätten. Ich gab dem Kapitän gegenüber diesen Befürchtungen Ausdruck; aber er würdigte meine Worte keiner Beachtung, und ließ mich stehen, ohne sich zu einer Antwort herbeizulassen. Meine Unruhe verhinderte mich indes am Schlafen; und um Mitternacht ging ich wieder auf Deck. – Als ich den Fuß auf die oberste Stufe der Kajütentreppe setzte, stutzte ich vor einem lauten surrenden Geräusch, ähnlich dem, wie es ein schnell umlaufendes Mühlrad verursacht; und ehe ich mir noch über seine Bedeutung klar werden konnte, fühlte ich schon, wie das Schiff bis ins Innerste erzitterte. Im nächsten Moment schleuderte eine Schaumwildnis das Schiff auf die Seite; dann stürzte sie von vorn nach hinten über uns, und rasierte das ganze Deck vom Steven bis zum Stern.

Eben dieser unmäßigen Wut der Böe hatte, wie sich dann erwies, das Schiff weitgehend seine Rettung zu verdanken. Obschon total mit Wasser vollgelaufen, und ob auch sämtliche Masten über Bord gegangen waren, hob es sich, nach Verlauf einer Minute, schwerfällig aus der See; schwankte erst noch für kurze Zeit unter dem ungeheuerlichen Druck des Orkans; und richtete sich dann endlich wieder auf.

Infolge welchen Mirakels ich der allgemeinen Zerstörung entrann, ist mir anzugeben nicht möglich. Betäubt von dem Anprall der Wassermassen, fand ich mich, nach wiedererlangter Besinnung, eingeklemmt zwischen Hintersteven & Ruder. Unter größten Schwierigkeiten kam ich wieder auf die Beine, und hatte, wie ich noch in der ersten Benommenheit so um mich blickte, den Eindruck, daß wir uns inmitten einer Brandung befänden; so jenseits der verwildertsten Einbildung, war das berghochschäumende ozeanische Gestrudel, in das es uns gestürzt hatte. Nach einer Weile vernahm ich die Stimme eines alten Schweden, der sich im letzten Augenblick als wir aus dem Hafen ausliefen, mit uns eingeschifft hatte. Ich hallote ihn an, aus Leibeskräften, und er kam sogleich nach achtern getorkelt. Wir entdeckten sehr bald, daß wir die einzigen Überlebenden des Unfalls waren. Alle an Deck Befindlichen, mit Ausnahme von uns selbst, hatte es über Bord gespült; – der Kapitän und die Maate mußten im Schlaf zugrunde gegangen sein; denn die Kabinen standen total unter Wasser. Ohne Unterstützung konnten wir nur wenig für die Sicherheit des Schiffes zu unternehmen hoffen; auch wurden unsre Bemühungen zunächst dadurch gelähmt, daß wir jeden Moment darauf gefaßt sein mußten zu sinken. Das Ankertau war natürlich schon beim ersten Anhauch des Orkans wie ein Bindfaden gerissen; ansonsten wären wir ja auf der Stelle gekentert. Wir trieben mit fürchterlicher Geschwindigkeit vor den Seen dahin, und das Wasser fegte in Brechern übers ganze Deck. Das Balkenwerk des Hecks war hochgradig zertrümmert, wie wir denn überhaupt, fast in jeder Hinsicht, beträchtlichen Schaden erlitten hatten; aber zu unserer größten Freude fanden wir die Pumpen unverstopft, und auch die Ladung schien sich nicht entscheidend verschoben zu haben. Die Hauptwut des Sturmes hatte sich bereits ausgetobt, und wir befürchteten wenig Gefahr von der Heftigkeit des Windes; sahen vielmehr mit Besorgnis seinem gänzlichen Aufhören entgegen, da wir guten Grund hatten, anzunehmen, wir würden bei unserm ramponierten Zustand unweigerlich in der dann zwangsläufig folgenden schweren Dünung zugrundegehen. Aber diese sehr berechtigte Besorgnis schien keineswegs einer baldigen Verwirklichung nahe. Denn 5 volle Tage & Nächte lang – während deren unsre einzige Nahrung in ein bißchen Jagre bestand, die wir unter großen Schwierigkeiten aus dem Vorderschiff zu holen bewerkstelligten – flog der Rumpf mit einer jeder Schätzung spottenden Geschwindigkeit dahin; getrieben von rasch aufeinanderfolgenden Böen, die, obschon nicht mit dem ersten Anprall des Taifuns zu vergleichen, immer noch weit wütender waren, als jeglicher andere Sturm, den ich vordem erlebt hatte. Die ersten 4 Tage hindurch war unser Kurs, mit ganz unbedeutenden Abweichungen, Südost zu Süd; und es muß uns parallel zur Küste von Neu‹ Holland dahingeführt haben. – Im Laufe des fünften Tages wurde die Kälte empfindlich; obgleich der Wind 1 Strich mehr auf Nord gedreht hatte. – Da ging die Sonne schon mit krankhaft gelber Scheibe auf, und klomm nur ganz wenige Grade noch über den Horizont – spendete auch nicht nennenswertes Licht mehr. – Wolken waren keine zu sehen; aber der Wind nahm dessenungeachtet immer noch zu, und fauchte wütend unregelmäßig stoßweise. Es mußte unserer besten Schätzung nach um Mittag sein, als unsere Aufmerksamkeit erneut durch das Aussehen der Sonne erregt wurde. Keinerlei Licht, was man so Licht nennt, ging von ihr aus; nur ein widrig träges Glimmen ohne Glanz, wie wenn alle ihre Strahlen polarisiert wären. Just bevor sie in die schwüllsdicke See sank, ging ihr Zentralfeuer plötzlich aus, gleichsam hastig gelöscht von einer unerklärlichen Macht. Sie war nichts als ein dünner, mattsilberner Reif mehr, als sie in den unergründlichen Ozean niederfuhr.

Wir warteten vergebens auf den Anbruch des 6. Tages –
mir ist dieser Tag noch nicht angebrochen – dem Schweden wird er nie anbrechen. Hinfort waren wir in Pech≈
Schwärze eingehüllt, so daß wir, 20 Schritt vom Schiff
entfernt, keinen Gegenstand mehr hätten ausmachen
können. Ewige Nacht umgab uns pausenlos; gänzlich
ungelindert durch das fosforeszierende Meerleuchten,
an das wir uns in den Tropen gewöhnt hatten. Auch
bemerkten wir, daß, obschon der Sturm mit unverminderter Heftigkeit zu toben fortfuhr, wir dennoch keine
Spur mehr von dem Schäumen oder Branden zu entdecken vermochten, das uns bisher begleitet hatte –
Alles in der Runde war Graus, und fettes Düster, und
eine schwarz schwitzende Wüste aus flüssigem Ebenholz. – Abergläubisches Entsetzen beschlich, stufenweis
zunehmend, den Geist des alten Schweden; und meine
eigne Seele war übermannt von stillem Staunen. Wir ließen jedwede Sorge um das Schiff als schlimmer denn
nutzlos, fahren; sicherten uns, so gut es ging, am Stumpf
des Besanmastes, und starrten ansonsten eben voll Bitternis in die Ozeanwelt. Wir verfügten weder über Mittel, die Zeit zu messen; noch vermochten wir unsern
Standpunkt zu bestimmen, sei es auch nur ganz annähernd. Trotzdem waren wir uns völlig klar darüber,
daß es uns weiter südwärts geführt haben mußte, als
sämtliche früheren Entdecker, und empfanden beträchtliches Erstaunen, nicht auf die zu erwartenden Eishindernisse zu treffen. Inzwischen drohte jeder Moment,
unser letzter zu sein – jeder Wogenberg eilte, uns zu verschlingen. Die Dünung überstieg alles, was ich bisher
überhaupt für vorstellbar gehalten hatte, und daß wir
nicht unverzüglich begraben wurden, ist ein glattes
Wunder. Mein Gefährte sprach von der Leichtigkeit der

Ladung, und erinnerte mich an die vortrefflichen Eigenschaften unseres Schiffes; aber, ich konnte mir nicht helfen, ich hatte das Gefühl der gänzlichen Hoffnungslosigkeit des Hoffens, und bereitete mich düster auf einen Tod vor, der meiner Ansicht nach durch nichts um auch nur 1 Stunde noch hinausgeschoben werden konnte, da mit jeglicher Meile, die das Schiff machte, die Dünung der stupenden schwarzen Seen immer schrecklicher & entmutigender wurde. Zuweilen schnappten wir nach Luft in einer Höhe jenseits des Albatross – zuweilen schwindelte uns ob der sausenden Niederfahrt in eine Wasserhölle, wo die Luft flau stockte & kein Laut den Schlummer der Kraken störte.

Wir befanden uns am Boden eines dieser Abgründe, als plötzlich ein schneller Schrei meines Gefährten die Nacht aufs furchtbarste zerriß. «Sieh! Sieh!» kreischte sein Ruf mir ins Ohr, «Allmächtiger Gott! Sieh! Sieh!» Er sprach noch, da wurde ich schon der dumpf trüben Rotglut des Lichtes gewahr, das die Innenseite des weiten Wasserkraters, in dem wir lagen, herabströmte und ruckenden Glanz über unser Deck warf. Die Augen aufwärts richtend, erblickte ich ein Schauspiel, darob mir das Blut in den Adern gerann. In einer furchtbaren Höhe, direkt über uns & unmittelbar am Rande des jähen Absturzes, schwebte ein gigantisches Schiff, von schätzungsweise viertausend Tonnen. Obschon auf den Kamm einer Woge erhoben, mehr als hundert Mal so hoch wie es selbst, übertraf seine scheinbare Größe dennoch die jeglichen Linienschiffes oder Ostindienfahrers, der existiert. Sein mächtiger Rumpf war von einem tiefen schmutzigen Schwarzbraun, das keines der bei Schiffen sonst gewohnten Zierraten etwas aufgelockert hatte. 1 einzige Reihe messingner Geschütze sah aus den offenstehenden Stückpforten hervor, und ihre blankgeputzten Oberflächen spiegelten zuckend die Feuer unzähliger Gefechtslaternen wider, die überall in der Takelage hin & her pendelten. Aber was uns hauptsächlich mit Graus & Erstaunen erfüllte, war, daß wir sämtliche Segel gesetzt sahen, dem übernatürlichen Seegang zu ausgesprochenem Trotz & dem unbändigen Orkan nicht minder. Da wir seiner zuerst ansichtig wurden, war nur die Bugpartie zu sehen gewesen, wie es sich langsam aus seinem düster- & schrecklichen Schlunde jenseits hob. Einen Moment entsetzlichster Spannung lang verhielt es in der schwindelnden Höhe, wie in Betrachtung seiner eignen Erhabenheit; dann ein Beben; ein Wanken – und dann kam es herab!

In diesem Augenblick überkam, ich weiß nicht was für eine plötzliche Selbstbeherrschung meinen Geist. So weit nach achtern stolpernd wie ich nur konnte, erwartete ich furchtlos den uns bevorstehenden Ruin. Unser eigenes Fahrzeug stand im Begriff sein Ringen einzustellen, und ließ bereits das Haupt in die See sinken. Die Wucht der niedersausenden Riesenmasse traf es folglich an derjenigen Stelle seines Baus, der sich schon unter Wasser befand; und das unvermeidliche Ergebnis wurde, mich mit unwiderstehlicher Gewalt in die Takelage des Unbekannten zu hebeln.

Während meines Falls noch ging das Schiff über Stag & drehte ab; und dem sich anschließenden Durcheinander schrieb ich es zu, daß ich der Wahrnehmung durch die Mannschaft entging. Ohne nennenswerte Schwierigkeit gelang es mir, ungesehen die teilweise offenstehende Großluke zu erreichen, und bald wurde mir auch eine Gelegenheit, mich im Schiffsraum zu verbergen. Warum ich mich so verhielt, ist schwer zu erklären. Ein undefinierbares Gefühl heiliger Scheu, das beim ersten Ansichtigwerden der Lenker dieses Schiffes sich meines Geistes bemächtigt hatte, mag vielleicht der Beweggrund für mein Verstecken gewesen sein. Ich war nicht willens, mich blindlings einem Schlag von Leuten anzuvertrauen, an denen sich schon auf meinen ersten flüchtigen Blick hin, so viele Eigenheiten ergeben hatten, teils Dubioses, teils Furchteinflößendes, teils bloße unbestimmbare Außergewöhnlichkeit. Deshalb hielt ich es für angemessen, mir zunächst ein Versteck im Schiffsraum ausfindig zu machen; was ich dadurch bewirkte, daß ich einen kleinen Teil des Schotts dergestalt entfernte, um mir einen bequemen Zufluchtsort in dem mächtigen Rippenwerk des Schiffskörpers zu verschaffen.

Ich war kaum mit meinen Veranstaltungen fertig geworden, als mich auch schon Schritte im Schiffsraum nötigten, davon Gebrauch zu machen. Ein Mann kam an meinem Versteck vorbei, mit schwachem & unsicherem Gang. Das Gesicht konnte ich nicht erkennen; hatte aber Gelegenheit, sein Äußeres im allgemeinen zu beurteilen. Der Gesamteindruck war der von hohem Alter & Gebrechlichkeit. Seine Knie wankten unter einer Last von Jahren, und sein ganzer Körperbau zitterte ob der Bürde. Er murmelte mit sich selbst, in leisem brüchigem Ton, ein paar Worte einer Sprache, die ich nicht verstehen konnte, während er in einem Haufen eigentümlich aussehender Instrumente & vermorschter Seekarten herumstörte, der in einem Winkel lag. Sein Gebaren dabei war ein verwildertes Gemische aus der Grämlichkeit zweiter Kindheit & der feierlichen Würde eines Gottes. Schließlich entfernte er sich in Richtung Deck, und ich sah ihn nicht mehr.

Eine Empfindung, für die ich keinen Namen weiß, hat von meiner Seele Besitz ergriffen – ein Gefühl das keine Analyse zulassen will; für das die Erfahrungen vergangener Zeiten sich als unzureichend erweisen; und für das, wie ich fürchte, die Zukunft selbst mir keinen Schlüssel liefern wird. Für einen Geist, gefügt wie der meinige, ist diese letztere Erwägung ein Übel. Ich werde nie – ich weiß genau, ich werde niemals – befriedigt werden, hinsichtlich der Natur meiner Konzeptionen. Immerhin ist es nicht zum Verwundern, daß diese Konzeptionen so unbestimmt sind, da sie schließlich ihren Ursprung in so gänzlich neuartigen Quellen haben. Ein neuer Sinn – eine neue Entität wird soeben meiner Seele angegliedert.

Jetzt ist es schon lange, daß ich zuerst das Deck dieses schrecklichen Schiffes betrat; und die Strahlen meines Schicksals sind, wie ich meine, dabei, sich in 1 Brennpunkt zu versammeln: Unbegreifliche Männer! Versunken in Betrachtungen einer Art, die ich nicht erraten kann, gehen sie achtlos an mir vorüber. Versteckspielen wäre meinerseits der Gipfel der Narretei; denn die Leute *wollen nicht* sehen. Eben vorhin erst bin ich direkt vor den Augen des Maats vorbeigegangen – und es ist noch gar nicht so lange her, daß ich mich in die eigene Privatkajüte des Kapitäns gewagt, und dort die Materialien entnommen habe, mit denen ich hier schreibe, (beziehungsweise geschrieben habe). Ich werde von Zeit zu Zeit dies Tagebuch fortführen. Das ist richtig, daß ich möglicherweise keine Gelegenheit finden werde, es der Welt weiter zu reichen; aber ich will nicht unterlassen, wenigstens den Versuch zu machen. Im letzten Augenblick gedenke ich, das MS in eine Flasche zu verschließen & in die See zu werfen.

Ein Vorfall hat sich ereignet, der mir neuerlich Anlaß zu Betrachtungen gegeben hat: Sind derlei Dinge das Wirken gesetzlosen Zufalls? Ich hatte mich an Deck getraut; und mich, ohne irgend Aufsehen zu erregen, auf dem Boden der Jolle ausgestreckt, inmitten eines Haufens von Webeleinen & alten Segeln. In Gedanken versenkt ob der Merkwürdigkeit meines Geschicks, strich & tupfte ich unbewußt mit einem Teerquast auf den Kanten eines sauber zusammengefalteten Leesegels herum, das über einer Tonne neben mir lag. Dies Leesegel hat das Schiff nunmehr gesetzt; und die gedankenlosen Pinselstriche sind ausgespreitet in das Wort ENTDECKUNG.

Ich habe letzthin zahlreiche Beobachtungen hinsichtlich der Konstruktion des Fahrzeuges angestellt. Obschon wohlbestückt, handelt es sich meines Erachtens nicht um ein Kriegsschiff. Takelung, Bauart, allgemeine Ausrüstung, alle schließen sie eine Annahme dieser Art aus. Was es *nicht ist,* kann ich unschwer wahrnehmen – was es *ist,* wird, fürchte ich, unmöglich zu sagen sein. Ich weiß nicht wie es kommt; aber wenn ich das seltsame Modell so ins Auge fasse, und die eigenartige Anordnung der Spieren, die mächtige Größe, samt dem übertriebnen Stell von Segeln, den schmucklos würdevollen Bug und den altertümlichen Stern, dann will es mir zuweilen im Gemüt aufblitzen, wie die Empfindung altvertrauter Dinge; und immer mischt sich mit solch unbestimmten Schatten der Erinnerung ein unerklärbares Gedenken an alte fremde Chroniken & längst vergangne Zeitalter.

Ich habe mir inzwischen das Holzwerk des Schiffes angesehen: Es ist aus einem Material gebaut, mit dem ich unbekannt bin. Vor allem hat das Holz 1 absonderliche Eigenschaft, die es mir gänzlich ungeeignet erscheinen läßt für den Zweck, zu dem man es verwendet hat. Ich meine damit seine auffällige *Porosität;* einmal den wurmstichigen Zustand beiseite gesetzt, der eine unvermeidliche Folge der Seefahrt in diesen Meeren ist, und auch abgesehen von seiner Verrottetheit als reiner Alterserscheinung. Es mag vielleicht wie eine etwas superkluge Bemerkung wirken; aber dies Holz hier würde eigentlich jedes charakteristische Merkmal Spanischer Eiche besitzen, wenn Spanische Eiche durch irgendein unnatürliches Verfahren ausgedehnt worden wäre.
Wie ich den vorhergehenden Satz überlese, kommt mir auf einmal das kuriose Sprüchlein eines alten, verwetterten, holländischen Seefahrers deutlich wieder in den Sinn: «Das ist so wahr», pflegte er zu beteuern, wenn irgend Zweifel an seiner Wahrheitsliebe laut wurden, «so wahr, wie es eine See gibt, wo die Schiffe selbst an Umfang wachsen, wie der lebende Leib des Seemanns.»

Vor rund einer Stunde hab' ich mich erdreistet, mich in eine Gruppe der Mannschaft einzudrängen. Sie achteten meiner auf keine Weise; und schienen, ob ich schon genau in der Mitte von ihnen Allen stand, meiner Anwesenheit absolut unbewußt. Gleich dem Einen, den ich zuerst im Schiffsraum gesehen hatte, trugen sie sämtlich die Stigmata höchsten greisen Alters an sich. Ihre Kniee zitterten vor Schwäche; ihre Rücken waren gekrümmt vor Hinfälligkeit; ihre verschrumpften Häute rasselten im Wind; ihre Stimmen waren leise, zittrig & gebrochen; ihre Augen triefenden vom Greisenschleim; und ihr Grauhaar strömte schreckhaft im Sturme. Um sie herum, allüberall auf dem Deck, lagen mathematische Instrumente verstreut, von der spitzfündig-fantastischsten und altmodisch-verschmitztesten Konstruktion.

Ich habe vor einiger Weile des Setzens eines Leesegels Erwähnung getan. Von diesem Zeitpunkt an hat das Schiff so gedreht, daß der Wind voll von achtern kommt & es seinen schrecklichen Lauf genau südwärts richtet; jeglichen nur denkbaren Segelfetzen gesetzt, vom Flaggenknopf bis zu den Unterleesegelspieren, und jeden Augenblick tunken die Enden der Bramrahen in die schaurigste Wasserhölle, die sich auszumalen einem Menschengehirn nur einkommen kann. Ich habe soeben das Deck verlassen müssen, wo ich es schlechthin unmöglich fand, auf den Beinen zu bleiben; obschon die Mannschaft wenig Beschwerlichkeiten zu empfinden scheint. Es ist für mich ein Wunder aller Wunder, daß es unsern enormen Rumpf nicht auf der Stelle & für immer verschlingt. Sicherlich sind wir dazu verdammt, immerdar am Rande der Ewigkeit zu schweben, ohne je den letzten entscheidenden Sprung in den Abgrund zu tun. Vor Wogen, eintausendmal ungeheuerlicher als ich sie bislang erblickt habe, gleiten wir pfeilgeschwind davon, mit der Leichtigkeit einer Seemöve, und die Wasserkolosse bäumen ihre Häupter über uns auf, gleich

Dämonen der Tiefe; aber gleich Dämonen, die sich auf bloßes Drohen zu beschränken haben & denen zu zerstören verboten ist. Ich sehe mich veranlaßt, dieses unser periodisches Entkommen der einzigen natürlichen Ursache zuzuschreiben, die solche Erscheinung noch erklären kann – ich muß annehmen, daß das Schiff sich unter dem Einfluß irgendeiner starken Strömung befindet, beziehungsweise eines heftigen Soges.

Ich habe den Kapitän gesehen, von Angesicht zu Angesicht & in seiner eigenen Kajüte – aber, wie ich schon erwartete, schenkte er mir keinerlei Aufmerksamkeit. Ob sich gleich für einen flüchtigen Beobachter in seiner äußeren Erscheinung nichts findet, das mehr oder weniger als einen Menschen ankündigte – dennoch war dem Gefühl der Verwunderung, mit dem ich ihn betrachtete, ein nicht zu unterdrückendes Element von Ehrfurcht & heiliger Scheu beigemischt. Er hat nahezu meine eigene Statur; das heißt, er ist 5 Fuß 8 Zoll groß. Sein Körperbau ist kompakt & harmonisch; weder ausgeprägt stämmig noch das Gegenteil davon. Aber es ist die Eigentümlichkeit des Ausdrucks, der über seinem Gesicht liegt – es sind die konzentrierten, die wundersamen, die aufpeitschenden Hinweise auf ein Alter, so unsagbar, so exorbitant, daß es in meinem Geist eine Empfindung wachruft – ein unauslöschliches Gefühl. Seine Stirn, obwohl nur leicht gefältelt, scheint den Stempel einer Myriade von Jahren zu tragen. – Seine grauen Haare sind Annalen der Vergangenheit, und seine graueren Augen Sybillen der Zukunft. Dicht hingestreut über den Fußboden der Kajüte lagen seltsame Folianten mit Eisenschließen, brüchige wissenschaftliche Instrumente, und altfränkische, längstüberholte Seekarten. Er hielt den Kopf tief auf seine Hände niedergebeugt, und durchging mit glühenden unstetem Auge ein Papier, das mir eine Bestallungsurkunde däuchte, das aber auf jeden Fall die Unterschrift eines Monarchen trug. Er murmelte mit sich selbst, gleich jenem ersten Seemann, den ich im Schiffsraum sah, ein grämelnd leises Gesilbel in fremder Zunge; und ob schon der Sprechende ellbogendicht neben mir war, schien seine Stimme mein Ohr aus meilenweiter Entferntheit her zu erreichen.

Das Schiff & Alle in ihm, sind durchtränkt mit dem Geist des Alters. Die Mannschaften gleiten hin & her, wie die Gespenster zu Grabe getragener Jahrhunderte; ihre Augen haben einen wunderlich= & unruhigen Ausdruck; und wenn ihr Handgegaukel im Wildlicht der Gefechtslaternen, meinen Weg kreuzt, dann fühle ich, wie ich nie zuvor gefühlt habe; obschon ich doch mein Leben lang mich mit Antiquitäten abgegeben, und in meinen Geist die Schatten gestürzter Säulen aufgenommen habe, zu Balbec, zu Tadmor und Persepolis, bis meine Seele selbst zur Ruine geworden.

Wenn ich um mich schaue, fühle ich mich beschämt ob meiner früheren Befürchtungen. Zitterte ich schon vor dem Sturm, der uns bisher begleitet hat, sollte ich dann nicht entgeistert stehen dürfen, bei einem Widerstreit von Wind und Ozean, von dem eine entfernte Idee zu vermitteln Worte wie ‹Tornado› und ‹Taifun› sich als banal & unwirksam erweisen? In der unmittelbaren Nachbarschaft des Schiffes ist alles Schwärze & ewige

Nacht & ein Chaos schaumlosen Wassers; aber rund
1 Legua zu beiden Seiten von uns, lassen sich, undeutlich
& nur zuzeiten, stupende Festungswälle aus Eis wahrnehmen, die sich nach aufwärts in den öden Himmel verlieren, und wirken, wie die Mauern des Universums.

Was ich mir schon dachte, hat sich bestätigt: das Schiff
befindet sich in einem Sog; falls dergleichen Bezeichnung angemessenerweise einer Strömung gegeben werden kann, die heulend & kreischend am weißen Eis
dahindonnert, immer nach Süden zu, mit einer Geschwindigkeit, so jäh & reißend wie ein Katarakt.

Sich vom Grauenhaften meiner Gefühlslage einen Begriff zu machen, wird, wie ich annehme, völlig unmöglich sein; trotzdem überwiegt eine gewisse Neubegier,
die Geheimnisse dieser schrecklich hehren Regionen zu
ergründen, selbst meine Verzweiflung noch; und versöhnt mich gleichsam wieder mit dem Aspekt auch des
scheußlichsten Todes. Liegt es doch auf der Hand, daß
wir vorwärts stürmen, irgendeiner erregendsten Erkenntnis zu – einem niemals bekanntzumachenden Geheimnis, dessen Erreichung gleichbedeutend ist mit Zerstörung. Vielleicht führt uns ja diese Strömung direkt
zum Südpol selbst. Es muß gestanden werden, daß eine
scheinbar so verwilderte Hypothese jegliche Wahrscheinlichkeit zu ihren Gunsten hat.

Die Mannschaft mißt das Deck mit unruhigen & tremulierenden Schritten; aber über ihren Angesichtern liegt

es eher wie ein Ausdruck eifernden Hoffens denn wie die Resignation des Verzweiflung.
Inzwischen haben wir den Wind noch immer von achtern; und da wir unter solchem Press von Segeln fahren, hebt es das Schiff zuzeiten buchstäblich aus der See – Oh Grauen über Grauen! Das Eis öffnet sich plötzlich zur Rechten; auch zur Linken; und wir wirbeln wie betäubt, in immensen konzentrischen Kreisungen, so rund wie rund wie rund herum, in einem gigantischen Amfi=Theater, dessen Wändungen sich nach obenhin in Dunknis & Distanz verlieren. Aber nur karge Zeit wird mir vergönnt sein, über mein Kismet zu meditieren – die Kreise werden sehr rasch enger – wir strudeln wie irr, gepackt vom Wirbelpfuhl – und inmitten des Röhrens & Blökens & Donnerns, von Ozean und von Sturm, beginnt das Schiff zu vibrieren oh GOtt! und – alles versinkt –

ANMERKUNG EDGAR POE'S – Der ‹*Manuskriptfund in einer Flasche*› ist ursprünglich 1831 veröffentlicht worden, und erst|eine ganze Zahl von Jahren später geschah es, daß ich mit den Landkarten Mercators bekannt wurde, auf denen dargestellt ist, wie der Ozean sich durch 4 Mündungen in einen (nördlichen) Polar=Schlund stürzt & das Innere der Erde ihn in sich einschlingt. Der Pol selbst wird durch einen schwarzen Felsen repräsentiert, der in unermeßliche Höhen emporragt.

BERENICE

*Da versicherten mir die Tischgenossen, daß es meinem
Kummer in gewissem Grade Erleichterung bringen würde,
wenn ich das Grab meines Liebchens besuchte.*
Ebn Zaiat

Elend ist mannigfach. Die irdische Erbärmlichkeit vielgestaltig. Dem Regenbogen gleich überspannt sie den weiten Horizont; ihre Schattierungen sind nicht minder variantenreich als die Farbtönungen jenes Gewölbten – auch ebenso deutlich, und ebenso delikat ineinander übergehend. ‹Den weiten Horizont überspannend, gleich einem Regenbogen›: wie bin ich darauf verfallen, von Schönheit zu etwas typisch Unlieblichem überzugehen? – vom Zeichen des Friedensbundes auf ein Sinnbild der Sorge? Aber, gleich wie im Sittlichen das Böse die Hohlform des Guten ist, so, wahrlich, wird ausmitten von Freuden der Kummer geboren. Endweder macht die Erinnerung vergangener Wonnen das Heute zur Plage; oder die Martern die *sind,* haben ihren Ursprung in den Entzückungen, *die hätten sein können.*
Mein Taufname ist Egaeus; den meiner Familie will ich nicht nennen. Aber altehrwürdiger sind keine Burgen im Lande, als die dämmernden, grauen Hallen meiner Väter. Man hat unsere Linie als ein Geschlecht von Visionären bezeichnet; und in so manchen auffälligen Einzelheiten – dem äußeren Habitus unsres Herrenhauses – den Fresken im Großen Salon – den Gobelins der Schlafzimmer – den Steinornamenten gewisser Strebepfeiler in der Rüstkammer – aber ausgeprägter noch an den alten Gemälden in der Galerie – am Stil des Bibliothekszimmers – und, schließlich, an der beträcht-

lich eigentümlichen Natur des Inhalts unserer Bibliothek – gibt es schon hinreichend Anhaltspunkte, um eine solche Ansicht zu rechtfertigen.
Meine ersten Erinnerungen aus allerfrühesten Jahren, sind verlötet mit eben jenem Zimmer & den Reihen seiner Bücherrücken – was die Letzteren betrifft, will ich weiter nichts sagen. Hier starb meine Mutter. In ihm wurde ich geboren. Aber es wäre müßig & eine Nichtigkeit, zu behaupten, daß ich nicht vorher schon gelebt hätte – daß die Seele keine pränatale Existenz habe. Ihr leugnet's? – woll'n wir darüber nicht lange streiten. Zutiefst überzeugt, suche ich nicht zu überzeugen. (Dennoch existieren, irgendwie, Erinnerungsreste an arielische Gestalten – an geisterreichvielsagend Äugendes – an Klänge, musisch ob schon trist – Erinnerungen, die wegzudenken es nicht gestattet – Mnemystisches wie Schatten, verwaschen, sich wandelnd, undeutlich, instabil; und auch darin dem Schatten ähnlich, daß ich seiner unmöglich ledig zu werden vermag, solange das Sunlicht meiner Raison anhellt.)
In jenem Zimmer bin ich geboren. Dergestalt plötzlich auffahrend aus langer Nacht dessen, was Nicht=Sein schien (es aber nicht wahr), hinein in die Mit=Region eines Feenlands – in einen Palast der Fantasie – in die wilden Bezirke skolastischer Denkelei & Gelehrsamkeit – steht es nicht zu verwundern, daß ich begierigen brennenden Auges um mich schaute – meine Knabheit bei Büchern versäumte, und meine Jugend in Träumen vertat. Aber *das ist* befremdlich, daß, als die Jahre dahinrollten, und der Mittag der Mannheit mich noch immer im Haus meiner Väter fand – es *ist* verwunderlich, wie Stockung & Stillstand die Quellen meiner Vitalität befiel – verwunderlich, wie allumfassend die Umkehrung

war, die der Charakter meiner simpelsten Gedankengänge erfuhr. Die Realitäten dieser Welt berührten mich wie Halluzinationen, und *nur* wie Halluzinationen; während stattdessen die wilden Gebilde des Reiches der Träume ihrerseits zu – ja nicht bloß zur Basis meines Alltagsdaseins wurden – vielmehr, gewiß & wahrhaftig & einzig & ausschließlich, dies Dasein selbst.

Berenice & ich waren Kusin & Kusine, und wuchsen nebeneinander auf in meinen elterlichen Hallen. Doch wie verschieden wuchsen wir auf – ich schwächlicher Gesundheit, und von Düster umcirct; sie anmutiggelenkig, und übersprudelnd von Energien – sie leichtfüßig schweifend am Hügelhang; ich, mönchischgebückt, über Studien – ich nur im eigenen Herzen lebend & webend, und, süchtig an Seel' & Leib, schier schmerzlich gespanntem Meditieren ergeben; sie sorglos durchs Leben hin streifend, ohne im geringsten der Schatten auf ihrem Pfad zu gedenken, oder der stummen Flucht der rabenfiedrigen Stunden. Berenice – ich rufe beschwörend ihren Namen: Berenice! – und aus dem Trümmergrau des Gedächtnisses schwirren 1000 tumultuarische Erinnerungen auf, ob solchen Klangs! Ah, deutlich steht ihr Bild itzt vor mir; lebhaft wie in den Tagen, da sie leichtherzig war & froh! Oh, prunkend꞉ doch fantastische Schönheit! Oh, Sylphide im Buschwerk von Arnheim! Oh, Najade in all seinen springenden Bronnen! – aber dann – – ja, dann ist nichts mehr als Rätsel und Graus und eine Erzählung, die nicht erzählt werden sollte.

Leiden – ein schleichend꞉tödliches Leiden – kam, samumgleich, über sie & ihre Gestalt; ja, während mein Blick auf ihr ruhte noch, schweifte der Wechselgeist über sie hin, durchdrang ihr Gemüt, ihre Gewohnheiten, ihr Wesen, und verstörte auf allersubtilste & ‹gräßlichste Weise sogar die Identität ihrer Persönlichkeit! Weh, der Zerstörer kam & ging, und sein Opfer – ja, wo war es? Ich kannte es nicht – ich erkannt' es nicht länger als ‹Berenice›.

Unter dem zahlreichen Schwarm von Leiden, die sich jener heillosen, ursprünglichen Krankheit, die eine so erschreckende Verwandlung im Wesen & Aussehen meiner Kusine bewirkte, hinzugesellten, mag als das hartnäckigste & niederschlagendste, eine Art Epilepsie erwähnt sein, die nicht selten in Trance überging – einen Trancezustand, der endgültiger Auflösung gefährlich nahe kam; und aus dem in den meisten Fällen ein Erwachen erfolgte, das in seiner abrupten Plötzlichkeit erschrecken machte. In der Zwischenzeit nahm mein eigenes Leiden – denn man hat mir gesagt, daß ich es mit keinem andern Namen zu bezeichnen hätte – mein eigenes Leiden also, nahm rapide zu; bis es endlich zu einer Art Monomanie stieg, von gänzlich neuem und außerordentlichem Charakter – der stündlich, ja augenblicklich an Beschleunigung gewann – und am Ende die allerunbegreiflichste Gewalt über mich erlangte. Besagte Monomanie, wie ich sie wohl nennen muß, bestand in einer morbiden Überreiztheit desjenigen Gehirnzentrums, das von der Psychologie das ‹wahrnehmungsspeichernde› genannt wird. Es ist mir mehr als wahrscheinlich, daß man mich nicht begreift; aber ich fürchte sowieso, daß es mir auf keinerlei Weise möglich sein werde, dem Geist des bloß normalen Lesers einen annähernden Begriff von jener nervösen *Angespanntheit des Interesses* zu vermitteln, mit dem sich in meinem Fall die Kraft der Betrachtung (um keinen

unverständlicheren terminus technicus zu gebrauchen), ins Anschauen & Auffassen auch der alltäglichsten Gegenstände der Außenwelt, einbohrte & förmlich verwühlte.
Längliche Stunden unermüdbarer Versenkung, während all mein Aufmerken sich auf untergeordnetes Randleistendetail irgend eines Buches konzentrierte, oder auch auf dessen bloße Typografie; die schönere Hälfte eines Sommertages sich von einem wunderlichen Schatten in Anspruch nehmen lassen, der verquer an die Tür schlich, oder schräg zur gewirkten Tapete; eine geschlagene Nacht hindurch mich in Beschauung des ernsten Flämmchens einer Lampe zu verlieren, oder still vegetierender Feuersgluten; über dem Arom' einer Blume ganze Tage zu verträumen; ein gänzlich banales Wort einförmig so lange zu wiederholen, bis seine bloße Klangfolge, aufgrund sturer Perseveranz, aufhörte, im Verstand noch etwas wie ‹Sinn› zu bewirken; jedweden Gefühls von Bewegung, ja, leiblicher Existenz überhaupt, dadurch verlustig zu gehen, daß ich mich lange & starrsinnig zwang, von jeder körperlichen Regung Abstand zu nehmen – das waren so einige der mir geläufigsten und noch am wenigsten verwerflichen Schrullen, herbeigeführt durch eine bestimmte Seelenlage, die zwar, zugegeben, nicht absolut ohnegleichen dasteht; jedoch der Analyse oder der Einsicht in ihre Mechanismen ohne Frage spottet.
Aber man verstehe mich nicht etwa falsch. – Die durch ihrer eigentlichen Natur nach belanglose Objekte sich bei mir entzündende, unverhältnismäßige, ernstliche & ungesunde Fixierung der Aufmerksamkeit, darf, ihrem Wesen nach, ja nicht mit dem allen Menschen eigenen Hang zu Tagträumereien verwechselt werden, wie sich

ihm ganz besonders Individuen mit hitziger Einbildungskraft hinzugeben pflegen. Auch handelte es sich mit nichten, wie man vielleicht zunächst annehmen möchte, um einen extremen Grad, eine Art von Übersteigerung solchen Hanges; sondern von vornherein um etwas grundsätzlich und dem innersten nach Verschiednes & Abweichendes. Im Normalfalle nämlich, geht der Träumer oder Gedankenspieler von einem, im allgemeinen *nicht* pervers-belanglosen Motiv aus; verliert diesen Ansatzpunkt in der Wirrnis von sich anschließenden Anregungen & Eingebungen unmerklich ganz aus den Augen; bis er dann endlich, gegen Ende des *oft von Ersatzgenüssen randvollen* Tagtraums, jenes *incitamentum,* jene erste Keimzelle seiner Versenkung, total vergessen und ‹verspielt› hat. In *meinem* Fall dagegen, war der Ausgangspunkt *grundsätzlich belanglos;* obschon er, beim Durchgang durch das Medium meiner verzerrenden Optik, stets rasch eine irreale, gleichsam abgeknickte Wichtigkeit gewann. Falls überhaupt, ergaben sich nur ganz wenige Abweichungen von der vorgezeichneten Grundrichtung; und auch sie recurrirten hartnäckig auf den ursprünglichen Anlaß, wie auf ein geheimes Zentrum. Weiterhin waren meine Gedankenspiele *niemals* angenehmer Natur; und am Ende jeglicher Traumserie hatte die Erste Ursache, anstatt außer Sicht geraten zu sein, vielmehr jene übernatürlich-ausschweifende Bedeutsamkeit angenommen, die den vorherrschenden Zug meines Leidens bildete. Mit einem Wort: die überwiegend in Kontribution gesetzten Geisteskräfte waren, ich erwähnte es bereits, in meinem Fall die *wahrnehmungsspeichernden;* während es, beim Tagträumer normalen Schlages, mehr die *kombinierend-schweifenden* sind.

Meine Lektüre zu dieser Zeit – falls sie nicht tatsächlich dazu beigetragen hat, die Aberration noch zu steigern – ahmte, wie man gleich erkennen wird, in der Fantastik und Unlogik ihrer Zusammensetzung, die charakteristischen Symptome der Erkrankung selbst, in großen Umrissen nach. Ich entsinne mich, unter anderem, noch deutlich der Abhandlung jenes edlen Italiäners, des Coelius Secundus Curio, ‹*De Amplitudine Beati Regni Dei*›; an Sankt Augustins großes Buch vom ‹*Gottesstaat*›; und Tertullians ‹*De Carne Christi*›, in welchem die paradoxe Sentenz ‹*Mortuus est Dei filius; credibile est quia ineptum est: et sepultus resurrexit; certum est quia impossibile est*› durch viele Wochen emsigen & fruchtlosen Spekulierens, meine ungeteilte Aufmerksamkeit gänzlich in Anspruch nahm.

Dergestalt wird männiglich einsehen, wie mein Verstand – nur von Trivialstem aus dem Gleichgewicht zu bringen – Ähnlichkeit trug mit jener Meeresklippe, von der uns Ptolemäus Chennus berichtet, der Sohn des Hephaistion, daß sie allen Bemühungen menschlichen Ungestüms unentwegt widerstand, auch der wilderen Wut der Wasser & Winde; vielmehr nur erbebte, wenn man sie mit dem Stengel der Pflanze berührte, die da heißt Asphodel. Und ob schon einem gedankenlosen Denker als gesicherter Tatbestand erscheinen könnte, wie die von der unseligen Krankheit bei Berenice bewirkten seelischen Depressionen mich mit so manchem Ansatzpunkt zu abnorm=intensiven Träumungen (von der Art, wie ich sie eben des Breiten auseinandersetzte) versehen hätten – so war doch solches nie, nicht im geringsten Grade, der Fall. In den helleren Augenblicken meines eigenen Unwohlseins verursachte mir ihr Jammer sehr wohl Leid; und wenn ich mir den vollen

Schiffbruch ihres schön- & sanften Lebens einmal so recht zu Herzen nahm, verfehlte ich gar nicht, des langen & bitteren über die erstaunlichen Ursachen nachzudenken, die eine so befremdlich totale Veränderung so plötzlich hatten eintreten machen. Aber dergleichen Überlegungen hatten dann mit der speziellen Form meiner eigenen Erkrankung nichts gemein; waren vielmehr von einer Art, wie sie unter gleich gelagerten Umständen der gewöhnlichen Mehrheit der Menschen ebenfalls eingekommen wären. Nein; meine Abartigkeit schwelgte, ihrer sonderlichen Artung sehr getreu, vielmehr in den unwichtigeren aber für mich weit aufregenderen Veränderungen, die *im Äußeren* Berenices auftraten – in der eigenartigen & über die Maßen schreckhaften Verformung ihrer individuellen, persönlichen Kennzeichen.

Während der strahlendsten Tage ihrer unvergleichlichen Schönheit schon, hatte ich sie, und das steht fest, niemals geliebt. Mir, in der raren Abnormität meines Wesens, waren Gefühle *nie aus dem Herzen* gekommen; meine Leidenschaften entsprangen *stets nur dem Kopfe*. Ob im Graulicht des frühesten Morgens – ob in Schattenspalieren des Hochwalds zur Mittagszeit – ob in der Stille des Büchersaales zur Nacht – war sie sehr wohl meinen Augen vorbeigehuscht, und ich hatte sie wahrgenommen – nicht als die lebende, atmende Berenice; sondern wie die Berenice eines Traums – nicht als Wesen dieser Erde, als erdisch; sondern wie die Abstraktion eines solchen Wesens – nicht als Gegenstand der Bewunderung; sondern der Analyse – nicht als Liebesobjekt; wohl aber als Thema abstrusesten, obschon planlos-plänkelnden Spekulierens. Aber *nunmehr* – nunmehr schauderte ich in ihrer Gegenwart; und er-

bleichte, wenn sie sich annäherte; und ob ich auch bitterlich ihren hoffnungslos verfallenen Zustand beklagte, rief ich mir ins Gedächtnis zurück, daß sie mich ja schon lange geliebt habe; und, in einem schlimmen Moment, sprach ich ihr von Heirat.
Und da war auch der Zeitpunkt des Brautbettes schließlich herbeigekommen, – es war Nachmittag, und im Winter des Jahrs; einer dieser widersinnig lauen, dunstigen Kalmentage, die die Vorläufer der schöneren halkyonischen sind – da saß ich (und saß, wie ich dachte, allein) im innersten Zirkel des Büchersaals. Doch als ich die Augen aufhob, sah ich, daß Berenice vor mir stand.
War es meine eigene überreizte Einbildungskraft – oder der Einfluß des dunstigen Wetters – oder das ungewisse Zwielicht hier im Raum – oder die grauen Faltenwürfe um ihre Gestalt – was ihre Umrisse so undeutlich & schwankend machte? Ich wußte's nicht zu sagen. Sie sprach kein Wort; und ich – nicht um Alles in der Welt hätte ich 1 Silbe herausbringen können. Eisige Kälte durchschauerte mich ganz; ein Gefühl unerträglicher Angst legte sich drückend über mich; eine verzehrende Neugier durchdrang meine Seele; ich sank auf den Stuhl zurück, und verharrte eine zeitlang regungs- & atemlos, die Augen unverwandt auf ihre Figur geheftet. Wehe!, sie war abgemagert über alles Begreifen; und nicht das kleinste Linienstück ihres Umrisses besprach mehr eine Spur von dem, was sie früher gewesen. Mein brennender Blick fiel endlich auch auf ihr Gesicht.
Hoch, und sehr bleich, und eigentümlich gelassen war ihre Stirn; das einst rabenschwarz schwellende Haar fiel ihr stellenweise hinein, und überschattete die eingefallenen Schläfen in zahllosen Ringeln, aber itzt von

einem lebhaften Gelb, und in ihrem fantastischen Charakter im schreiendsten Widerspruch mit der das Gesicht ansonsten beherrschenden Schwermut. Die Augen waren ohne Leben, stumpf, und scheinbar pupillenlos; ich schauderte unwillkürlich vor ihrem glasigen Stieren zurück, und wandte mich der Betrachtung der dünn gewordnen, eingeschrumpften Lippen zu. Die gingen auseinander; und, in einem Lächeln von absonderlicher Bedeutsamkeit, enthüllten sich *die Zähne* der veränderten Berenice langsam meinen Blicken. Wollte GOtt, daß ich ihrer nie ansichtig geworden, oder aber, im selben Augenblick, tot zu Boden gesunken wäre!

Das Zufallen einer Tür störte mich auf; und als ich hoch schaute, gewahrte ich, daß meine Kusine den Raum verlassen hatte. Aber die regelwidrigen Räume meines Hirns hatte es, weh mir!, nicht verlassen, und wollte sich auch durch nichts austreiben lassen, das weiß geisternde *Spectrum* der Zahnreihen. Kein Pünktchen ihrer Vorderflächen – keine Trübung ihres Schmelzes – nicht die leichteste Zackung ihrer schneidigen Beißkanten – nichts war mir entgangen; der Zeitbruchteil ihres Lächelns hatte hingereicht, mein Gedächtnis damit zu brandmarken. Sah ich sie doch *jetzt* noch unverwechselbarer vor mir, als ich sie *vorhin* wahrgenommen hatte. Die Zähne! – die Zähne! – sie waren hier & da & überall, und waren schau- & tastbar vor mir: lang, und eng gestellt, und von extremer Weißheit, und blasse Lippenfäden krümmten sich um sie herum, genau wie im Moment ihrer ersten schreckhaften Bloßlegung. Schon setzte, mit voller Wucht & Wut meine *Monomanie* ein; und ich rang vergebens an gegen ihren unerhörten und

unwiderstehlichen Einfluß. Unter all den minutiösen Tausendfältigkeiten der Außenwelt fand ich keinen andern Gedanken, als nur den an diese Zähne. Nach ihnen verzehrte ich mich, in phrenetischem Verlangen. Alle sonstigen Angelegenheiten, sämtliche irgend divergierenden Interessen, gingen unter in dieser 1 speziellen Betrachtung. Sie – und nur SIE – waren dem inneren Auge gegenwärtig; und sie, in ihrer spezifischen Einundeinzigkeit, wurden zum Grundton meiner ganzen Mentalität. Ich versetzte sie in jegliche Beleuchtung. Ich drehte sie unter jedem denkbaren Winkel. Ich maß feldmesserisch ihre Topografie. Ich verweilte auf ihren Eigenheiten. Ich sann nach über ihren Feinbau. Ich vertiefte mich in mögliche Wandlungen ihres Wesens. Ich schauderte, als ich ihnen im Geist die Gabe zuschrieb, zu fühlen & zu empfinden; ja, selbst unterstützt von Lippen, eine Fähigkeit, Moralitäten auszudrücken. Man hat von Ma'm'selle Sallé sehr hübsch gesagt, ‹*que tous ses pas étaient des sentiments*›*;* aber ich, meinerseits, möchte von Berenice weit ernstlicher annehmen, *que toutes ses dents étaient des idées.* Siehe da: *des idées* – das war der idiotische Einfall, der mir zum Verderben wurde! ‹ *Des idées!* › – ach, deshalb also gelüstete mich so wahnwitzig nach ihnen! Deshalb hatte ich die Empfindung, daß ihr Besitz allein mir jemals Frieden bringen, mich der Verständigkeit wiedergeben könne.
Dergestalt sank der Abend über mich herab – und die Dunkelheit kam; und verweilte; und schwand – und wieder graute ein Tag – und die Dünste der nächsten Nacht stiegen auf in der Rund' – und immer noch saß ich reglos im einsamen Raum; und saß immer noch in Gedanken versunken; und immer noch regierten mich *Zahnfantasien* mit grauser Oberherrlichkeit, und um-

schwebten mich, inmitten der wechselnden Lichter und Schatten des Raumes, mit der allerlebhaftesten & ‹scheußlichsten Deutlichkeit. Auf einmal brach es in meine Träumungen ein wie Schreie von Schreck & Bestürzung zugleich; und ihnen folgte, nach einer Weile, verstörtes Stimmengeräusch, untermischt mit manch sorglichem Gestöhn, oder auch wie von Schmerz. Ich erhob mich von meinem Sitz, stieß eine der Türen des Büchersaals auf, und erkannte im Vorraum eine Dienerin stehen, in Thränen gebadet, die mir mitteilte, daß Berenice – nicht mehr sei. Ein Anfall ihrer Epilepsie habe sie überkommen, morgens in aller früh'; und jetzt, da die Nacht einbrach, war das Grab schon bereitet für Die, die es anging, und sämtliche Vorbereitungen zur Bestattung getroffen.

Als ich zu mir kam, saß ich in der Bibliothek, und saß auch wieder alleine dort. Mir däuchte, ich sei neuerlich erwacht aus einem verworrnen unruhigen Traum. Ich war mir bewußt, daß es irgendwie Mitternacht war; und auch des dacht' ich wohl, daß wir, seit die Sonne zur Rüste ging, Berenice beerdigt hatten. Aber von dem trüben Interregnum, das sich eingeschoben hatte, war mir kein verläßlicher – zumindest kein klar umrissener Begriff geblieben. Dennoch war das bloße Denken daran randvoll mit Grauen – Grauen, noch grauser ob seiner Ungestaltheit; und Schrecken, noch schrecklicher ob seiner Unbestimmbarkeit. Es mußte eine fürchterliche Seite im Buch meines Lebens sein; ängstens beschrieben mit scheußlich matten, mit nicht zu entziffernden Erinnerungen. Ich mühte mich wahrlich, sie zu entschlüsseln, jedoch vergebens; obschon immer wieder, dem Geist eines längst verhallten Geschalles gleich, das durchdringend schrille Kreischen einer Frauenstimme, mir in den Ohren zu klingen schien. Ich hatte etwas getan – was war es doch? Ich stellte mir die Frage dann laut; und flüsternde Echos des Raumes entgegneten mir: «*Was war es doch?*»

Auf dem Tisch mir zur Seite brannte die Lampe, und neben ihr lag ein kleines Etui. Es hatte nichts auffälliges an sich, und ich hatt' es auch häufig vorher gesehen, war es doch das Eigentum unsres Hausarztes; aber wieso kam es *hierher,* auf meinen Tisch, und warum schauderte ich, wenn ich es ansah? Ich vermochte mir auf keine Weise Rechenschaft über diese Dinge zu geben; und schließlich glitten meine Blicke auch ab, zu der aufgeschlagenen Seite eines Buches, und einem Satz, der sich dort unterstrichen fand. Die Worte, merkwürdig & doch in ihrer Art einfach auch, waren die des Dichters Ebn Zaiat: «*Dicebant mihi sodales si sepulchrum amicae visitarem, curas meas aliquantulum fore levatas.*» Warum denn, da ich sie jetzt überlas, sträubte sich mir fühlbar das Haupthaar, und wieso gerann mir das Lebensblut in den Adern?

Da tupfte es sacht an meine Bibliothekentür, und, fahl wie ein Grabbewohner, erschien, auf Zehenspitzen, ein dienstbarer Geist. Sein Blick war verwildert vor Grauen, und die Stimme, mit der er zu mir sprach, war bebend, heiser, und überaus leise. Was wollte er? – einige abgebrochene Sätze vernahm ich. Er sprach von einem wilden Ruf, der die Stille der Nacht verstört hätte – wie sich die sämtliche Dienerschaft versammelt – man eine Suche angestellt habe, in Richtung des Schalls – und hier wurden seine Töne thrillernd deutlich, als er mir etwas von einem geschändeten Grabe zuwisperte – einer entstellten Gestalt im Leichentuche,

noch immer atmend, noch immer zuckend, noch immer *am Leben!*
Er zeigte auf meine Kleidung – sie war schmutzig von Erde & geronnenem Blut. Ich erwiderte nichts, und er griff sich sacht meine Hand – die war wie gemustert mit Eindrücken von Fingernägeln. Er lenkte meine Aufmerksamkeit auf einen Gegenstand, der an der Wand lehnte – ich besah ihn mir sorgsam minutenlang – es war ein Spaten. Da schnellte ich doch aufkreischend zum Tisch hin, und packte das Etui, das darauf lag. Aber mir mangelte die Kraft, es zu öffnen; auch zitterte ich so, daß es mir aus der Hand glitt, und schwer zu Boden fiel, und in Stücke ging; und heraus rollten, es klapperte beträchtlich, diverse zahnärztliche Instrumente, vermischt mit 32 kleinen, weißen, wie Elfenbein wirkenden Stückchen, die sich übers Parkett weg zerstreuten, guck, hierhin, & dorthin.

GRUBE UND PENDEL

Impia tortorum longos hic turba furores
Sanguinis innocui, non satiata, aluit.
Sospite nunc patria, fracto nunc funeris antro,
Mors ubi dira fuit vita salusque patent.
Vierzeiler, entworfen für ein Markttor,
das unweit des Jakobinerklub-Hauses
zu Paris errichtet werden sollte.

Ich war geschwächt und krank – zum Tode krank von all der langen Qual; und als man mir schließlich die Fesseln abnahm und ich mich setzen durfte, spürte ich, daß mir die Sinne schwanden. Das Urteil – der gefürchtete Todesspruch – war das letzte, was noch bestimmt umrissen meine Ohren erreichte. Danach schien der Klang der inquisitorischen Stimmen zu einem träumerisch flimmernden Summen zu verschmelzen. Es weckte mir in der Seele die Empfindung eines *Kreisens* – wohl weil es sich in der Phantasie mit dem Bilde eines sausenden Mühlenrads verband. Doch dies nur kurze Zeit; denn gegenwärtig hörte ich nicht mehr. Doch eine Weile noch *sah* ich; oh, in welch schreckenvoller Überschärfung! Ich sah der schwarzberobten Richter Lippen. Sie schienen mir kahlweiß – noch weißer denn das Blatt, auf das ich diese Worte setze – und schier bis zur Groteskheit dünn; dünn vor verbissener Festigkeit – vor unverrückbarem Entschlossensein – vor grausamer Verachtung menschlicher Marterpein. Ich sah, wie die Beschlüsse, die mir Schicksal waren, anhaltend immer noch von diesen Lippen flossen. Ich sah sie sich beim Todesspruch verzerren. Ich sah, wie sie die Silben meines Namens formten; und Schauder überrann mich, denn kein Laut kam nach. Ich sah auch, binnen weniger Momente voll irren Horrors, das sachte und fast unwahrnehmliche Wehen der schwarzen Draperien, welche die Wände des Gemachs verhüllten. Und dann fiel mir der Blick auf die sieben ragenden Kerzen auf dem Tische. Zuerst erschienen sie mir ganz im Lichte der Barmherzigkeit: wie weiße schlanke Engel, die mich retten wollten; doch dann kam, jäh und plötzlich, ein giftig-tödlicher Ekel über meinen Geist, und jede Fiber meines Leibes fühlt' ich schrill erbeben, als hätte ich an den Draht einer galvanischen Batterie gerührt, da sich die englischen Gestalten nun in wesenlose Spukgespinste wandelten, mit Feuerhäuptern, und ich erkannte, daß von ihnen keinerlei Hilfe kommen würde. Dann aber stahl sich, wie süßer Melodiegesang, mir der Gedanke in die Phantasie, welch sanfte Ruhe sich im Grabe müßte finden lassen. Allmählich und verstohlen nahte er sich mir, und lange schien's zu währen, bis er mir gänzlich gegenwärtig war; doch als mein Geist ihn endlich recht erspürt und in sich hin bewegte, verschwanden die Gestalten der Richter vor mir jäh wie von zaubrischer Gewalt; die langen Kerzen sanken ins Nichts; ihr Feuerlicht erlosch; schwarz stieg das Finstre Reich herauf; und alle Empfindungen schien ein rasend reißender Sturzsog zu verschlingen, als führe meine Seele in den Hades. Dann waren Schweigen, Stille, Nacht das All.

Mir warn die Sinne geschwunden; doch will ich damit nicht sagen, daß ich alles Bewußtsein verloren hatte. Was mir davon verblieb, werd' ich nicht zu definieren versuchen, noch gar zu beschreiben; doch war nicht alles verloren. Im tiefsten Schlummer – nein! Im Fieberwahnsinn – nein! In einer Ohnmacht – nein! Im Tode –

nein! selbst im Grabe ist *nicht alles* verloren. Sonst wär'
des Menschen nicht Unsterblichkeit. Fahren wir auf
aus allertiefstem Schlaf, so reißt das Dünngewebe
irgendeines Traumes. Doch schon eine Sekunde danach
(so zart verletzlich mag dies Gespinst gewesen sein)
entsinnen wir uns nicht mehr, was wir geträumt. Die
Rückkehr aus der Ohnmacht in das Leben hat zwei
Stadien; im ersten erwachen die Sinne des Geistigen,
die mentalen wie die spirituellen; im zweiten wird das
Physische bewußt, die Existenz. Es scheint wahrscheinlich, daß bei Erreichen des zweiten Stadiums – gesetzt,
wir könnten uns dann der Eindrücke des ersten noch
entsinnen – aus diesen Eindrücken reiche Erinnerungen
an den Schlund darunter sprechen würden. Und dieser
Schlund ist – was? Wie wenigstens sollen wir seine
Schatten von denen der Gruft unterscheiden? Und
wenn die Eindrücke dessen, was ich das erste Stadium
nannte, auch nicht beliebig in die Erinnerung zurückzuholen sind, – kommen sie denn nicht doch, nach langer Schweigezeit, ganz plötzlich ungerufen wieder herauf, indessen wir uns baß verwundern, woher sie stammen mögen? Wer nie die Ohnmacht kannte, wird auch
nie im Glühn der Kohlen seltsame Paläste finden und
schauerlich vertrauliche Gesichter; nie wird er, flutend
im Äther, die düstern Visionen schaun, die sich dem
Blick der Vielen niemals offenbaren; nie wird er über
dem Duft einer neuen Blumenblüte sinnen; und niemals
wird sein Hirn verwirrt erzittern beim Klange einer
Melodiekadenz, die vorher noch sein Denken nie betörte.
Inmitten häufiger und tiefgesinnter Mühen, mich zu
erinnern, inmitten ernsten Ringens um ein Zeichen von
jenem Zustand, der das Nicht-Sein schien, in welches

meine Seele gesunken, hat es Momente gegeben, da mir Gelingen träumte, traten kurze, ach wie so kurze Augenblicke ein, da ich Erinnerungen heraufbeschwor, die sich – im spätern Lichte der Vernunft gesehen – gewißlich nur auf jenen Zustand scheinbarn Unbewußt-Seins beziehen konnten. Diese Erinnerungsfetzen erzählen, schattenhaft flüchtig, von ragenden Gestalten, die mich aufhoben und schweigend abwärts trugen – tief abwärts – immer tiefer – bis schon beim bloßen Gedanken, es gehe in bodenlose Tiefe hinab, ein gräßlicher Schwindel mich faßte. Sie erzählen auch von einem vagen Grausen, das mein Herz durchfuhr – ob eben dieses Herzens unnatürlicher Stille. Dann kommt mir ein Gefühl der Reg- und Bewegungslosigkeit schier aller Dinge; wie wenn meine Träger (ein Gespensterzug!) in ihrem Abstieg nun des Grenzenlosen Grenzen überschritten hätten und von den Mühsamkeiten ihrer Arbeit ruhten. Nach diesem find' ich Schlaffheit im Gedächtnis und Dumpfigkeit; und dann ist alles *Wahnsinn* – der Wahnsinn eines bohrenden Erinnerns, das sich mit Dingen quält, die ihm verboten sind.
Ganz plötzlich aber kam in meine Seele Bewegung und Klang zurück – das tumultuosende Stoßen des Herzens und, mir im Ohre widerhallend, seines Schlagens Schall. Dann eine Pause: – alles ist blaß und kahl. Dann wieder Laut, Bewegung, – und ich fühle auch: – ein Juckgeprickel läuft durch meinen Leib. Dann nur noch das Bewußtsein, daß ich existiere, gedankenleer – der Zustand hielt länger an. Dann jäh und plötzlich *Denken,* und Schreckensschauer, und quälerisches Mühn, mein wirkliches Befinden zu erfassen. Dann heiß ein Sehnen nach Empfindungslosigkeit, drin zu versinken. Dann ein rauschendes Wiederaufleben der Seele – und es ge-

lingt mir, angestrengt, mich zu bewegen. Und nun erinnre ich mich voll an alles: an den Prozeß, die Richter, an den Spruch, die schwarzen Draperien, meine Schwäche, und an die Ohnmacht. Dann gänzliche Vergeßlichkeit für jegliches Danach; für alles das, was dann zu späterer Stunde inbrünstiges Bemühn mir vage wieder zu Gedächtnis brachte.

Bis hierher hatte ich die Augen nicht geöffnet. Ich spürte, daß ich, von Fesseln ledig, auf dem Rücken lag. Ich streckte meine Hand aus: – sie fiel schwer auf etwas Feuchtes, Hartes. Dort ließ ich sie lange Minuten liegen, indessen ich mir vorzustellen trachtete, wo denn und *was* ich sei. Dringlich verlangte es mich, meine Augen zu brauchen; allein ich wagte es nicht. Ich hatte Angst vor diesem ersten Blick auf das, was mich umgab. Nicht daß ich's fürchtete, gräßliche Dinge zu schaun; nein, grausig war mir der Gedanke, es werde *nichts* zu sehn sein. Doch schließlich riß ich, wilde Verzweiflung im Herzen, die Augen jählich auf. Da bestätigten sich denn meine schlimmsten Ahnungen. Die Schwärze ewiger Nacht umschloß mich. Ich rang nach Atem. Die Dichte der Finsternis schien mich zu erdrücken und zu ersticken. Die Luft war unerträglich dumpf. Doch lag ich weiter still und mühte mich, Klarheit in meine Gedanken zu bringen. Ich rief mir das Inquisitionsverfahren zu Gedächtnis und versuchte, mir von jenem Punkte aus meine gegenwärtige Lage abzuleiten. Das Urteil war ergangen; und es wollte mir scheinen, daß seither lange Zeit verstrichen sei. Doch nicht momentlang hielt ich mich für wirklich tot. Solch eine Vorstellung ist, was wir auch immer in der Dichtung lesen, ganz unvereinbar mit realer Existenz; – doch wo dann war ich und in welcher Lage? Die zum Tode Verurteilten wurden gewöhnlich bei den *autos-da-fé* hingerichtet, das wußte ich, und eins davon war just in jener Nacht, die meiner Verurteilung folgte, abgehalten worden. Hatte man mich in mein Verlies zurückgeschafft, um mich für die nächste Opferung aufzusparen, die erst in vielen Monaten stattfinden würde? Das konnte nicht sein, soviel sah ich sogleich. Man hatte unmittelbar Opfer gebraucht. Überdem besaß mein Kerker, wie alle Zellverliese zu Toledo, einen steinernen Boden und war nicht gar so gänzlich vom Taglicht abgeschlossen.

Ein grauenvoller Gedanke trieb mir nun das Blut in Strömen zum Herzen, und für kurze Zeit sank ich erneut in Empfindungslosigkeit zurück. Als ich wieder zu mir gekommen, sprang ich alsbald auf die Füße, in jeder Fiber ein konvulsivisches Zittern. Wild warf ich nach allen Richtungen die Arme über und um mich. Ich fühlte nichts; doch wagte ich keinen Schritt von der Stelle zu tun, aus Furcht, ich könnte an die Wände eines *Grabes* stoßen. Schweiß brach mir aus jeder Pore und stand in kalten dicken Tropfen auf meiner Stirn. Die Qual der Ungewißheit ward schließlich unerträglich, und vorsichtig bewegte ich mich fort, die Arme ausgestreckt, indessen mir die Augen in der Hoffnung, doch einen schwachen Schimmer von Licht zu erspähen, schier aus den Höhlen traten. Schritt um Schritt tat ich ins Dunkel vor; doch alles blieb Schwärze und Leere. Da atmete ich freier. Schien es mir doch, daß wenigstens nicht das gräßlichste aller Geschicke meiner harrte.

Und nun, da ich noch weiter vorsichtig Schritt um Schritt ins Dunkel tat, drangen mir plötzlich wohl tausend vage Gerüchte von den Schrecken Toledos in die Erinnerung. Sonderbare Dinge hatte man sich von den Verliesen erzählt – ich hatte sie stets für Fabeln gehalten

– Dinge jedoch, schier unerhört und viel zu schauerlich, als daß man sie anders denn im Flüstertone wiederholen könnte. Hatte man mich bisher am Leben gelassen, damit ich hier in dieser unterirdischen Welt der Finsternis Hungers sterben sollte; oder welches, vielleicht noch fürchterlichere, Schicksal erwartete mich sonst? Daß am Ende der Tod stehen werde, und zwar ein Tod von mehr denn üblicher Grausamkeit, durfte ich nicht bezweifeln, denn nur zu wohl kannte ich den Charakter meiner Richter. Die Art nur und die Stunde war's, was mir das Hirn verstörte und zermarterte.
Meine ausgestreckten Hände stießen schließlich auf ein festes Hindernis. Es war eine Wand, dem Anschein nach aus Stein gemauert – sehr glatt, sehr schlüpfrig und kalt. Ich folgte ihrem Verlauf – in behutsamen Schritten und mit all dem Mißtrauen, welches gewisse ältere Erzählungen mir eingeflößt hatten. Dies Vorgehen brachte mir indes keinerlei Gewißheit über die Ausmaße meines Kerkers; denn recht wohl mochte ich im Kreise gehen und, ohne dessen eigentlich gewahr zu werden, zu dem Punkte zurückkehren, von dem ich ausgegangen; so vollkommen einförmig schien die Wand. Ich suchte daher nach dem Messer, welches in meiner Tasche gewesen war, als man mich vor die Inquisition führte; doch es war fort; man hatte meine Kleider mit einem Kittel aus derbem Serge vertauscht. Mein Gedanke war gewesen, die Klinge in eine der winzigen Fugen des Mauerwerks zu treiben, um auf diese Weise meinen Ausgangspunkt kenntlich zu machen. Die Verlegenheit, in der ich mich nun befand, war gleichwohl nur geringfügig; obschon sie mir bei der Wirrnis meiner Phantasie zu Anfang unüberwindlich schien. Ich riß einen Streifen vom Saume des Kittels ab

und legte das Stück in voller Länge und rechtwinklig zur Mauer auf den Boden. Wenn ich mich nun rundum an den Wänden meines Gefängnisses entlang tastete, mußte ich am Ende des Wegs unfehlbar wieder bei diesem Fetzen anlangen. So wenigstens dachte ich: doch ich hatte nicht mit der Ausdehnung des Kerkers gerechnet, beziehungsweise mit meiner eigenen Schwäche. Der Boden war feucht und glitschig. Nur ein paar schwankende Schritte hatte ich getan, da strauchelte ich schon und stürzte hin. Meine unsägliche Erschöpfung ließ mich ausgestreckt liegenbleiben; und lange nicht lag ich, so übermannte mich Schlaf.

Als ich erwachte und einen Arm ausstreckte, fand ich neben mir einen Laib Brot und einen Krug mit Wasser. Ich war viel zu erschöpft, um über diesen Umstand weiter nachzudenken, sondern aß und trank voller Gier. Kurz darauf nahm ich meinen Rundgang längs der Mauer meines Gefängnisses wieder auf, und mit viel Mühsal kam ich schließlich an den Fetzen Serge zurück. Bis zu dem Zeitpunkt, da ich hinfiel, hatte ich zweiundfünfzig Schritte gezählt, und als ich meine Wanderung fortsetzte, zählte ich noch achtundvierzig weitere; – erst dann erreichte ich den Stoffstreifen wieder. Es waren also hundert Schritte insgesamt; und wenn ich zwei davon auf eine Elle rechnete, so mußte das Verlies wohl fünfzig Ellen im Umkreis messen. Freilich war ich auf zahlreiche Winkel in der Mauer gestoßen, und so vermochte ich mir doch keine rechte Vorstellung von der Gestalt des Höhlengewölbs zu bilden; eine Höhle aber war es wohl, daran ließ sich kaum zweifeln.

Ich hatte bei diesen Untersuchungen gar kein eigentliches Ziel im Sinn – gewißlich keine Hoffnung; nur vage Neugier trieb mich, sie fortzusetzen. Die Mauer

verlassend, beschloß ich, das Gelaß zu durchqueren. Zuerst bewegte ich mich mit äußerster Vorsicht fort, denn der Boden, obschon dem Anschein nach aus festem Stoff gefügt, war trügerisch in seiner Glitschigkeit. Schließlich jedoch faßte ich mir ein Herz und zögerte nicht mehr, rüstig auszuschreiten; wobei ich bemüht war, in möglichst gerader Linie hinüberzukommen. In dieser Weise hatte ich wohl einige zehn oder zwölf Schritte getan, als sich der Rest des losgerissenen Kittelsaums zwischen meinen Beinen verwickelte. Ich trat darauf und stürzte heftig aufs Gesicht.
In der Verwirrung, die dieser Sturz mit sich brachte, erfaßte ich nicht sogleich einen recht erschreckenden Umstand, welcher indes ein paar Sekunden später, und während ich noch hingestreckt dalag, meine ganze Aufmerksamkeit in Anspruch nahm. Es war nämlich so – mein Kinn ruhte auf dem Boden des Gefängnisses, doch meine Lippen wie auch die ganze Oberpartie des Kopfes lagen nirgends auf, obwohl sie anscheinend weniger erhoben waren denn das Kinn. Zur gleichen Zeit schien meine Stirne in einem feuchtig kalten Dunst gebadet, und der unverwechselbare Ruch verfaulter Schwämme stieg mir in die Nüstern. Ich streckte den Arm aus und stellte voller Schauder fest, daß ich hart am Rande einer kreisrunden Grube niedergefallen war, von deren Ausdehnung ich mir im Augenblick natürlich keinerlei gewisse Vorstellung bilden konnte. Ich tastete am Mauerwerk grad unterhalb der Kante hing, und es gelang mir, einen kleinen Brocken loszubringen, den ich in den Abgrund fallen ließ. Sekundenlang lauschte ich, wie es widerhallte, wenn er gegen die Seitenwände des Schlundes anschlug; dann schließlich gab es einen dumpfen Plumps in Wasser, gefolgt von lauten Echo-

wellen. Im nämlichen Augenblick vernahm ich einen Schall, der dem hastigen Öffnen und ebenso raschen Wiederzuschlagen einer Türe hoch oben über mir glich, indessen ein schwächlicher Schimmer Licht jäh durch das Dunkel blitzte, um gleichso plötzlich wieder zu verblassen.

Klar sah ich nun, welches Los man mir bestimmt hatte, und ich pries mich glücklich ob des eben noch rechtzeitigen Unfalls, der mich ihm hatte entrinnen lassen. Wäre ich nur einen Schritt später gestürzt, so hätte mich die Welt nicht mehr gesehen. Und der Tod, dem ich so haarscharf entgangen, war grad von jener Art, welche ich stets als erfabelt und gegenstandslos betrachtet hatte, wenn mir Geschichten über die Inquisition zu Ohren kamen. Man ließ den Opfern der Tyrannei die Wahl zwischen einem Ende unter den entsetzlichsten Leibesqualen und einem Tode voller fürchterlichster geistiger Schrecken. Mich hatte man für den letzteren aufgespart. Von langem Leiden waren meine Nerven so zerrüttet, daß ich schließlich beim Klange meiner eigenen Stimme erzitterte und in jedem Betracht ein lohnendes Objekt für jene Sorte Tortur geworden war, die meiner harrte.

Schaudernd am ganzen Leibe, tastete ich mich zur Mauer zurück; entschlossen, lieber dort zugrunde zu gehen, als mich dem lauernden Grauen der Brunnenschächte auszusetzen, von denen mir meine Phantasie nun eine ganze Reihe an allen möglichen Stellen meines Kerkers vorspiegelte. In anderer Geistesverfassung hätte ich vielleicht den Mut gefunden, mein Elend durch einen raschen Sprung in einen dieser Schlünde zu enden; doch jetzt war ich der allerärgste Feigling. Auch konnte ich nicht vergessen, was ich über diese Schachtgruben ge-

lesen hatte – daß nämlich ein *rasches* Auslöschen des Lebens keineswegs zu ihrer grauenvollen Bestimmung gehörte.
Heftige Gemütsbewegung hielt mich viele Stunden wach; doch am Ende dann schlummerte ich wieder ein. Beim Aufwachen fand ich, wie schon zuvor, an meiner Seite einen Laib Brot und einen Krug mit Wasser. Ein brennender Durst verzehrte mich, und ich leerte das Gefäß auf einen Zug. Es mußte ein Giftgemisch enthalten haben; denn kaum hatte ich getrunken, so befiel mich unwiderstehliche Schläfrigkeit. Ich sank in tiefen Schlummer – in todesähnlichen Schlaf. Wie lange er dauerte, wußte ich natürlich nicht; doch als ich dann wieder die Augen öffnete, war meine Umgebung mir sichtbar geworden. In einem seltsam schwefelfarbigen Schein, dessen Ursprung mir anfangs verborgen blieb, vermochte ich Ausmaß und Anlage des Gefängnisses zu überschauen.
In seiner Größe hatte ich mich beträchtlich getäuscht. Der gesamte Umfang der Mauerwände betrug nicht über fünfundzwanzig Ellen. Einige Minuten lang rief diese Tatsache eine Fülle eitler Sorgen in mir wach; ja wahrlich, *eitler* Sorgen! denn was konnte unter den schrecklichen Umständen, in denen ich mich befand, geringere Bedeutung haben denn die Maße meines Kerkers? Doch meine Seele nahm ein ganz widersinniges Interesse an allen möglichen Kleinigkeiten, und geradezu hartnäckig plagte ich mich mit der Frage, wieso mir wohl bei meiner Berechnung ein solcher Irrtum habe unterlaufen können. Die Wahrheit ging mir schließlich blitzhaft auf. Bei meinem ersten Erkundungsversuch hatte ich, bis zu dem Zeitpunkt, da ich hinstürzte, zweiundfünfzig Schritte gezählt; da mußte

ich dem Stofflappen bereits auf einen Schritt oder zwei nahe gewesen sein; denn tatsächlich hatte ich meinen Rundgang um die Höhle schon nahezu vollendet. Ich schlief dann ein, und beim Erwachen muß ich wohl einfach meine Schritte zurückgelenkt haben – wodurch mir der Weg rundum nahezu doppelt so lang vorkam, als er in Wirklichkeit war. Meine Geistesverwirrung ließ mich nicht bemerken, daß ich bei Antritt meines Gangs die Mauer zur Linken gehabt hatte, indessen sie sich am Ende dann rechterhand befand.
Auch hinsichtlich der Baugestalt des Verlieses war ich einem Irrtum erlegen. Als ich mich an den Wänden hintastete, hatte ich zahlreiche Winkel gefunden und daraus den Eindruck großer Unregelmäßigkeit gewonnen; so mächtig wirkt totale Finsternis auf einen, der aus Betäubung oder Schlaf erwacht! Die Winkel waren schlicht und einfach ein paar geringfügige Vertiefungen oder Nischen, die in unregelmäßigen Abständen auftraten. Im Ganzen hatte das Gefängnis quadratischen Grundriß. Was ich für Mauerwerk gehalten, schien mir nun Eisen zu sein oder irgendein anderes Metall: die Wände bestanden aus riesigen Platten, deren Suturen oder Fugen die genannten Vertiefungen bildeten. Die gesamte Oberfläche dieses erzenen Gelasses trug rüderohe Sudeleien: Abbildungen all jener gräßlichen und abstoßenden Einfälle, die der abergläubischen Grabesphantasie der Mönche entsprungen sind. Teufelsgestalten, drohend fratzenhaft neben Gerippen, und andere realere Schreckensbilder bedeckten und entstellten die Wände. Ich bemerkte, daß die Umrisse dieser Monstrositäten noch hinreichend deutlich waren, indessen die Farben verblaßt und verschwommen schienen, als habe eine feuchte Atmosphäre hier ihre Wirkung getan.

Ich sah mir nun auch den Boden an, der aus Stein bestand. Im Mittelpunkt gähnte das kreisrunde Loch, dessen schlundigem Rachen ich entronnen war; doch war es das einzige in diesem Kerker.
All dies vermochte ich nur undeutlich und mit viel Mühsal zu erkennen: denn während des Schlafes hatte sich meine Situation beträchtlich verändert. Ich lag jetzt auf dem Rücken, lang ausgestreckt auf einer Art niedrigem Rahmengestell aus Holz. Mit einem langen Riemen, der einem Sattelgurt ähnelte, hatte man mich darauf festgeschnallt. Er umschlang mir in zahlreichen Windungen Glieder und Leib, so daß ich einzig den Kopf noch bewegen konnte und meinen linken Arm so weit grad, daß es mir unter großem Kraftaufwand möglich war, mich aus der irdenen Schüssel, die neben mir auf dem Boden stand, mit Nahrung zu versorgen. Zu meinem Schrecken sah ich, daß man den Wasserkrug fortgenommen hatte. Ich sage ‹zu meinem Schrecken›; denn ein schier unerträglicher Durst verzehrte mich. Diesen Durst zu reizen, hatte offenbar in der Absicht meiner Verfolger gelegen; denn das Gericht in der Schüssel bestand aus scharf gewürztem Fleisch.
Aufwärts blickend musterte ich nun die Decke meines Gefängnisses. Sie befand sich einige dreißig oder vierzig Fuß hoch über mir und besaß die etwa gleiche Struktur wie die Seitenwände. Auf einer der Plattentafeln fesselte eine sehr sonderbare Figur meine ganze Aufmerksamkeit. Es war die gemalte Bildgestalt der Zeit, wie sie gemeinhin dargestellt wird, nur daß sie an Stelle der Sense ein Etwas in Händen hielt, das ich beim ersten flüchtigen Blick für die Abbildung eines ungeheuren Pendels hielt, wie man es an altertümlichen Standuhren sieht. Doch hatte dieses Gerät etwas an sich, das mich

trieb, es aufmerksamer zu betrachten. Indessen ich so hinaufstarrte (denn es befand sich senkrecht über mir), bildete ich mir auf einmal ein, ich sähe es in Bewegung. Im nächsten Augenblick schon wurde dieser Gedanke zur Gewißheit. Kurz, und natürlich langsam, schwang es hin und her. Ich sah ihm einige Minuten zu, mit leichtem Angstgefühl, doch noch mehr Staunen. Schließlich aber ward ich's müde, das öde Pendeln zu betrachten, und wandte meine Augen den anderen Gegenständen in der Zelle zu.

Ein schwaches Geräusch ließ mich aufmerken, und als ich auf den Boden blickte, sah ich mehrere grausig große Ratten darüber hinhuschen. Sie waren aus dem Brunnen gekommen, der grad rechterhand in meinem Blickfeld lag. Und eben jetzt, da ich hinübersah, strömten sie in Scharen herauf, ein gieriges Gewimmel, das der Fleischgeruch herangelockt hatte. Es bedurfte vieler Mühe und Aufmerksamkeit, sie von meiner Schüssel zu verjagen.

Eine halbe, vielleicht gar eine ganze Stunde mochte verstrichen sein (mein Zeitgefühl war nur noch unvollkommen), da richtete ich meinen Blick wieder in die Höhe. Was ich nun sah, verwirrte und bestürzte mich zutiefst. Das Pendel schwang um nahezu eine ganze Elle weiter aus. Auch die Geschwindigkeit hatte sich – eine natürliche Folge – beträchtlich vergrößert. Doch was mich am meisten verstörte, war der Gedanke, daß es sich merklich *gesenkt* habe. Ich bemerkte nun – mit welchem Entsetzen, bedarf wohl keiner besonderen Erwähnung – daß sein unteres Ende von einer Halbmondsichel aus glitzerndem Stahl gebildet ward, die von Horn zu Horn wohl einen Fuß in der Länge maß; die Hörner waren nach oben gerichtet, und der Bogen unten schien so scharf zu sein wie die Schneide eines Rasiermessers. Gleichfalls wie ein Rasiermesser mutete es massig und schwer an, denn nach oben zu verbreiterte sich die Schneidkante zu einem festen und starken Rücken. Es hing am Ende einer gewichtigen Bronzestange, und das Ganze *zischte,* als es durch die Luft schwang.

Nun konnte ich nicht länger zweifeln, welches Schicksal mir die geniale Marterphantasie der Mönche bestimmt hatte. Die Schergen der Inquisition hatten erfahren, daß mir die Grube nicht verborgen geblieben war – *die Grube,* deren Schrecken man einem so verstockten Ketzer wie mir zugedacht hatte – *die Grube,* Sinnbild der Hölle, die das Gerücht als aller Qualen Ultima Thule betrachtete. Bloße Zufälle nur hatten meinen Sturz in diesen Schlund verhütet, und ich wußte, daß Überraschung, daß blindes Hineintappen in die Folterfalle ein wichtiges Moment im grausiggrotesken Plan dieser Kerkertode bildete. Nachdem ich nun leider nicht hinabgestürzt war, konnte es nicht mehr in der Absicht dieser Teufel liegen, mich gewaltsam in den Abgrund zu treiben; und da dieser Tod nicht seinesgleichen hatte, erwartete mich also ein anderes und milderes Ende. Milder! In all meiner Qual mußte ich doch fast lächeln, als ich bedachte, wie sonderbar sich ein solcher Ausdruck in solcher Lage ausnahm.

Was frommt es, von den langen, langen Stunden mehr denn mörderischen Horrors zu berichten, während welcher ich die sausenden Schwingungen des Stahles zählte! Zoll um Zoll – Strich um Strich – so langsam, daß es nur in Abständen merklich war, die mir wie Ewigkeiten schienen – senkte er sich tiefer und immer tiefer! Tage verstrichen – ja, es mag sein, daß viele Tage verstrichen – ehe er so dicht über mir schwang, daß mich sein beißender Atem traf. Der Ruch des geschärften Stahles drang mir in die Nüstern. Ich betete – ich quälte den Himmel mit meinem Flehen um ein rascheres Sinken des Pendels. Rasender Wahnsinn packte mich, und mit aller Kraft versuchte ich, mich aufzubäumen gegen die grause Säbelsichel, damit ihr Streich mich eher erreiche. Und dann kam plötzlich Stille über mich, und lächelnd lag ich unter dem glitzernden Tode und schaute ihm zu wie ein Kind einem seltenen Spielzeug.

Ein weiteresmal umfing mich tiefe Bewußtlosigkeit; doch sie währte nur kurze Zeit; denn als mir die Lebensgeister wiederkehrten, hatte sich das Pendel nicht merklich weiter gesenkt. Freilich mag sie ebensogut auch lange gedauert haben; denn ich wußte ja, es wachten Teufel über mir, die meine Ohnmacht beobachtet und das Schwingen ganz nach Belieben zum Stillstand gebracht haben konnten. Auch fühlte ich mich, da ich wieder zu mir gekommen, sehr – oh, unaussprechlich krank und schwach, als liege die Entkräftung langen Siechtums hinter mir. Selbst jetzt jedoch, inmitten all der Qualen, verlangte die menschliche Natur nach Nahrung. Unter Mühe und Schmerzen streckte ich den linken Arm so weit aus, wie meine Bande es zuließen, und griff nach dem schmalen Essensrest, den mir die Ratten übriggelassen. Als ich ein Bißchen davon mir zwischen die Lippen schob, huschte – noch fast gestaltlos – ein Gedanke der Freude – der Hoffnung hin durch mein Hirn. Doch was hatte *ich* mit Hoffnung zu schaffen? Es war, so sagte ich, ein noch fast gestaltloser Gedanke – deßgleichen der Mensch gar viele hat, ohne daß sie sich je vollenden. Ich fühlte nur, daß Freude darin

war – und Hoffnung; doch gleichso fühlt' ich auch, daß er vergangen war, noch ehe er sich klar gestaltet hatte. Vergebens kämpfte ich, ihn zu vollenden – ihn wiederzugewinnen. Das lange Leiden hatte alle Geisteskräfte, die mir gewöhnlich eigen, fast zunichte gemacht. Ich war verblödet – war ein Idiot.
Das Pendel schwang rechtwinklig quer über meinen lang ausgestreckten Körper hin. Ich sah, der Sichel war bestimmt, mich in der Herzgegend zu treffen. Sie würde den Serge meines Kittels aufschürfen – sie würde zurückschwingen und ihr Werk fortsetzen – weiter – immer weiter. Ungeachtet ihrer schrecklichen Schwingungsweite (von einigen dreißig Fuß oder mehr) und der zischenden Wucht ihres Niedersausens, die recht wohl hingereicht hätte, die eisernen Kerkerwände selber zu zerschneiden, würde doch das Aufreißen meines Kittels alles sein, was sie innerhalb der ersten Minuten bewirkte. Und bei diesem Gedanken hielt ich inne. Ich wagte nicht, darüber hinauszudenken. Mit so verbohrter Inbrunst hielt ich an ihm fest – als könnte ich damit das stählerne Verhängnis selbst an dieser Stelle aufhalten. Ich zwang mich, über den Klang der Sichel nachzusinnen, der entstehen würde, wenn sie dann über meine Gewandung fuhr, – die eigentümlich prickelnde Wirkung mir vorzustellen, welche die Reibung von Tuch auf die Nerven ausübt. All dieser Tand beschäftigte meine Gedanken, bis mir die Zähne knirschten.
Und nieder kam's geschlichen – unablässig nieder. Ich fand ein wahnwitziges Vergnügen daran, die Geschwindigkeit der senkrechten Bewegung mit jener der waagerechten zu vergleichen. Nach rechts – nach links – herüber und hinüber – mit dem sausenden Kreischen einer verdammten Seele; meinem Herzen zu mit dem

heimlichen Schleichschritt des Tigers! Abwechselnd lachte ich und heult' ich auf, je nachdem welche Vorstellung in meinen Gedanken die Oberhand gewann.

Und nieder kam's – ja, unbarmherzig nieder! Schon schwang's drei Zoll weit über meiner Brust! Ich rang nach Kräften, wild, meinen linken Arm zu befreien. Dieser war frei nur vom Ellbogen bis zur Hand. Mit Mühe und Not vermochte ich die letztere von der Schüssel neben mir zum Munde zu führen, doch weiter nicht. Wär's mir gelungen, die Fesseln über dem Ellbogen zu sprengen, so hätte ich das Pendel ergriffen und versucht, es zum Stillstand zu bringen. Doch ebenso wohl hätt' ich versuchen können, einer Lawine Einhalt zu tun!

Und nieder – stetig nieder – unentrinnbar nieder! Bei jeder Schwingung bäumte ich mich auf und rang nach Luft. Ein Schauder, konvulsivisch, überlief bei jedem neuen Schwunge meinen Leib. Meine Augen folgten dem Auf- und Niedersausen mit der Begier der fadesten Verzweiflung; sie schlossen sich im Krampfe, wenn's hernieder kam, obschon der Tod eine – oh, wie unsagbare Erlösung gewesen wäre! Doch gleichwohl bibberte mir jede Fiber bei dem Gedanken, wie schon ein leichtes Sinken der Maschinerie die scharfe, funkelnde Axt auf meinen Busen stürzen lassen würde. Es war die *Hoffnung,* die meine Nerven zum Erzittern trieb – den Leib zum Schaudern. Es war die *Hoffnung* – die Hoffnung, die noch über die Folter triumphiert – deren Flüstern selbst den zum Tode Verurteilten noch in den Kerkern der Inquisition erreicht.

Ich sah, daß einige zehn oder zwölf Schwingungen den Stahl nun unweigerlich mit meinem Kittel in Berührung bringen würden, und mit dieser Feststellung kam plötzlich die ganze strenge und gefaßte Ruhe der Ver-

zweiflung über meinen Geist. Zum erstenmal seit vielen Stunden wieder – vielleicht seit Tagen – *dachte* ich. Da ging mir jetzt denn auf, daß die Riemenfessel – der Sattelgurt, wie ich's nannte – mich *in einem Stück* umschlang. Ich war mit keinem anderen Strick gebunden. Der erste Streich der rasiermesserscharfen Sichel über irgendeine Stelle der Fessel würde sie dort so weit lösen, daß ich mich mit der linken Hand aus der Umschlingung müßte befreien können. Doch wie entsetzlich war in solchem Falle die Nähe des Stahls! Wie tödlich mußte selbst das kleinste Zucken enden! War's überdem wahrscheinlich, daß die Schergen der Peiniger diese Möglichkeit übersehen und ihr nicht vorgebeugt haben sollten? War's anzunehmen, daß die Fessel grad in der Spur des Pendels über meine Brust lief? Voller Angst, meine schwache und, wie es schien, nun letzte Hoffnung zuschanden werden zu sehen, hob ich so weit den Kopf, daß ich einen bestimmten Blick auf meine Brust tun konnte. Der Gurt umschlang meine Glieder und meinen Leib in dichten Windungen schier überall – *nur dort nicht, wo die vernichtende Sichel auftreffen mußte!*
Kaum hatte ich meinen Kopf in die ursprüngliche Lage zurücksinken lassen, da blitzte etwas in meinem Hirne auf, das ich nicht besser zu beschreiben vermag denn als die Gestalt jenes fast noch gestaltlosen Rettungsgedankens, von dem ich weiter oben gesprochen und der mir nur in unbestimmtem Umriß sichtbar geworden war, als ich meinen brennenden Lippen Nahrung zuführte. Nun war es mir ganz gegenwärtig – noch immer schwach, kaum gänzlich übersehbar, kaum definitiv – doch war er da und blieb. Alsbald denn ging ich, mit der nervigen Tatkraft der Verzweiflung, an den Versuch, ihn auszuführen.

Viele Stunden lang schon hatte die unmittelbare Umgebung des niedrigen Holzgestells, auf dem ich lag, buchstäblich von Ratten gewimmelt. Sie waren wild, dreist, beutegierig; und ihre roten Augen glitzerten mich an, als warteten sie nur darauf, daß meine Bewegungen aufhörten, um sich sodann alsbald auf mich zu stürzen. «Von welcher Nahrung», dachte ich, «haben sie wohl in dem Brunnenloche gelebt?»

Trotz aller meiner Anstrengungen, sie zu hindern, hatten sie den gesamten Inhalt der Schüssel bis auf einen schmalen Rest verschlungen. Ich war dazu übergegangen, beständig die Hand über dem Napfe hin und her zu schwenken: doch schließlich hatte die unbewußte Einförmigkeit der Bewegung diese um ihre Wirkung gebracht. In ihrer Gefräßigkeit schlugen die widerlichen Tiere häufig die scharfen Fangzähne in meine Finger. Mit den Überbleibseln der öligen und kräftig duftenden Fleischspeise rieb ich nun meine Fesseln überall ein, wo ich sie erreichen konnte; dann hob ich die Hand vom Boden und lag mit angehaltenem Atem da.

Anfangs waren die gierigen Tiere beunruhigt und erschrocken über die Veränderung – über das Aufhören der Bewegung. Sie fuhren bestürzt zurück; viele suchten den Brunnen wieder auf. Doch das währte nur einen Augenblick. Ich hatte nicht umsonst auf ihre Gefräßigkeit gerechnet. Als sie merkten, daß ich ohne Bewegung blieb, sprang eine, sprangen zwei der dreistesten auf das Gestell und schnupperten an der Fessel. Dies schien das Signal für einen allgemeinen Ansturm. In hellen Scharen stürzten sie aus dem Brunnenloch herbei. Sie hängten sich an das Holz – sie stürmten das Gestell und warfen sich zu Hunderten auf mich. Die gemessene Bewe-

gung des Pendels störte sie nicht im mindesten. Sie wichen seinen Streichen aus und machten sich begierig über die eingeschmierte Fessel her. Sie drangen auf mich ein – sie wimmelten über mich hin – in dauernd wachsenden geballten Haufen. Sie wanden sich über meiner Kehle; ihre kalten Lippen suchten die meinen; halb war ich erstickt unter ihrem würgenden Druck; ein Ekel, für den die Welt keinen Namen hat, preßte mir die Brust zusammen und jagte eisige Schauer durch mein Herz. Doch fühlte ich's: eine Minute noch, und das Ringen würde vorüber sein. Ganz deutlich spürte ich schon, wie die Fessel sich löste. Ich wußte, daß sie an mehr als einer Stelle bereits zernagt sein mußte. Mit übermenschlicher Beherrschung lag ich *still*.
Meine Berechnungen hatten mich nicht getäuscht – noch hatt' ich umsonst geduldet. Ich fühlte endlich, daß ich *frei* war. Der Gurt hing mir in Fetzen vom Leibe. Doch schon bedrängte mir der Streich des Pendels die Brust. Er hatte den Serge meines Kittels geteilt. Es hatte das Leinenzeug darunter durchschnitten. Zweimal noch schwang es aus, und ein scharfer Schmerz fuhr mir durch alle Nerven. Doch der Moment der Rettung war gekommen. Auf ein Schwenken meiner Hand hin fuhren meine Befreier in ungestümem Getümmel auseinander. Ich gleichmäßiger Bewegung – vorsichtig, schaudernd, langsam – glitt ich aus der Umschlingung der Fessel auf die Seite und aus der Reichweite der sausenden Sichel. Für den Augenblick wenigstens *war ich frei*.
Frei! – und im Klauengriff der Inquisition! Kaum war ich von meinem hölzernen Schreckensbette auf den Steinboden des Gefängnisses getreten, als die höllische Maschinerie in ihrer Bewegung innehielt und ich ge-

wahrte, wie sie von unsichtbarer Kraft durch die Decke emporgezogen wurde. Dies war eine Lehre, welche ich mir verzweifelt zu Herzen nahm. Unzweifelhaft ward jede meiner Regungen belauert. Frei! – ach, ich war nur dem Tode, war nur einer Art der Qual entronnen, um Schlimmerem als dem Tod und schlimmeren Qualen anheimzufallen. Bei diesem Gedanken glitten meine Blicke verstört an den Schranken von Eisen rundum entlang, die mich umschlossen. Etwas Ungewöhnliches – eine Veränderung, welche ich anfangs noch gar nicht genau hätte bezeichnen können – war mit dem Raume vor sich gegangen; das zeigte sich unverkennbar. Minuten träumerischen, wie gelähmten Sinnens lang plagte mein Argwohn sich mit vergeblichen, zusammenhangslosen Mutmaßungen ab. Während dieser Zeit gewahrte ich zum erstenmal den Ursprung des schwefligen Lichtes, welches die Zelle erhellte. Es ging von einer Ritze aus, die – wohl einen halben Zoll breit – rund um das ganze Gefängnis an der Basis der Wände verlief und den Eindruck erweckte, ja tatsächlich bewies, daß diese vollkommen vom Boden getrennt waren. Ich mühte mich, durch die Öffnung zu spähen, doch war das natürlich vergebens.

Als ich mich von dem Versuche erhob, ging mir mit einemmale das Geheimnis der Veränderung in der Kammer auf. Ich erzählte bereits, daß, obschon die Umrisse der Figuren an den Wänden hinreichende Deutlichkeit hatten, die Farben doch verblaßt und verschwommen schienen. Diese Farben hatten nun angefangen zu leuchten und gewannen von Augenblick zu Augenblick einen erschreckend grellen Glanz, welcher den gespenstischen und teuflischen Bildnissen ein Aussehen verlieh, geeignet, selbst stärkere Nerven denn meine eignen erschauern zu lassen. Dämonische Augen voll wilder und gräßlicher Lebendigkeit funkelten mich von überall her an, wo vorher nichts zu sehn gewesen war, und glommen in so bleichem Feuerschimmer, daß ich meine Phantasie nicht mehr zu zwingen vermochte, sie für unwirklich zu halten.

Unwirklich! – Noch rang ich keuchend nach Atem, da stieg ein Dunstruch von erhitztem Eisen mir in die Nüstern! Ein erstickender Qualm durchdrang die Kerkerzelle! Und glühender glommen in jedem Augenblick die Augen-Blicke, die ringsherum auf meine Qualen starrten! Ein tiefer getöntes Rot noch ergoß sich über die gemalten Blutesgreuel. Mein Herzschlag raste! Ich lechzte schnappend nach Luft! Kein Zweifel konnte mehr sein an der Absicht meiner Peiniger – oh! der Unerbittlichsten! oh! der Besessensten der Menschen! Ich wich vor dem glühenden Metall in die Mitte der Zelle zurück. Und mitten in der feuerlichen Vernichtung, die mir drohte, kam der Gedanke an die Kühle des Brunnens wie Balsam über meine Seele. Ich eilte an seinen tödlichen Rand. Ich warf einen bohrenden Blick in die Tiefe. Der Schein, der von der flammenden Decke niederfiel, erhellte seine innersten Winkel. Doch einen wilden Moment lang weigerte sich mein Geist, die Bedeutung dessen zu fassen, was ich sah. Gewaltsam bahnte es sich schließlich seinen Weg in meine Seele – es brannte sich in mein erschauernd Hirn. – Oh! hätt' ich Worte, könnt' ich's nur beschreiben! – oh! Grauen! – jeglich Grauen! nur nicht dies! Mit einem Schrei fuhr ich von der Kante zurück. Ich begrub mein Gesicht in den Händen – und weinte bitterlich.

Die Hitze nahm rasend zu, und zitternd, wie in einem Anfall von Fieberfrost, blickt' ich noch einmal empor.

Da hatte sich die Zelle abermals verändert – und diesmal lag die Veränderung ersichtlich in der *Form*. Wie vorher war's zu Anfang ganz vergeblich, daß ich mich bemühte, zu übersehen oder zu verstehen, was vor sich ging. Doch nicht lange ward ich im Zweifel gelassen. Mein zwiefaches Entkommen hatte die Rache der Inquisition beschleunigt; nicht länger mehr sollte der König der Schrecken mit sich tändeln lassen. Der Raum war quadratisch gewesen. Nun aber sah ich, daß zwei seiner eisernen Winkel spitzer geworden waren – die beiden anderen entsprechend stumpf. Die schreckliche Verschiebung wuchs mit einem leisen rasselnden oder ächzenden Geräusch. Im Augenblicke hatte sich der Grundriß des Gemachs in einen Rhombus verwandelt. Doch dabei blieb es nicht – und ich hatte auch weder gehofft noch ersehnt, daß es dabei bleibe. Ich hätte die rotglühenden Wände meinen Busen wie ein Gewand der ewigen Ruhe umklammern lassen können. «Tod», sprach ich, «jeden Tod – nur den nicht in der Grube!» Narr, der ich war! hätte ich nicht wissen können, daß grad *in die Grube* mich zu treiben, der Zweck der brennenden Wände war? Konnt' ich denn ihrem Glühen widerstehen? und konnt' ich, wenn selbst dies, dem ehernen Drucke Stand halten? Schon ward der Rhombus flacher, immer flacher – mit einer Schnelle, die mir nicht mehr Zeit zum Überlegen ließ. Sein Mittelpunkt, mithin seine größte Weite, lag grad über dem gähnenden Abgrund. Ich fuhr zurück davor – doch die sich verengenden Wände trieben mich unwiderstehlich darauf zu. Schließlich besaß mein versengter und schmerzgekrümmter Leib nicht einen Zoll mehr Fußhalt auf dem sichern Boden der Zelle. Da gab ich den Kampf denn auf; doch die Qual meiner Seele machte sich Luft

in einem einzigen langen, lauten, letzten Schrei der Verzweiflung. Ich fühlte's, ich wankte – die Kante – ich wandte die Augen ab –
Da scholl es verworren heran – ein Summen von Stimmen! Da rauschte ein lauter Tusch von vielen Trompeten! Da rollte ein rauhes Grollen als wie von tausend Donnern! Die feurigen Wände wichen! Ein ausgestreckter Arm ergriff den meinen, da mir eben die Sinne schwanden und der Schlund mich umfing. Es war der Arm von General Lasalle. Die Franzosen-Armee hatte Toledo besetzt. Die Inquisition war in den Händen ihrer Feinde.

DAS GEBINDE AMONTILLADO

Wohl tausendfältige Unbill hatt' ich von Fortunato ertragen, so gut ich's nur vermochte, doch als er gar so dreist ward, schweren Schimpf auf mich zu häufen, gelobt' ich Rache. Ihr, die ihr meiner Seele Innres so wohl kennt, werdet freilich nicht vermuten, ich hätte etwa einer Drohung Ausdruck gegeben. Nein, *irgendwann einmal,* ganz unerwartet, sollte die Vergeltung kommen; das war ein Punkt, der felsenfest entschieden; – und ebenso entschieden war dabei, daß es für mich keinerlei Risiko geben durfte. Ich wollte nicht nur strafen, sondern straflos strafen. Denn das ist nicht die rechte Ahndung eines Unrechts, wenn dann den Rächer selbst die Wiedervergeltung erreicht. Und gleicherweise halb nur bleibt die Sühne, wenn der Beleidiger, der jenes Unrecht tat, nicht fühlt, nicht weiß, von wem ihn Rache trifft.
Wohlverstanden, – ich hatte Fortunato weder in Wort noch Tat Ursache gegeben, an meinem Wohlwollen zu zweifeln. Ganz wie ich's lang gewohnt war, fuhr ich fort, ihm ins Gesicht zu lächeln, und er bemerkte nicht im mindesten, daß dieses mein Lächeln *jetzt* nur noch der Gedanke an seine baldige Opferung nährte.
Er hatte übrigens einen schwachen Punkt – dieser Fortunato – obschon er in anderer Hinsicht durchaus ein Mann war, den man achtete, ja gar ein wenig fürchtete. Er hielt sich nämlich arg viel darauf zugute, ein Weinkenner zu sein. Nun trifft es sich freilich nur selten, daß die Herren Italiener auf diesem Gebiete einiges vermögen. Meistenteils ist ihr Enthusiasmus vollauf damit beschäftigt, Zeit und Gelegenheit abzupassen und einzurichten, um die britischen und österreichischen Mil-

lionäre nach Takt und Noten zu begaunern. Was Malerei und Schmuckkunst anbetrifft, so war Fortunato ganz wie seine Landsleute bloß ein Schwadroneur; jedoch mit alten Weinen kannte er sich aus. In diesem Betrachte unterschied ich mich übrigens nicht wesentlich von ihm; – ich verstand mich selber ganz leidlich auf die italiänische Lese und kaufte in großem Stil, wann immer ich es konnte.
Es war an einem Abende gegen Dämmerung, zur Zeit des tollsten und aberwitzigsten Karnevals, als ich meinem Freunde ganz unverhofft begegnete. Er begrüßte mich mit schier überschwänglicher Herzlichkeit, denn er hatte bereits eine Menge getrunken. Der Mensch trug sich wie ein rechter Narr. Er hatte ein dicht sitzendes buntscheckiges Gewand an, und seinen Dummkopf krönte eine spitze Schellenkappe. Ich war so überglücklich, ihn zu sehen, daß ich schon dachte, ich würde überhaupt nicht mehr damit fertig werden, ihm die Hand zu drücken.
«Mein lieber Fortunato!» sprach ich zu ihm; «Welch ein Glück, daß ich Sie treffe! Sie sehen ja aus wie das blühende Leben heute! Es ist nämlich so – ich habe eben ein Butt Wein bekommen, der angeblich Amontillado sein soll, bin aber leider gar nicht ohne Zweifel.»
«Wie?» rief er. «Amontillado? Ein ganzes Butt? Unmöglich! Und das mitten im Karneval?»
«Eben, ich habe ja auch meine Zweifel», erwiderte ich; «und leider war ich töricht genug, den vollen Amontillado-Preis zu zahlen, ohne zuvor Ihr Gutachten einzuholen. Aber Sie waren einfach nicht aufzufinden, und ich hatte Sorge, es könnte mir ein Geschäft entgehen.»
«Amontillado!»
«Ich habe meine Zweifel.»

«Amontillado!»
«Und ich muss mir Gewissheit verschaffen.»
«Amontillado!»
«Da Sie beschäftigt sind, will ich mich zu Luchresi begeben. Wenn irgend wer ein kritisches Urteil hat, dann ist es er. Er wird mir sagen – –»
«Luchresi kann ja nicht einmal Amontillado von Sherry unterscheiden.»
«Und doch gibt es ein paar Narren, die behaupten, sein Geschmack vermöge den Ihrigen durchaus in die Schranken zu fordern.»
«Kommen Sie, gehn wir gleich.»
«Aber wohin denn?»
«In Ihre Kellerei.»
«Nicht doch, mein Freund; ich will Ihre Liebenswürdigkeit nicht ausnutzen. Ich sehe ja, Sie sind beschäftigt. Luchresi – –»
«Aber ich bin nicht beschäftigt; – kommen Sie!»
«Nein, mein Freund. Auch wenn Sie keine Abhaltung haben, – ich sehe doch, dass Sie an einer schweren Erkältung leiden. Die Gewölbe sind unerträglich feucht und dumpfig. Alles ist mit Salpeter überzogen.»
«Gleichviel, lassen Sie uns gehen. Die Erkältung ist gar nicht der Rede wert. Amontillado! Da hat man Sie ganz schön hinter das Licht geführt. Und was Luchresi betrifft, der kann keinen Sherry von Amontillado unterscheiden.»
Bei diesen Worten bemächtigte sich Fortunato meines Arms; und indem ich eine Maske von schwarzer Seide anlegte und eine *roquelaure* fest um mich zog, litt ich's, dass er mich eilends nach meinem Palazzo drängte.
Es waren keinerlei Bedienstete daheim; sie hatten sich heimlich alle davongemacht, um sich der Jahreszeit ent-

sprechend auf dem Karneval zu vergnügen. Ich hatte ihnen gesagt, daß ich nicht vor dem Morgen zurückkehren würde, und ausdrücklich Befehl gegeben, sich nicht aus dem Hause zu rühren. Diese Anordnungen reichten hin, so wußt' ich wohl, mit Sicherheit ihr unmittelbares Verschwinden zu bewirken, bis auf den letzten Mann, sowie ich ihnen nur den Rücken gekehrt hatte.
Ich nahm zwei Fackeln aus ihren Wandhaltern, gab Fortunato eine und geleitete ihn durch verschiedene Zimmer-Suiten zu dem Bogengang, der in die Gewölbe führte. Dann stieg ich eine lange und gewundene Treppe hinab, wobei ich ihn ersuchte, ja nur recht vorsichtig zu sein, wenn er mir folge. Schließlich kamen wir unten an und standen auf dem dumpfigen Boden der Katakomben der Montresors.
Der Gang meines Freundes war unsicher, und die Schellen an seiner Kappe klingelten, während er dahinschritt.
«Das Butt», sagte er.
«Das befindet sich weiter hinten», sagte ich; «doch sehen Sie nur, wie weiß der Überzug auf diesen Höhlenmauern schimmert!»
Er wandte sich mir zu und starrte mich mit zwei glasigen Augen an, aus denen die Tränen der Trunkenheit quollen.
«Salpeter?» fragte er schließlich.
«Salpeter», antwortete ich. «Wie lange haben Sie diesen Husten eigentlich schon?»
«Huch! huch! huch! – huch! huch! huch! – huch! huch! huch! – huch! huch! huch! – huch! huch! huch!»
Minutenlang war es meinem armen Freunde unmöglich, eine Antwort zu geben.

«Ach, das hat nichts zu sagen», keuchte er schließlich.
«Kommen Sie», sagte ich mit Bestimmtheit, «wir wollen doch lieber umkehren; Ihre Gesundheit ist zu kostbar. Sie sind reich, man achtet, man bewundert, ja man liebt Sie; Sie sind glücklich, wie ich's einstens war. Ein Mann wie Sie muß uns erhalten bleiben. Um mich ist's ja nicht weiter schade. Wir wollen zurückgehen; denn Sie werden sich noch eine Krankheit holen, und die Verantwortung kann ich nicht tragen. Im übrigen ist da ja immer noch Luchresi – –»
«Genug», sagte er; «mit dem Husten hat es gar nichts auf sich; der wird mich nicht umbringen. An einem Husten sterbe ich bestimmt nicht.»
«Das ist nun auch wieder wahr – sehr wahr sogar», erwiderte ich; «und ich hatte wirklich nicht die Absicht, Sie unnötig zu beunruhigen – doch sollten Sie immerhin so vorsichtig sein, als es möglich ist. Ein Schluck von diesem Medoc wird uns vor den schädlichen Dünsten schützen.»
Mit diesen Worten zog ich aus einer langen Reihe von Flaschen, die auf dem Gestelle lagerten, eine heraus und schlug ihr den Hals ab.
«Trinken Sie», sagte ich dann und reichte ihm den Wein.
Mit einem Blinzeln hob er die Flasche an die Lippen. Dann hielt er inne und nickte mir vertraulich zu, während seine Schellen klingelten.
«Ich trinke», sagte er, «auf die Begrabenen, die um uns ruhen.»
«Und ich auf Ihr langes Leben.»
Wieder nahm er meinen Arm, und wir schritten weiter.
«Diese Gewölbe», sagte er, «sind ja ziemlich ausgedehnt.»

«Die Montresors», erwiderte ich, «waren eine große und zahlreiche Familie.»
«Ach, ich vergaß – wie war doch gleich Ihr Wappen?»
«Ein riesiger menschlicher Fuß – Gold in azurnem Feld; er zertritt eine sich aufbäumende Schlange, deren Zähne ihn in die Ferse stechen.»
«Und der Wahlspruch?»
«*Nemo me impune lacessit.*»
«Nicht übel!» sagte er.
In seinen Augen funkelte der Wein, und die Schellen klingelten. Auch mir erwärmte der Medoc die Phantasie. Wir waren an langen Mauern von gestapelten Skeletten, untermischt mit Weinfässern aller Art, vorübergekommen und gelangten nun in die innersten Winkel und Bezirke der Katakomben. Da hielt ich erneut inne, und diesmal nahm ich mir die Freiheit, Fortunato am Arme oberhalb des Ellenbogens festzuhalten.
«Der Salpeter!» sagte ich; «sehn Sie doch, er wird immer dichter! Er hängt wie Moos an den Gewölben. Wir befinden uns unter dem Flußbette. Die Nässe tröpfelt zwischen das Gebein. Kommen Sie, wir wollen umkehren, ehe es zu spät ist. Denken Sie an Ihren Husten – –»
«Damit ist es nichts», sagte er; «gehen wir nur weiter. Aber zuvor noch einen Schluck Medoc!»
Ich erbrach eine Flasche De Grâve und reichte sie ihm. Er leerte sie auf einen Zug. In seinen Augen blitzte ein wildes Licht. Er lachte und warf die Buddel mit einer Bewegung in die Höhe, auf die ich mir keinen Reim machen konnte.
Erstaunt sah ich ihn an. Er wiederholte die Bewegung – ein grotesker Anblick.
«Sie verstehen nicht?» fragte er.

«Leider nein», erwiderte ich.

«Dann gehören Sie also nicht der Bruderschaft an.»

«Was meinen Sie?»

«Sie gehören nicht zu den Maurern.»

«Aber ja doch», sagte ich; «ja doch, ja.»

«Sie? Unmöglich! Ein Maurer?»

«Ein Maurer», antwortete ich.

«Dann geben Sie ein Zeichen», forderte er, «ein Zeichen!»

«Bitte sehr», war meine Antwort, indem ich unter den Falten meiner *roquelaure* eine Maurerkelle hervorzog.

«Sie spaßen», rief er aus und wich ein paar Schritte zurück. «Aber lassen Sie uns nun endlich zu dem Amontillado kommen!»

«Sei's drum», sagte ich, indem ich das Werkzeug wieder unter meinem Mantel barg und ihm erneut den Arm bot. Er stützte sich schwer darauf. Wir folgten weiter unserem Weg auf der Suche nach dem Amontillado. Wir schritten durch eine Reihe von niedrigen Gewölben, stiegen abwärts, gingen weiter und stiegen wieder abwärts, um schließlich tief unten in einer Krypta anzulangen, in welcher die Luft so moderig und stickig war, daß unsere Fackeln kaum mehr brannten als glühten.

Am entlegensten Ende der Krypta zeigte sich ein weiteres, doch weniger geräumiges Gewölb. Die Wände waren ganz nach Art der großen Katakomben zu Paris von hoch zur Decke aufgetürmten Gebeinresten gesäumt worden. Drei Seiten dieser inneren Krypta waren immer noch in dieser Weise geschmückt. Von der vierten Seite hatte man die Knochen fortgeräumt; sie lagen jezt in wirrem Durcheinander auf der Erde und bildeten an einer Stelle einen Hügel von einiger Höhe. In der auf diese Weise durch die Entfernung der Knochen freigelegten Wand erblickten wir noch eine weitere innere Krypta oder Nische, die wohl vier Fuß tief, drei breit und sechs oder sieben hoch war. Sie schien zu keinem besondern Eigenzweck gebaut zu sein, sondern bildete lediglich den Zwischenraum zwischen zwei der kolossalen Pfeiler, die das Gewölbe der Katakomben trugen; ihre Rückwand bestand aus einer der sie umgebenden, massiv granitenen Mauerwände.

Es war vergebens, daß Fortunato seine düstertrübe Fackel hob und sich mühte, in die Tiefe des Nischenwinkels zu spähen. Seine Begrenzung erlaubte uns das schwache Licht nicht zu erkennen.

«Treten Sie nur näher», sagte ich; «dort drinnen befindet sich der Amontillado. Was übrigens Luchresi anbelangt – –»

«Der ist ein armseliger Ignorant», unterbrach mich mein Freund und tat ein paar torkelnde Schritte vorwärts, indessen ich ihm auf dem Absatz folgte. Im selben Augenblick noch hatte er das Ende der Nische erreicht und stand, da er sein Weiterkommen von dem Felsen behindert fand, stumpfsinnig verwundert da. Im nächsten Augenblick schon hatte ich ihn an den Granit gefesselt. In diesen eingelassen waren zwei Eisenkrampen, wagrecht etwa zwei Fuß voneinander entfernt. Von einer dieser Krampen hing eine kurze Kette nieder; an der anderen befand sich ein Vorhängeschloß. Die Kette um seinen Leib zu werfen und fest anzuschließen, war das Werk nur weniger Sekunden. Er war zu überrascht, um sich zu widersetzen. Den Schlüssel abziehend, trat ich aus der Nische zurück.

«Fahren Sie doch einmal mit der Hand über die Mauer», sagte ich; «der Salpeter ist unverkennbar,

nicht wahr? Tatsächlich, es ist hier unten *sehr* feucht. Lassen Sie sich noch einmal *dringend* bitten, wieder umzukehren. Sie möchten nicht? Wie schade! – denn dann muß ich Sie leider jetzt allein hier lassen. Doch zuvor noch will ich Ihnen, soweit es in meiner Macht steht, ein paar kleine Gefälligkeiten erweisen.»
«Den Amontillado!» stieß mein Freund hervor, noch immer halb benommen von der Überraschung.
«Richtig», erwiderte ich; «den Amontillado.»
Während ich diese Worte sprach, machte ich mich an dem Knochenstapel zu schaffen, den ich oben erwähnt habe. Ich warf das Gebein beiseite und legte bald eine Menge Bausteine und Mörtel frei. Mit diesen Materialien sowie mit Hilfe meiner Kelle begann ich alsbald nach Kräften den Eingang der Nische zu vermauern.
Ich hatte kaum die erste Lage Mauerwerk gelegt, als ich entdeckte, daß die Trunkenheit in großem Maße von Fortunato gewichen war. Das erste Anzeichen dafür war ein langer stöhnender Wehelaut, der aus der Tiefe des Gelasses drang. Das war nicht mehr die Stimme eines Trunkenen. Es folgte dann ein langes, verbissenes Schweigen. Ich legte die zweite Steinschicht und die dritte, und dann die vierte; und da auf einmal hörte ich das wilde Rasseln der Kette. Das Geräusch dauerte mehrere Minuten lang fort, während welcher ich, um mich mit ungestörter Genugtuung daran zu weiden, in meiner Arbeit innehielt und mich auf den Gebeinen niederließ. Als das Geklirr am Ende verstummte, griff ich wieder nach der Kelle und vollendete ohne Unterbrechung die fünfte, die sechste und die siebente Lage. Die Mauer reichte mir nun fast schon bis zur Brust. Wieder hielt ich da inne, und indem ich die Fackel über

das Mauerwerk hob, ließ ich ein paar schwache Strahlen auf die Gestalt dort drinnen fallen.

Eine Folge von lauten und schrillen Schreien, die jählich aus der Kehle des Gefesselten hervorbrachen, wollte mich schier zurückschleudern. Einen kurzen Augenblick zögerte, zitterte ich. Meinen Stoßdegen ziehend, begann ich damit in dem engen Gelaß herumzutasten; doch die Überlegung eines weitern Augenblicks gab mir meine Sicherheit und Ruhe zurück. Ich legte meine Hand auf das massive Mauerwerk der Katakomben und fühlte mich befriedigt. Ich trat wieder an die Mauer; ich gab dem Gellgebrüll des Schreiers Antwort. Ich schrie zurück, ich half ihm, ja ich übertraf ihn noch an Stimmgewalt und -stärke. Ich tat's, und siehe da – der Schreier wurde still.

Es war nun Mitternacht; mein Werk war bald getan. Ich hatte die achte, die neunte, die zehnte Lage vollendet. Schon hatt' ich einen Teil der elften und letzten bewältigt; es blieb nur noch ein einziger Stein zu setzen und zu vermauern. Ich plagte mich mit seinem Gewichte; ich brachte ihn nur zum Teil in die ihm zubestimmte Lage. Da aber drang aus der Nische ein leises, verhaltenes Lachen, daß mir die Haare zu Berge standen. Es ward gefolgt von einer traurigen Stimme, in welcher ich nur schwer diejenige des edlen Fortunato wiedererkannte. Die Stimme sagte – «Ha! ha! ha! – hi! hi! hi! – ein guter Witz, wahrhaftig – ein exzellenter Scherz! Wir werden im Palazzo noch oft und reichlich darüber zu lachen haben – hi! hi! hi! – über unsern Wein – hi! hi! hi!»

«Den Amontillado!» sagte ich.

«Hi! hi! hi! – hi! hi! hi! – ja, den Amontillado. Aber wird es nicht langsam etwas spät? Wird man nicht auf

uns warten im Palast – die Lady Fortunato und die Andern? Mag's denn genug sein – machen wir ein Ende.»
«Ja», sagte ich, «ja – machen wir ein Ende.»
«*Um Gottes willen – Montresor!*»
«Ja», sagte ich, «um Gottes willen – ja!»
Doch diese Worte fanden keine Antwort; mein Lauschen war umsonst. Ich wurde ungeduldig. Ich rief laut –
«He – Fortunato!»
Nichts. Kein Laut zu hören. Ich rief noch einmal –
«He! – *Fortunato!*»
Keine Antwort mehr. Da stieß ich eine Fackel durch die Öffnung und ließ sie drinnen fallen. Zurück kam nur ein Klinggeklirr der Schellen. Mir wurde schlimm im Herzen, wurde schlecht; das machte die Dumpfigkeit der Katakomben. Ich hastete, mein Werk zu enden. Ich zwang den letzten Stein in seine Lage; ich mauerte ihn ein. Vor dieser neuen Wand häufte ich wieder den Wall von Knochen auf. Ein Halbjahrhundert lang hat kein Sterblicher sie gestört. *In pace requiescat!*

DER SCHWARZE KATER

Für die höchst schauerliche und doch so schlichte Erzählung, die ich hier niederzuschreiben mich anschicke, erwart' ich weder noch erbitt' ich Glauben. Toll wahrlich müßte ich sein, darauf zu rechnen – in einem Fall, wo sich ja selbst die eignen Sinne sträuben, das Wahrgenommene für wahr zu nehmen. Doch toll bin ich gewiß nicht – und gewiß auch träum' ich nicht. Aber nun sterb' ich morgen, und so wollte ich heute noch meine Seele erleichtern. Mein Zweck ist dabei geradheraus der, in offener, kurz- und bündiger Weise und ohne Drumherum eine Reihe von bloßem Alltagsereignissen vor der Welt auszubreiten. In ihren Folgen haben diese Ereignisse mich entsetzt – mich gefoltert – mich innerlich zerrüttet und zerstört. Doch will ich nicht versuchen, sie zu deuten. Mir selber haben sie kaum anderes als Grauen gebracht – vielen dagegen werden sie wohl weniger schrecklich denn *baroques* vorkommen. Vielleicht ja findet sich hiernach auch ein Verstand, der meine Phantasmen aufs Gewöhnliche zurückführt, – ein Kopf, der ruhiger, der logischer und der weit weniger erreglich ist als meiner und der in den Umständen, die ich mit Grauen hier erzähle, nichts mehr erblickt denn eine gewöhnliche Folge von ganz natürlichen Ursachen und Wirkungen.

Von Kindheit auf schon war ich bekannt für mein lenksames und menschenliebendes Wesen. Meine Herzensweichheit gar trat so auffällig hervor, daß ich darob von meinen Kameraden oft gehänselt wurde. Ich liebte vor allem die Tiere, und der Nachsicht meiner Eltern verdankte ich's, daß in unserm Hause zahlreiche vierbeinige Gefährten um mich waren. Mit ihnen verbrachte ich den größten Teil meiner Zeit, und kein größeres Glück kannt' ich, als sie füttern und streicheln zu dürfen. Diese Charaktereigenart wuchs mit mir, und da ich zum Manne geworden, bildete sie mir eine der Hauptquellen des Vergnügens. Allen denen, die einmal Zuneigung zu einem treuen und klugen Hunde hegten, brauche ich wohl kaum eigens die Natur beziehungsweise die Intensität der Befriedigung zu erklären, welche daraus erwächst. Es liegt etwas in der selbstlosen und aufopfernden Liebe der unvernünftigen Kreatur, das greift einem jeden ans Herze, der häufig Gelegenheit hatte, die nichtswürdige Freundschaft und flüchtige Treue des bloßen *Menschen* zu erproben.

Ich heiratete früh und war glücklich, in meinem Weibe eine durchaus verwandte Seele zu finden. Da sie meine Vorliebe für Haustiere bemerkte, versäumte sie keine Gelegenheit, uns solche der reizendsten Art anzuschaffen. Wir hatten Vögel, Goldfische, einen schönen Hund, Kaninchen, ein kleines Äffchen, und einen *Kater*.

Dieser letztere war ein bemerkenswert großes und schönes Tier, vollkommen schwarz und in geradezu erstaunlichem Maße klug. War von seiner Intelligenz die Rede, so spielte meine Frau, die im Herzen von rechtem Aberglauben angekränkelt war, des öftern auf den alten Volksglauben an, welcher alle schwarzen Katzen als verkleidete Hexen betrachtete. Nicht daß es ihr je *ernst* mit diesem Punkt gewesen wäre; – ich erwähne die Sache überhaupt aus keinem bessern Grunde als dem, daß sie mir zufällig just eben jetzt ins Gedächtnis kam.

Pluto – so hieß der Kater – war mein Spielkamerad und mir von allen Haustieren das liebste. Ich allein fütterte ihn, und er begleitete mich auf allen meinen Gängen durch das Haus. Mit Mühe nur konnte ich ihn daran verhindern, mir auch noch durch die Straßen zu folgen.

Unsere Freundschaft dauerte in dieser Weise mehrere Jahre fort, während welcher mein allgemeines Temperament und Wesen – durch das Wirken des Bösen Feindes Ausschweifung – (schamrot gesteh' ich's) eine radikale Veränderung zum Schlimmen erfuhr. Von Tag zu Tage ward ich übellaunischer, reizbarer, und rücksichtsloser gegenüber den Gefühlen Anderer. Ich ließ mich hinreißen, maßlose Worte gegen mein Weib zu gebrauchen. Schließlich gar tat ich ihr Gewalt an. Auch meine Haustiere bekamen natürlich den Wechsel in meiner Gemütsart zu spüren. Ich vernachlässigte sie nicht nur, ich mißhandelte sie. Für Pluto hatte ich grad noch soviel Rücksicht, daß ich ihn wenigstens nicht mutwillig quälte, indessen es den Kaninchen, dem Äffchen oder gar dem Hunde ohne Skrupel schlimm erging, wenn sie mir einmal durch Zufall oder aus Zuneigung in den Weg kamen. Doch mein Leiden – und welches Leiden ist dem Alkohol gleich? – es wuchs und ward übergewaltig; und schließlich begann selbst Pluto, der jetzt langsam in die Jahre kam und infolge dessen ein bißchen launisch wurde, die Wirkungen meiner inneren Zerrüttung zu erfahren.

Eines Nachts, da ich, schwer berauscht, von einem meiner Rundzüge durch die Stadt nach Hause kam, bildete ich mir ein, der Kater meide meine Nähe. Ich packte ihn – da brachte er mir, erschrocken ob meiner Heftigkeit, mit seinen Zähnen eine leichte Wunde an der Hand bei. Augenblicklich ergriff eine dämonische Wut von mir Besitz. Ich kannte mich selber nicht mehr. Das, was einmal meine Seele gewesen, schien wie mit einem Schlage aus meinem Körper entflohen; und eine mehr denn teuflische, vom Gin genährte Bosheit durchzuckte schauernd jede Fiber meines Leibes. Ich zog ein Federmesser aus der Westentasche, öffnete es, packte das arme Vieh bei der Kehle und schnitt ihm in voller Überlegung eines seiner Augen aus der Höhle! Ich werde rot, ich brenne, schaudere, während ich diese verdammenswerte Scheußlichkeit niederschreibe.

Als mit dem Morgen – da der Schlaf die Dunstwallungen der nächtlichen Ausschweifung verscheucht hatte – die Vernunft wiederkehrte, durchrann mich ein Gefühl aus Grauen halb und halb aus Reue ob des Verbrechens, dessen ich schuldig geworden; doch war es bestenfalls ein schwaches und zweideutig schwankes Empfinden, das meine Seele unberührt ließ. Ich stürzte mich aufs neue in Exzesse und hatte bald im Weine jede Erinnerung an die Tat ertränkt.

Derweil erholte sich der Kater langsam wieder. Die Höhle des verlornen Auges bot, das muß ich sagen, einen wahrhaft fürchterlichen Anblick, doch Schmerzen schien das Tier nicht mehr zu leiden. Es lief ganz wie gewöhnlich durch das Haus, doch floh's, wie zu erwarten, in äußerstem Entsetzen, wenn ich näherkam. Noch hatt' ich immer soviel Herz in mir, daß mich's betrübte, diese offenbare Abneigung von einem Tiere zu erfahren, das mich einst so geliebt hatte. Doch dies Empfinden machte bald Gereiztheit Platz. Und dann kam, wie um mich endgültig und unwiderruflich zu vernichten, der Geist der PERVERSHEIT über mich. Diesen Geist hat die Philosophie noch gar nicht zur Kenntnis genommen. Doch so gewiß ich bin, daß meine Seele lebt, – nicht weniger bin ich's, daß die Perversheit einer der Urantriebe des menschlichen Herzens ist – eine der unteilbaren Grundfähigkeiten oder -empfindungen, welche dem Charakter des Menschen Richtung geben. Wer hat sich nicht schon hundertmal dabei ertappt, daß er eine niederträchtige oder törichte Tat aus keinem andern Grunde beging denn aus dem Bewußtsein, daß sie ihm verboten sei? Verspüren wir denn nicht – wider all unser bestes Wissen – die fortwährende Neigung, das zu verletzen, was *Gesetz* ist, bloß weil wir es als solches begreifen? Dieser Geist der Perversheit kam, sag' ich, über mich, um mich endgültig zu vernichten. Es war dies unerforschliche Verlangen der Seele, *sich selbst zu quälen* – der eigenen Natur Gewalt anzutun – unrecht zu handeln allein um des Unrechts willen –, das mich drängte, die dem harmlosen Tiere zugefügte Unbill fortzusetzen und schließlich zu vollenden. Eines Morgens legt' ich ihm gänzlich kühlen Blutes eine Schlinge um den Hals und hängte es am Aste eines Baumes auf – erhängte es, indessen mir die Tränen aus den Augen strömten und die bitterste Reue mir das Herz zerriß – erhängte es, nur *weil* ich wußte, daß es mich geliebt hatte, und *weil* ich fühlte, es hatte mir keinerlei Grund zum Ärgernis gegeben – erhängte es, *weil* ich wußte, daß ich damit eine Sünde beging – eine Todsünde, die meine unsterbliche Seele so gefährden mußte, daß – wenn das möglich wäre – selbst die unendliche Gnade des Allbarmherzigen und Schrecklichen Gottes sie vielleicht nicht mehr zu retten vermochte.

In der Nacht nach jenem Tage, an dem die grausame Tat geschehen war, fuhr ich aus dem Schlaf und hörte ‹Feuer!› rufen. Die Vorhänge meines Bettes standen in Flammen. Schon brannte das ganze Haus. Mit großer Mühe nur vermochten mein Weib, eine Dienerin und ich selber dem Glutmeer zu entkommen. Die Zerstörung war vollständig. Mein ganzer weltlicher Reichtum war dahin, und fortan überließ ich mich der Verzweiflung.

Ich stehe über der Schwäche, hier etwa zwischen dem Unglück und meiner Untat eine Beziehung wie von Ursache und Wirkung herstellen zu wollen. Doch lege ich eine *Kette* von Tatsachen dar, und darin soll, so wünsch' ich's, nicht das Kleinste fehlen, das möglicherweise ein Glied wäre. Am Tage nach dem Feuer besichtigte ich die Ruinen. Die Mauern waren – bis auf eine – eingestürzt. Diese eine stellte sich als nicht sehr dicke Innenwand heraus, die sich etwa in der Mitte des Hauses befand und an der das Kopfende meines Bettes gestanden hatte. Der Stuckverputz hatte hier in großem Maße dem Wirken des Feuers widerstanden – eine Tatsache, welche ich dem Umstand zuschrieb, daß er kürzlich erst frisch aufgetragen worden war. Um diese Mauer hatte sich eine dichte Menschenmenge versammelt, und viele Leute schienen mit sehr eifriger und minuziöser Aufmerksamkeit eine ganz bestimmte Stelle zu untersuchen. Die Worte «sonderbar!», «eigenartig!» und andere ähnliche Ausdrückungen erregten meine Neugierde. Ich trat näher und erblickte, ganz als sei es ein Basrelief, in die weiße Fläche gegraben, die Gestalt einer riesigen *Katze*. Sie bot einen geradezu verblüffend natürlichen Eindruck. Um den Hals des Tieres war ein Strick geschlungen.

Beim ersten Anblick dieser geisterhaften Erscheinung – denn für ein andres konnte ich's kaum ansehn – geriet ich vor Verwundern und Entsetzen schier außer mich. Doch dann kam kühlere Erwägung mir zu Hilfe. Die Katze hatte, so entsann ich mich, in einem an das Haus angrenzenden Garten gehangen. Auf den Feueralarm hin hatte sich dieser Garten unmittelbar mit Menschen gefüllt – und einige aus der Menge mußten dann wohl das Tier vom Baume geschnitten und durch ein offnes Fenster in meine Kammer geworfen haben. Dies war vermutlich in der Absicht geschehen, mich aus dem Schlaf zu wecken. Der Fall der andern Wände hatte dann das Opfer meiner Grausamkeit in den frisch aufgetragenen Verputz gedrückt; dessen Kalk schließlich im Vereine mit den Flammen und dem von dem Kadaver entwickelten Ammoniak das Abbildnis so zustande brachte, wie ich's sah.

Obschon ich solcherart meiner Vernunft, wenn nicht gar meinem Gewissen gegenüber recht rasch eine Erklärung für den verstörenden Tatbestand, den ich soeben geschildert, bereit hatte, so verfehlte derselbe doch nicht, einen tiefen Eindruck auf meine Phantasie zu machen. Monate lang vermochte ich mich nicht von dem Trugbild der Katze zu befreien; und während dieser Zeit kehrte in meinen Geist ein Halbgefühl zurück, das Reue schien, doch aber keine war. Es kam so weit, daß ich Bedauern empfand über den Verlust des Tieres und mich in den elenden Kaschemmen, deren häufiger Besuch mir jetzt zur Gewohnheit geworden war, nach einem andern Haustiere von gleicher Art und einigermaßen ähnlicher Erscheinung umsah, das seine Stelle einnehmen sollte.

Eines Nachts, da ich halb betäubt in einer schon mehr als bloß verrufenen Spelunke hockte, ward meine Aufmerksamkeit ganz plötzlich auf ein schwarzes Etwas gelenkt, welches oben auf einem der ungeheuern Oxhofts voll Gin oder Rum ruhte, aus denen in der Hauptsache die Ausstattung des Raumes bestand. Ich hatte schon einige Minuten lang beständig auf dieses Oxhoft gestarrt, und was mir nun Überraschung machte, war die Tatsache, daß mir das Etwas oben darauf bislang gänzlich entgangen war. Ich trat heran und berührte es mit der Hand. Es war ein schwarzer Kater – ein sehr großes Tier – genau so groß wie Pluto und ihm in jeder Hinsicht ganz ungemein ähnlich – bis auf einen Punkt. Pluto hatte nicht ein weißes Haar an seinem Leibe besessen; doch dieser Kater trug vorn einen großen, obschon unbestimmten weißen Flecken, welcher nahezu die ganze Brustpartie bedeckte.

Auf meine Berührung hin erhob er sich unmittelbar, schnurrte laut, schmiegte sich an meine Hand und schien über meine Aufmerksamkeit recht entzückt zu sein. Dies war genau ein Tier, wie ich es suchte. Ich erbot mich sogleich, es dem Wirte abzukaufen; doch der Mensch erhob gar keinen Anspruch darauf – wußte gar nichts davon – hatt' es noch nie zuvor auch nur gesehen.

Ich setzte mein Streicheln fort, und als ich mich fertig machte, um heim zu gehen, bezeigte das Tier eine deutliche Neigung, mich zu begleiten. Das verwehrte ich ihm nicht, und so gingen wir nebeneinander her, wobei ich mich gelegentlich bückte und ihm das Fell tätschelte. Als es das Haus erreichte, fühlte es sich sogleich dort heimisch und ward in kurzem der Liebling meiner Frau.

Was mich jedoch betrifft, so spürte ich bald rechte Abneigung gegen das Tier in mir aufsteigen. Dies war grad das Gegenteil dessen, was ich eigentlich erwartet hatte; doch – ich weiß nicht, wie es kam und warum es so war – seine offensichtliche Neigung zu mir bereitete mir Ekel und Verdruß. Ganz langsam und allmählich wandelten sich diese Empfindungen in bitterlichen Haß.

Ich mied die Kreatur, wo ich's nur konnte; wobei mich ein gewisses Schamgefühl und die Erinnerung an meine frühere grausame Tat daran verhinderten, ihr körperlich ein Leid zu tun. Wochenlang bekam sie weder Schläge noch irgend andere schwere Mißhandlungen von mir zu spüren; aber allmählich – ganz langsam und allmählich – kam's dahin, daß ich sie nur mit unaussprechlichem Widerwillen noch betrachten konnte und schweigend ihre verhaßte Gegenwart floh wie den Hauch der Pestilenz.
Was ohne Zweifel meinem Hasse auf das Tier hinzukam, war – an dem Morgen, nachdem ich es mit heimgebracht – die Entdeckung, daß es ganz ebenso wie Pluto eines seiner Augen eingebüßt hatte. Dieser Umstand machte es jedoch nur um so teurer für mein Weib, das, wie ich schon gesagt habe, in hohem Grade jene Menschlichkeit des Fühlens besaß, welche einst mein eignes Wesen ausgezeichnet und die Quelle vieler meiner schlichtesten und reinsten Freuden gebildet hatte.
Mit meiner Aversion gegen diesen Kater jedoch schien gleichzeitig seine Vorliebe für mich zu wachsen. Stets folgte er meinen Spuren mit einer Hartnäckigkeit, welche dem Leser begreiflich zu machen schwer fallen würde. Wann immer ich mich irgendwo niederließ, kroch er unter meinen Stuhl, um sich dort hinzukuscheln, oder sprang mir auf die Knie, um mich mit seinen widerwärtigen Liebkosungen zu bedecken. Erhob ich mich, um zu gehen, so geriet er mir zwischen die Füße und brachte mich dadurch fast zu Fall, oder er schlug seine langen und scharfen Krallen in meinen Anzug und kletterte mir in dieser Weise zur Brust hinauf. Obschon es mich zu solchen Zeiten verlangte, ihn mit einem Hieb zu erschlagen, hielt mich doch immer wie-

der Etwas davon ab: – zum Teil war's die Erinnerung an mein früheres Verbrechen, doch in der Hauptsache – ich will's nur gleich gestehen – war's regelrechte *Furcht* vor diesem Tiere. Es war dies freilich durchaus keine Furcht vor körperlichem Schaden – und doch wieder wäre ich verlegen, wie anders ich's beschreiben sollte. Fast ist es mir genierlich zu bekennen – ja, selbst in dieser Verbrecherzelle hier befällt mich nachgerade Scham bei dem Geständnis, daß all das Entsetzen und Grauen, welches das Tier mir eingeflößt hatte, recht eigentlich erhöht noch worden waren durch ein Hirngespinst, wie man es sich kaum trügerischer vorzustellen vermag. Mehr denn einmal hatte meine Frau mein Aufmerken auf die Bildung jenes Flecks von weißem Haar gelenkt, von welchem ich zuvor schon berichtet habe und das den einzigen sichtbaren Unterschied zwischen dem fremden, neuen Tiere und jenem, das ich umgebracht, ausmachte. Der Leser wird sich erinnern, daß dieser Fleck, wennschon groß, ursprünglich sehr unbestimmt gewesen war; doch nach und nach, ganz langsam und allmählich – ja, fast kaum wahrnehmbar, so daß meine Vernunft sich langezeit mühte, das Ganze als phantastisch abzutun – hatte er am Ende einen schauerlich eindeutigen Umriß angenommen. Es war nun die Darstellung eines Gegenstandes, den zu nennen es mich graut – und um dessentwillen ich vor allem Ekel litt und Angst und gern des Untiers mich entledigt hätte, *hätt' ich's nur gewagt!* – es war nun, sage ich, das Abbild eines scheußlichen, gespensterlichen Dinges – war das Bild des GALGENS! – oh, grausig, gräßlich Werkzeug des Entsetzens und des Verbrechens – der Seelenangst – des Tods!

Und nun erst wahrlich übertraf mein Elend den ganzen

Jammer menschlicher Natur. Und nur ein *unvernünftiges Geschöpf* – dess' Artgenossen ich verachtungsvoll getötet – ein *rohes Vieh* vollbracht' es, mir – *mir,* einem Menschen, geschaffen nach dem Bild des Höchsten Gottes – so viel unsägliches, so unerträgliches Weh-Leiden zu bereiten! Ach! nicht bei Tage noch tief in der Nacht erfuhr ich mehr die Segnungen der Ruhe! Bei Tage ließ die Kreatur mich nicht mehr einen Augenblick allein; und in der Nacht fuhr ich aus unaussprechlich grausem Angstgeträum wohl stündlich auf, nur um den Atem *des Dinges* heiß auf dem Gesicht zu spüren und sein erdrückendes Gewicht – das eines fleischgewordnen Albs, den abzuschütteln ich die Kraft nicht hatte – nun auch im Wach-Sein ewig auf dem *Herzen!*
Unter dem Druck von Qualen wie diesen mußte der schwache Rest des Guten in mir zum Erliegen kommen. Böse Gedanken wurden meine einzigen Vertrauten – die finstersten und schlimmsten aller Gedanken. Die Verdrießlichkeit meines gewöhnlichen Naturells wuchs zum Haß auf alle Dinge und die ganze Menschheit; indessen mein Weib als ach! die stillste aller Dulderinnen klaglos all die häufigen, jähen und unbezwinglichen Ausbrüche der Wut über sich ergehen ließ, denen ich mich blind und rücksichtslos hingab.
Eines Tages begleitete sie mich auf irgendeinem Haushaltsgange in den Keller des alten Gebäudes, das unsre Armut uns nun zu bewohnen zwang. Der Kater folgte mir die steilen Stufen hinab, und als ich seinetwegen einmal fast der Länge nach hingeschlagen wäre, packte mich eine wahnsinnige Wut. Mit einemmal hatte ich in meinem Grimm die kindische Furcht vergessen, welche meiner Hand bis hierher Einhalt getan; ich packte eine Axt, holte aus und führte einen Streich nach dem Tiere,

der ihm gewiß im Augenblick verhängnisvoll geworden wäre, hätte er so getroffen, wie ich's wünschte. Doch dieser Schlag ward von der Hand meines Weibes aufgehalten! Ob dieser Einmischung wandelte sich meine Wut in mehr denn dämonisches Rasen: – ich entzog meinen Arm ihrem Griffe und grub ihr die Axt ins Hirn. Ohne auch nur einen Seufzer fiel sie auf dem Fleck tot nieder.

Kaum war diese scheußliche Mordtat vollbracht, so begab ich mich alsbald in voller Überlegung ans Werk, den Leichnam zu verbergen. Ich wußte, daß ich ihn weder bei Tage noch bei Nacht aus dem Hause bringen konnte, ohne Gefahr zu laufen, von den Nachbarn bemerkt zu werden. Mancherlei Projekte kamen mir in den Sinn. Eine Zeitlang dachte ich daran, die Leiche in winzige Stücke zu schneiden und diese durch Feuer zu vernichten. Ein andermal faßte ich den Entschluß, im Kellerboden ein Grab dafür auszuheben. Dann wieder erwog ich, sie in den Brunnen im Hof zu werfen – sie unter den üblichen Vorkehrungen wie eine Handelsware in eine Kiste zu packen und diese dann durch einen Dienstmann aus dem Hause schaffen zu lassen. Schließlich verfiel ich auf etwas, das ich für einen weit bessern Ausweg ansah denn das bisherige. Ich beschloß, die Leiche im Keller einzumauern – ganz wie's die Mönche des Mittelalters mit ihren Opfern getan haben sollen.

Für einen Zweck wie diesen war der Keller recht wohl geeignet. Seine Wände bestanden aus ziemlich lockerem Mauerwerk und waren erst kürzlich durchwegs mit einem groben Mörtel verputzt worden, dessen Hartwerden die dumpfe Feuchtigkeit der Atmosphäre verhindert hatte. Überdem befand sich an einer der Mauern ein Vorsprung, bedingt durch einen blinden Schorn-

stein oder Kamin, und ihn hatte man aufgefüllt und dem übrigen Keller angeglichen. Ich hegte keinen Zweifel, daß ich an dieser Stelle leicht die Ziegel entfernen, den Leichnam hineinbringen und das Ganze wieder aufmauern könnte wie zuvor, ohne daß hernach ein Auge noch irgend Verdächtiges zu bemerken vermöchte.
Und in dieser Berechnung sah ich mich auch nicht getäuscht. Mit der Hilfe einer Brechstange entfernte ich die Ziegel, und nachdem ich den Körper sorgfältig an die Innenwand gelehnt hatte, stützte ich ihn in dieser Haltung ab und führte sodann ohne viel Schwierigkeit die ganze Mauer wieder auf, wie sie ursprünglich gestanden hatte. Mörtel, Sand und Mauerwolle hatte ich bereits unter allen möglichen Vorsichtsmaßregeln besorgt; so rührte ich jetzt einen Verputz an, der von dem alten nicht zu unterscheiden war, und strich ihn sehr sorgfältig auf das neue Mauerwerk. Als ich damit fertig war, fand ich alles zu meiner Zufriedenheit gelungen. Man sah der Wand auch nicht die mindeste Veränderung an. Der Schutt auf dem Boden wurde mit der peinlichsten Sorgfalt aufgekehrt. Ich blickte triumphierend in die Runde und sprach zu mir selbst, ‹Also hier wenigstens ist meine Mühe nicht vergeblich gewesen.›
Mein nächster Schritt bestand darin, nach dem Tiere Ausschau zu halten, das die Ursache so vielen Elends gewesen war; denn ich hatte mich unterweil fest entschlossen, es zu Tode zu bringen. Wär' ich's in diesem Augenblick imstande gewesen, es zu erreichen, sein Schicksal hätte keinem Zweifel unterlegen; doch wie es schien, war das verschlagene Biest ob der Heftigkeit meines frühern Wutanfalles in Unruhe geraten und vermied es, mir bei meiner gegenwärtigen Gemütslage über den Weg zu kommen. Es ist unmöglich, zu be-

schreiben oder auch nur sich vorzustellen, welch tiefes, welch beseligendes Gefühl der Erleichterung mir die Abwesenheit der verhaßten Kreatur im Busen schuf. Sie trat die ganze Nacht nicht in Erscheinung – und somit war es mir, seit ich sie damals mit ins Haus gebracht, für eine Nacht zum mindesten gegeben, gesund und seelenruhig auszuschlafen; jawohl, *zu schlafen* – selbst noch mit der Last des Mordes auf der Seele!
Der zweite und der dritte Tag vergingen, und immer noch erschien mein Quälgeist nicht. Oh, endlich wieder atmete ich als ein freier Mensch! Das Untier war aus Schreck für immer aus dem Haus geflohen! Ich würd' es nimmer wiedersehen müssen! Mir schwindelte vor Glück! Die Sorge vor den Folgen meiner finstern Tat störte mich dabei nur wenig. Wohl war es zu einigen Vernehmungen gekommen, doch hatte ich alle Fragen prompt und glatt beantwortet. Sogar eine Haussuchung war schließlich vorgenommen worden – aber zu entdecken war natürlich nichts. Ich betrachtete mein Zukunftsglück als gesichert.
Am vierten Tage nach dem Meuchelmord kam sehr unerwarteterweise eine Gruppe Polizisten in das Haus und ging abermals daran, das ganze Grundstück rigoros zu durchsuchen. Sicher jedoch, daß mein Versteckort unauffindbar sei, empfand ich nicht die mindeste Beunruhigung. Die Beamten baten mich mit einiger Bestimmtheit, sie auf ihrem Rundgang zu begleiten. Sie ließen keinen Winkel, keine Ecke undurchsucht. Schließlich stiegen sie, zum dritten oder vierten Male schon, in den Keller hinab. Ich zuckte nicht mit der Wimper. Mein Herz schlug ganz so ruhig wie bei einem Menschen, der in unschuldigem Schlummer liegt. Ich durchmaß den Keller von einem Ende zum andern. Ich

verschränkte die Arme über der Brust und schritt in völliger Gelassenheit auf und ab. Die Polizei war ganz und gar zufriedengestellt und schickte sich zum Gehen an. Da war die Freude in meinem Herzen zu mächtig, als daß ich sie hätte zurückhalten können. Ich brannte darauf, meinem Triumph Ausdruck zu geben, und sei's mit einem Wort nur, und sie in ihrer Überzeugung von meiner Schuldlosigkeit doppelt sicher zu machen.
«Meine Herren», sagte ich denn schließlich, als die Gesellschaft bereits die Stufen hinanstieg, «ich bin entzückt, Ihre schlimmen Verdächtigungen entkräftet zu haben. Ich wünsche Ihnen alles Gute und ein bißchen mehr Höflichkeit. Übrigens, meine Herren, das Haus – dies Haus hier – ist doch ein sehr solider Bau, finden Sie nicht auch?» (In meinem tollen Verlangen, irgendetwas leichten Sinns zu sagen, wußte ich kaum noch, was ich da eigentlich redete.) «Ja, ich darf wohl sagen, ein geradezu prachtvoll solider Bau! Diese Wände – ah, Sie wollen schon gehen, meine Herren? – diese Wände – alles grundmassive Mauern – –» Und damit pochte ich, aus bloßem wahnwitzigen Übermut, mit einem Stocke, den ich in der Hand hielt, genau auf diejenige Stelle des Ziegelwerks, dahinter der Leichnam meines Herzensweibes stand.
Doch mög' mich Gott beschirmen und beschützen vor den Fängen des Erzfeinds! Noch waren meine Schläge nicht in der Stille verhallt, da schallte es mir Antwort aus dem Grabesinnern! – ein Stimmlaut – wie ein Weinen, erst gedämpft, gebrochen, dem Wimmern eines Kindes gleich, doch dann – dann schnell anschwellend in ein einziges grelles, lang anhaltendes Geschrei – ein Heulen – ein Klag-Geschrill, aus Grauen halb und halb aus Triumph gemischt, so widermenschlich und -natür-

lich, daß es nur aus der Hölle selbst heraufgedrungen sein konnte, vereinigt aus den Kehlen der Verdammten in ihrer Pein und der Dämonen, die ob der Qualen jauchzen und frohlocken.
Was soll ich noch von meinen eigenen Gedanken sprechen! Mit schwindenden Sinnen taumelte ich zur gegenüberliegenden Wand hinüber. Einen Augenblick lang blieb die Gesellschaft auf der Treppe reglos, im Unmaß des Entsetzens und des Grauens. Doch schon im nächsten mühten sich ein Dutzend derbe Arme an der Mauer. Sie fiel zusammen. Der Leichnam, schon stark verwest und von Blut rünstig, stand aufrecht vor den Augen der Betrachter. Auf seinem Kopfe aber saß, mit rot aufgerissenem Rachen und feuersprühendem Einzelaug', die scheußliche Bestie, deren Verschlagenheit mich zum Morde verführt und deren anklagende Stimme mich dem Henker überliefert hatte. Ich hatte das Untier mit ins Grab gemauert!

DAS VORZEITIGE BEGRÄBNIS

Es gibt gewisse Themen, welche zwar allseits ein tiefes Interesse finden, doch aber zu schauerlich sind, als daß sie in die höhere Literatur Eingang finden könnten. Der bloße Romantiker muß sie fliehen, wenn er nicht verletzen will oder abstoßen. Sie lassen sich nur da geziemend behandeln, wo Ernst und Majestät der Wahrheit sie heiligen und tragen. Wir gruseln uns zum Beispiel, mit einem Höchstmaß an ‹lustvollem Schauder›, bei den Berichten vom Übergang über die Beresina, vom Erdbeben zu Lissabon, von der Pest in London, vom Massaker der Bartholomäus-Nacht, oder vom Ersticken der hundertunddreiundzwanzig Gefangenen im Schwarzen Loch zu Kalkutta. Doch in all diesen Berichten ist es die Tatsache – ist es die Wirklichkeit – ist's das Historische, was uns erregt. Wär' es Erfindung, so würden wir alsbald die Nase darob rümpfen.
Ich habe hier ein paar der prominentern und erhabnern Unglücksfälle erwähnt, die uns überkommen sind; doch bei diesen ist es das Ausmaß nicht weniger denn der Charakter des Unglücks, was der Phantasie so lebhaft Eindruck macht. Ich muß den Leser nicht erinnern, daß ich aus dem langen und unheimlichen Kataloge menschlichen Elendes gar leicht hätte manchen Einzelfall auslesen können, welcher ein tieferes Leid in sich birgt denn irgend nur eine von diesen ungeheuern Massenkatastrophen. Denn wahrlich, das furchtbarste Unheil – das äußerste, letzte Weh – das trifft den Einzelnen, nicht die Gemeinschaft. Und daß die gräßlichen Extreme der Seelenqual vom Menschen als Person ertragen werden, und nimmer vom Menschen als Masse, – dafür wollen wir einem barmherzigen Gotte danken!

Lebendigen Leibes begraben zu werden, ist fraglos das schrecklichste dieser Extreme, das je dem Sterblichen zum Lose ward. Daß solches häufig schon, sehr häufig, vorgekommen ist, wird mir wohl kaum ein Denkender bestreiten. Die Grenzen, die das Leben vom Tode scheiden, sind besten Falles schattenhaft und vag. Wer könnte sagen, wo das eine endet und wo das andere beginnt? Wir wissen, es gibt Krankheiten, bei welchen ein totales Erlöschen aller sichtbaren Lebensfunktionen eintritt – und wo dies Erlöschen doch bloß ein Aussetzen, eine Suspension im Grundsinne des Wortes ist. Ein zeitweiliges Pausieren des rätselhaften Mechanismus. Ist eine gewisse Spanne verstrichen, so setzt ein unsichtbar geheimnisvolles Prinzip das magische Getriebe, das zaubrische Räderwerk wieder in Bewegung. Das Silberband war nicht auf immer gelöst, noch die goldene Schüssel unwiederbringlich zerbrochen. Doch wo war unterweil die Seele – wo?
Aber ganz abgesehen einmal von dem unvermeidlichen Schlusse *a priori,* daß solche Ursachen auch entsprechende Wirkungen zeitigen müssen – daß solche wohlbekannten Fälle von Lebens-Suspension, also Schein-Tod, natürlicher Weise dann und wann eine vorzeitige Bestattung zur Folge haben müssen –, abgesehen von dieser Überlegung besitzen wir das unmittelbare Zeugnis der medizinischen als auch der gewöhnlichen Erfahrung zum Beweise, daß in der Tat eine Unzahl solcher Beerdigungen stattgefunden hat. Ich könnte sogleich, wenn notwendig, ein rundes Hundert einwandfrei beglaubigter Fälle anführen. Einer von sehr bemerkenswertem Charakter, dessen Umstände manchen meiner Leser vielleicht noch frisch in Erinnerung sind, ereignete sich, vor noch gar nicht langer Zeit, in der benach-

barten Stadt Baltimore, wo er in weiten Kreisen eine heftige und schmerzliche Aufregung hervorrief. Die Gattin eines der angesehensten Bürger – eines ausgezeichneten Advokaten und Mitglieds des Kongresses – ward jählich von einer rätselhaften Krankheit befallen, die alle Kunst der Ärzte vollkommen zuschanden machte. Nach vielem Leiden endlich schied sie hin – das heißt, man hielt dafür, sie sei gestorben. Tatsächlich faßte keiner irgend Argwohn, noch zeigte sich ein Grund zu dem Verdacht, sie sei nicht wirklich tot. Sie bot all die gewöhnlichen Anzeichen des Todes. Ihr Gesicht nahm das übliche verkniffene und eingesunkene Aussehn an. Die Lippen zeigten die bekannte Marmorblässe. Die Augen waren glanzlos. Der Leib hatte keine Wärme mehr. Der Pulsschlag war verstummt. Drei Tage lang ließ man sie unbestattet, während welcher Zeit eine steinerne Starre eintrat. Um es kurz zu machen – als schließlich das, was man für Verwesung hielt, rapide fortschritt, wurde die Beerdigung sehr eilig betrieben.

Die Dame wurde in ihrer Familiengruft beigesetzt, welche drei folgende Jahre lang ungestört blieb. Nach Ablauf dieser Zeit aber ward sie geöffnet, um einen weiteren Sarkophag aufzunehmen; – und ach! welch grauenvoller Schlag erwartete den Ehegatten da, der in Person die Türe offen warf! Als die Portale auseinanderschwangen, fiel ihm ein weißgekleidet' Klapper-Etwas in die Arme. Es war das Skelett seines Weibes im noch nicht mitvermoderten Totenhemd.

Eine sorgfältige Nachforschung machte es gewiß, daß die Dame innert zweier Tage nach ihrer Bestattung wieder zum Leben erwacht war und daß der Sarg aufgrund ihres konvulsivischen Ringens darin von seinem

Sockel oder Gestelle zu Boden gestürzt sein mußte, wo er so zerbrochen war, daß sie sich daraus befreien konnte. Eine Lampe, welche gefüllt mit Öl versehentlich in dem Gewölb zurückgelassen worden, fand man leer; doch mag es immerhin sein, daß Verdunstung den Brennstoff verzehrte. Auf der obersten der Stufe, welche in die Schreckenskammer niederführten, lag ein großes Bruchstück des Sarges, mit dem die Unglückselige, so schien es, an die eiserne Tür geschlagen hatte, um Aufmerksamkeit zu erwecken. Währenddem waren ihr vermutlich die Sinne geschwunden, oder vielleicht gar starb sie auch dabei, aus schierem Entsetzen; und im Fallen verfing sich ihr Leichenhemd in irgendeinem drinnen vorragenden Eisenwerk. So blieb sie hangen, und so, aufrecht hangend, verfaulte sie.

Im Jahre 1810 trug sich in Frankreich ein Fall von lebendiger Inhumierung zu, begleitet von Umständen, welche weitgehend dazu angetan sind, die alte Behauptung zu erhärten, daß in der Tat die Wahrheit seltsamer sei denn alle Erfindung. Die Heldin der Geschichte war eine Mademoiselle Victorine Lafourcade, ein junges Mädchen aus hervorragender Familie, wohlhabend und von großer persönlicher Schönheit. Unter ihren zahllosen Bewerbern befand sich auch Julien Bossuet, ein armer Pariser *littérateur* oder Journalist. Sein Talent und seine allgemeine Liebenswürdigkeit hatten ihn der Aufmerksamkeit der Erbin empfohlen, welche ihn, so scheint es, alsbald innig liebte; doch bestimmte sie schließlich der Stolz auf ihre Geburt, ihn abzuweisen und einem Monsieur Renelle, einem Bankier und Diplomaten von einigem Ruhm und Range, ihre Hand zu reichen. Nach der Hochzeit jedoch ward sie von diesem Herrn vernachlässigt und vielleicht gar ausgesprochen schlecht behandelt. Nachdem sie nun ein paar jammervolle Jahre mit ihm verbracht hatte, starb sie hin – oder zum mindesten doch ähnelte ihr Zustand in einer Weise dem Tode, daß jeder, der sie sah, davon getäuscht ward. Man setzte sie bei – nicht in einer Gruft, sondern in einem gewöhnlichen Grabe auf dem Kirchhof ihres Geburtsdorfes. Erfüllt von Verzweiflung und immer noch entflammt von der Erinnerung an eine tiefe Neigung, reist nun der Liebhaber aus der Hauptstadt in die entlegne Provinz, in welcher das Dorf liegt, und hat sich's in den romantischen Sinn gesetzt, die Leiche auszugraben und sich in den Besitz ihrer üppigen Locken zu bringen. Er kommt zum Grab. Um Mitternacht hebt er den Sarg heraus, eröffnet ihn und ist grad eben dabei, die Haare abzutrennen, als er in jählichem Schrecken innehält, denn die Geliebte hat die Augen aufgeschlagen. Man hatte die Dame wahrhaftig lebend begraben. Doch war die Lebenskraft noch nicht zur Gänze entflohen, und so erweckten sie die Zärtlichkeiten ihres Liebhabers aus der Lethargie, welche man für Tod mißdeutet hatte. Wie schier von Sinnen trug er sie zu seinem Logis im Dorfe. Hier wandte er gewisse machtvolle Stärkungsmittel an, welche ihm von nicht geringer medizinischer Erfahrung angeraten wurden. Am Ende lebte sie denn wieder auf. Sie erkannte ihren Erretter. Sie blieb bei ihm, bis sie, gradweise nach und nach, voll die ursprüngliche Gesundheit wiedergewonnen hatte. Ihr Frauenherz war nicht von Stein, und dieser letzte Liebesbeweis genügte, es zu erweichen. Sie schenkte es Bossuet. Zu ihrem Gatten kehrte sie nicht mehr zurück, sondern verbarg ihm ihre Auferstehung und floh mit ihrem Geliebten nach Amerika. Zwanzig Jahre danach kamen die Beiden wieder nach Frankreich, in der Überzeugung, die Zeit habe der Dame Erscheinung so stark verändert, daß ihre Freunde sie nicht wiederzuerkennen vermöchten. Doch darin irrten sie; denn schon beim ersten Zusammentreffen erkannte Monsieur Renelle tatsächlich sein Weib und machte Ansprüche geltend. Diese Ansprüche wies sie zurück, und ein Gerichtsverfahren gab ihr darin Recht, indem entschieden ward, daß die besondern Umstände, in eins mit den seither verflossnen langen Jahren, nicht nur nach dem Rechte der Billigkeit, sondern auch nach dem Gesetz die Ansprüche des Gatten auf immer hätten erlöschen lassen.

Das Leipziger ‹Chirurgische Journal›, eine Zeitschrift von hohem Ruf und Verdienste, welche übersetzen zu lassen und nachzudrucken unsere amerikanischen Verlagsbuchhändler gut täten, berichtet in einer seiner letzten Nummern von einem sehr betrüblichen Ereignis aus dem uns hier beschäftigenden Bereiche.

Ein Offizier der Artillerie, ein Mann von hünenhafter Statur und robuster Gesundheit, ward von einem unlenksamen Pferde abgeworfen und empfing dabei eine so schwere Kontusion am Kopfe, daß er auf der Stelle das Bewußtsein verlor; der Schädel zeigte eine leichte Fraktur, doch stand keine unmittelbare Gefahr zu befürchten. Die Trepanation verlief erfolgreich. Man ließ den Kranken zur Ader und wendete viele andere der gewöhnlichen Mittel zu seiner Erleichterung an. Schrittweis jedoch verfiel er in einen immer trostlosern Zustand der Betäubung, und schließlich hielt man dafür, daß er gestorben sei.

Es herrschte schwüle Witterung, und so begrub man ihn mit unziemlicher Hast auf einem der öffentlichen Friedhöfe. Das Leichenbegängnis fand an einem Donnerstage statt. Am Sonntag darauf wimmelten die

Friedhofsgefilde wie üblich von Besuchern, und gegen Mittag erhob sich eine gewaltige Aufregung ob der Erklärung eines Bauern, er habe, derweil er am Grabe des Offiziers gesessen sei, ganz deutlich eine heftige Bewegung der Erde gespürt, grad so, als ringe darunter ein Mensch um sein Leben. Anfänglich zollte man des Mannes Beteuerung nur wenig Aufmerksamkeit, doch sein offenbares Entsetzen und die störrische Verbissenheit, mit welcher er auf seiner Geschichte bestand, übten am Ende ihre natürliche Wirkung auf die Menge. Man schaffte eilends Spaten herbei, und innerhalb weniger Minuten war das, schandbar flach nur ausgehobene, Grab so weit eröffnet, daß der Kopf des beerdigten Offiziers erschien. Er war allem Anschein nach tot; doch saß er nahezu aufrecht in seinem Sarge, dessen Deckel er bei seinen wilden Anstrengungen, sich zu befreien, teilweise emporgedrückt hatte.
Man schaffte ihn nun alsbald in das nächste Hospital, und dort erklärte man, daß er tatsächlich noch am Leben sei, wenn auch in asphyktischem Zustande. Erst nach mehreren Stunden kam er wieder zu sich, erkannte befreundete Menschen und berichtete, in abgerissenen Sätzen, von seinen Qualen im Grabe.
Aus dem, was er erzählte, wurde klar, daß er noch länger als eine Stunde nach seiner Inhumierung das Bewußtsein mußte gehabt haben, lebend zu sein, ehe Ohnmacht ihn überkam. Das Grab war achtlos und locker mit überaus porösem Erdreich gefüllt worden; und so hatte notwendigerweise etwas Luft Zutritt. Er hörte die Schritte der Menge zu seinen Häupten droben und mühte sich seinerseits, sich ihr vernehmlich zu machen. Es war das Getümmel auf den Friedhofswegen, so sagte er, welches ihn offenbar aus tiefem Schlafe erweckt;

doch kaum noch habe er sich wachend befunden, da seien ihm die grausenvollen Schrecken seiner Lage voll zu Bewußtsein gekommen.

Der Patient, wird berichtet, kam wieder gut zu Kräften und schien sich auf dem Wege zur völligen Genesung zu befinden, doch fiel er dann zum schlechten Ende noch den Quacksalbereien medizinischer Experimente zum Opfer. Man wendete die galvanische Batterie an, und er verschied ganz plötzlich in einem jener ekstatischen Paroxysmen, welche bei dieser Behandlung gelegentlich auftreten.

Die Erwähnung der galvanischen Batterie bringt mir nichtsdestoweniger einen wohlbekannten und sehr außergewöhnlichen Fall zu unserm Thema in Erinnerung, bei dem sich ihre Tätigkeit als Mittel erwies, einen jungen Londoner Anwalt, welcher zwei Tage lang im Grabe gelegen, wieder zum Leben zu bringen. Dies trug sich im Jahre 1831 zu und schuf damals eine wahre Sensation, wo immer man darüber debattierte.

Der Patient, Mr. Edward Stapleton, war allem Augenschein nach gestorben, und zwar an Typhus-Fieber, welches derart anomale Symptome im Gefolge hatte, daß die Neugier seiner medizinischen Betreuer wachgeworden war. Bei seinem vermeintlichen Hinscheiden wurden seine Freunde gebeten, in eine Obduktion seines Leichnams zu willigen, doch lehnten sie's ab, ihre Erlaubnis zu geben. Und wie es im Falle solcher Weigerungen oft geschieht, beschließen die praktischen Männer denn, den Körper privatim wieder auszugraben und in aller Muße auseinanderzunehmen. Leicht wurden Vereinbarungen mit einer der zahllosen Vereinigungen von Leichenräubern getroffen, von welchen London wimmelt; und in der dritten Nacht nach dem Begräbnis ward der vermeintliche Leichnam aus einem acht Fuß tiefen Grabe gehoben und in den Operationsraum eines Privathospitales gebracht.

Man hatte tatsächlich bereits einen nicht unbeträchtlichen Schnitt in den Unterleib vorgenommen, als die frische und ganz unverweste Erscheinung der Leiche eine Anwendung der Batterie nahelegte. Ein Experiment folgte dem andern, und die gewöhnlichen Wirkungen stellten sich ein, ohne nur irgend Außerordentliches zu bringen – nur daß, bei ein oder zwei Gelegenheiten, die konvulsivischen Zuckungen einen mehr denn üblichen Grad von Lebensähnlichkeit zeigten.

Es wurde spät. Schon dämmerte der Tag; und so hielt man es denn schließlich für ratsam, nun alsogleich zur Sektion zu schreiten. Ein Student jedoch war besonders darauf erpicht, eine eigene Theorie zu erproben, und bestand darauf, die Batterie noch an einen der Brustmuskeln anzuschließen. Man machte einen derb klaffenden Schnitt und brachte in aller Eile einen Draht in Kontakt, – da erhob sich der Patient auf einmal in einer jähen, doch ganz und gar nicht zuckungsähnlichen Bewegung vom Tische, trat in die Mitte des Raums, starrte ein paar Sekunden lang ängstlich in die Runde und – sprach! Was er sagte, war nicht verständlich; doch Worte waren es; die Silbenbildung ließ sich nicht verkennen. Nachdem er gesprochen, stürzte er schwer zu Boden.

Einige Augenblicke lang waren alle wie gelähmt vor Grauen – doch die Dringlichkeit des Falles gab ihnen bald ihre Geistesgegenwart zurück. Man sah, daß Mr. Stapleton am Leben, wenn auch nicht bei Bewußtsein war. Nachdem man ihm Äther verordnet, erholte er sich rasch und ward der Gesundheit und der Gesellschaft seiner Freunde wiedergegeben – denen man jedoch alle Kenntnis von seiner Erweckung vorenthielt, bis ein Rückfall nicht länger mehr zu befürchten stand. Ihre Verwunderung – ihr stürmisches Erstaunen – mag man sich leicht wohl vorstellen.

Was an diesem Vorfall am meisten erschüttert und erschauern läßt, liegt nichtsdestoweniger in dem, was Mr. S. selber aussagt. Er erklärt nämlich, er sei zu keinem Zeitpunkt gänzlich ohne Empfindung gewesen – sondern habe vielmehr, dumpf und verworren, alles wahrgenommen, was ihm widerfuhr, vom Augenblicke an, da seine Ärzte ihn *für tot* erklärten, bis hin zu jenem, da er im Hospitale ohnmächtig zu Boden sank. «Ich bin am Leben», waren die unverstandenen Worte, die er, als er die Örtlichkeit des Sektionsraumes erkannte, in seiner äußersten Not hervorzubringen sich gemüht hatte.

Es wäre eine leichte Sache, Geschichten wie diese in vielfacher Anzahl hier zu bringen – doch ich versage es mir – denn wahrlich, wir bedürfen solcher Vielzahl nicht, um die Tatsache zu belegen, daß vorzeitige Bestattungen vorgekommen sind. Wenn wir uns überlegen, wie überaus selten es, nach Lage der Dinge, in unserer Macht steht, sie zu entdecken, so müssen wir zugeben, daß sie möglicherweise sogar *häufig* ohne unsere Kenntnis stattfinden. In Wahrheit wird kaum je ein Friedhof zu irgend einem Zweck in größerm Umfang aufgegraben, ohne daß man Skelette in Stellungen fände, welche den allerfürchterlichsten Verdacht nahelegen.

Fürchterlich, fürwahr, der Verdacht – doch fürchterlicher noch solch' Schicksal! Man darf wohl ohne Zögern behaupten, daß *kein* Ereignis so entsetzlich dazu

angetan ist, das Äußerste und Letzte an körperlicher und geistiger Qual hervorzurufen, als es die Bestattung vor dem Tode ist. Die unerträgliche Bedrückung der Lungen – die erstickenden Dünste der feuchten Erde – das Kleben der Totenkleider – die unnachgiebige Umarmung des engen Hauses – die Schwärze der absoluten Nacht – die wie ein Meer überwältigende Stille – die unsichtbare, doch so greifliche Gegenwart des Eroberers Wurm – all dies, im Verein mit den Gedanken an die Luft und das Gras droben über uns, mit der Erinnerung an liebe Freunde, die herbeifliegen würden, uns zu erretten, wären sie nur von unserm Schicksal unterrichtet, und mit dem Bewußtsein, daß *nichts* sie je von diesem Schicksal wird mehr unterrichten können – daß unser hoffnungsloses Teil das der wirklich Toten ist – diese Erwägungen, sag' ich, erfüllen das Herz, das immer noch pochende, zuckende, mit einem Grade von qualvollem, unerträglichem Entsetzen, den auch die wagendste Imagination nicht auszudenken vermag. Nichts Furchtbareres wissen wir auf dieser Erde – nichts halb so Gräßliches kann uns von den Reichen der untersten Hölle träumen. Und so besitzen denn alle Erzählungen zu diesem Thema ein tiefes Interesse; ein Interesse, welches freilich aufgrund des geheiligten Grauens, das von dem Thema selber ausgeht, ganz eigentümlicherweise, und auch ganz zu Recht, von unserer Überzeugung abhängig ist, daß uns *die Wahrheit* erzählt werde. Was ich nunmehr zu berichten habe, beruht auf meiner eignen tatsächlichen Kenntnis – auf meiner eignen gewissen und persönlichen Erfahrung.
Mehrere Jahre lang hatten mich Anfälle jenes eigenartigen Übels heimgesucht, welches die Ärzte, aus Ermangelung eines entschiednern Titels, Katalepsie –

Starrsucht – zu nennen überein gekommen sind. Obschon sowohl die unmittelbaren als die prädisponierenden Ursachen, ja selbst die Diagnosen dieses Leidens noch immer rätselhaft und unsicher sind, ist doch sein äußerer, sein augenscheinlicher Charakter hinreichend wohl bekannt. Es scheint hauptsächlich dem Grade nach zu variieren. Manchmal liegt der Patient nur einen Tag lang, oder gar noch kürzere Zeit, in einer Art verstärkter Lethargie. Er ist empfindungs- und äußerlich bewegungslos; doch läßt sich der Pulsschlag seines Herzens immer noch schwach vernehmen; Spuren von Körperwärme bleiben; ein winziges Bißchen Farbe hält sich im Mittelpunkt der Wange; und bringt man einen Spiegel an die Lippen, so können wir eine schlaffe, ungleichmäßige und flackernde Tätigkeit der Lungen entdecken. Bei wieder anderm Male hat die Trance eine Dauer von Wochen – ja gar von Monaten; derweil die peinlichste Untersuchung und die genauesten medizinischen Tests nicht imstande sind, irgend nur einen wesentlichen Unterschied zwischen dem Zustande des Leidenden und dem wahrzunehmen, was wir unter dem absoluten Tode begreifen. Gewöhnlich bleibt er vor verfrühter Bestattung einzig deßwegen bewahrt, weil seine Freunde wissen, daß er schon einmal von Katalepsie heimgesucht wurde, weil sie folglich Argwohn hegen, es könne sich auch diesmal darum handeln, und vor allem schließlich, weil sich keinerlei Verwesungserscheinungen zeigen. Glücklicherweise schreitet die Krankheit nur langsam fort. Die ersten Manifestationen sind, obschon recht ausgeprägt, doch unzweideutig. Die Anfälle werden allmählich immer heftiger und dauern jedesmal länger als zuvor. Darin liegt die erste Sicherung gegenüber einer versehentlichen Inhumierung. Der Unglückselige, dessen *erste* Attacke gleich von so extremem Charakter wäre, wie man ihn gelegentlich sieht, würde so gut wie unvermeidlich lebend dem Grabe überantwortet werden.

Mein eigener Fall unterschied sich in keiner wichtigen Einzelheit von den Modellfällen der medizinischen Literatur. Manchmal verfiel ich, ohne irgend ersichtliche Ursache, nach und nach in einen Zustand halber Ohnmacht oder halber Bewußtlosigkeit; und in diesem Zustande – ohne Schmerzen, ohne die Fähigkeit, mich zu regen oder – streng genommen – zu denken, doch mit einem dumpfen lethargischen Bewußtsein des Lebens und der Gegenwart derer, die mein Bett umstanden – in diesem Zustande blieb ich, bis die Krisis des Leidens mir ganz plötzlich die volle Besinnung wiedergab. Zu andern Zeiten traf mich der Anfall jäh wie aus heiterem Himmel. Mir wurde übel, Benommenheit überkam mich, Frostgefühl, und Schwindel, und auf einmal stürzte ich der Länge nach zu Boden. Dann, wochenlang, war alles leer und schwarz, und schweigend, und das Nichts wurde zum Universum. Vollständige Vernichtung konnte mehr nicht sein. Aus diesen letztern Attacken erwachte ich jedoch, verglichen mit der Jählichkeit des Anfalls, relativ langsam. Just wie der Tag dem freund- und heimatlosen Bettler dämmert, wenn er in einer langen, desolaten Winternacht durch die Straßen gestrichen ist, – just ganz so säumig – ganz so matt – doch aber auch ganz so heiter und beglückend kehrte das Licht der Seele mir wieder.

Abgesehen von dieser Neigung zur Starrsucht schien meine allgemeine Gesundheit jedoch gut zu sein; und ich vermochte auch nicht zu erkennen, daß sie von der einen mächtigen Krankheit im mindesten beeinträchtigt worden wäre – es sei denn in der Tat, man wollte eine Eigentümlichkeit meines gewöhnlichen *Schlafes* als von ihr herrührend ansehen. Erwachte ich nämlich aus dem Schlummer, so vermochte ich's niemals sogleich, ganz Herr meiner Sinne zu werden, und lag stets noch minutenlang voller Verwirrung und Verstörung da – wobei meine Denkfähigkeit im allgemeinen, doch in Sonderheit mein Gedächtnis sich in einem Zustande absolut erstarrter Untätigkeit befand.

Bei allem, was ich erduldete, war kein körperliches Leiden, doch eine Unendlichkeit geistiger Qual. Meine Einbildungskraft ward zu einer wahren Grabesphantasie. Ich sprach nurmehr «von Würmern, Grüften und von Epitaphen». Ich verlor mich in Todesträumereien, und der Gedanke an ein vorzeitiges Begrabenwerden ergriff von meinem Hirne dauernden Besitz. Die gräßliche Gefahr, die mich bedrohte, verfolgte mich bei Tage und bei Nacht. Bei Tage kämpft' ich ohne Unterlaß gegen die Folter meiner Grübeleien; nächtens erlag ich ihr. Wenn grimm und häßlich Finsternis bedeckte das Erdreich, dann ließ mich jeder Gedanke wie ein Schock erschauern – ließ mich erbeben wie die zitternden Federn auf dem Leichenwagen. Und wenn die Natur das Wachsein nicht länger ertragen konnte, geschah's nur unter Sträuben, daß ich mich darein schickte, zu schlafen – denn es grauste mir bei der Vorstellung, ich könnte, beim Erwachen, mich als Grabsbewohner finden. Und wenn ich dann endlich in Schlummer sank, so war's nur, um sogleich in eine Welt von Wahngebilden zu stürzen, über welcher, alles beherrschend, mit riesig schwarzen, überschattenden Schwingen der eine Gedanke schwebte – der an Begräbnis und Grab.

Aus den unzähligen Bildern der Düsterheit, welche mich

so in Träumen heimsuchten, erles' ich zum Zeugnis hier nur ein einzig Gesicht. Mir däuchte, ich wäre in kataleptische Trance von mehr denn gewöhnlicher Dauer und Tiefe gesunken. Da plötzlich legte sich mir eine eisige Hand auf die Stirn, und eine Stimme, schnatternd, voll Ungeduld, flüsterte mir im Ohr –
«Erhebe Dich!»
Ich richtete mich auf. Das Dunkel war ohne Ende. Ich konnte die Gestalt des, der mich aufgerufen, nicht erkennen. Auch war ich's nicht imstande, mich der Zeit, da ich in Trance gefallen, zu entsinnen – noch des Orts, wo ich dann lag. Derweil ich reglos blieb und mich angestrengt mühte, meine Gedanken zu sammeln, ergriff die kalte Hand mich heftig am Gelenke, schüttelte es dreist, und wieder erscholl die Schnatterstimme:
«Erhebe Dich! – vernahmst Du nicht mein Gebot?»
«Und wer», begehrte ich zu wissen, «gebot mir?»
«Ich habe keinen Namen in den Regionen, da ich hause», erwiderte die Stimme, voller Gram; «Ich war einst sterblich, doch bin Dämon nun. Ich habe kein Erbarmen, doch bin elend. Du fühlest, daß ich schaudre. Du hörst, wie mir die Zähne klappen, da ich spreche, doch ist das nicht der schüttelnde Frost der Nacht – der Nacht ohn' Ende. Doch diese Gräßlichkeit ist unerträglich. Wie kannst *Du* ruhig schlafen? Ich kann nicht ruhn, hör ich den Aufschrei dieser großen Qualen. Und was ich seh, ist mehr, als ich ertrage. Erhebe Dich! Komm mit mir hinaus in die Nacht und laß mich Deinem Blick die Gräber weisen. Ist's nicht ein Schauerspiel des Wehs? – Sieh hin!»
Ich blickte hin; und die unsichtbare Gestalt, die mich immer noch am Handgelenke hielt, hatte die Gräber der ganzen Menschheit aufspringen lassen; und von jedem

ging aus der schwache Phosphorschimmer der Verwesung; also daß ich sehn konnte in die innersten Winkel und sah dort die Leiber in ihren Laken, im traurig-feierlichen Schlummer mit dem Wurm. Doch ach! die wirklich schliefen, warn um Millionen minder an Zahl denn die nicht Schlummer fanden; und es war da ein schwaches Ringen; und es war da eine allgemeine und schlimme Unrast; und aus den Tiefen der zahllosen Gruben und Grüfte drang voller Schwermut zu mir herauf das Rascheln der Gewänder der Begrabenen. Und auch von denen, die da friedlich zu ruhen schienen, hatte, so sah ich's, eine schier ungeheure Zahl in mehrerm oder minderm Grade die starre und unbequeme Lage verändert, in welcher sie ursprünglich warn hingebettet worden. Und da ich noch schaute, sprach die Stimme abermals und sagte:
«Ist's nicht – oh, ist es nicht ein jammervoller Anblick?»
Doch ehe ich noch Antwort finden konnte, hatt' die Gestalt mein Handgelenk losgelassen; die Phosphorlichter verloschen, und die Gräber schlossen sich wieder mit jählichem Schlage; derweil von ihnen sich ein Tumult erhob verzweiflungsvoller Schreie, die da wiederholten: «Ist's nicht – o Gott! ist's nicht ein jammervoller Anblick?»
Phantasien wie diese, die mich zur Nachtzeit heimsuchten, erstreckten ihren entsetzlichen Einfluß noch weit auf meine Wachstunden. Meine Nerven verloren vollkommen ihre Widerstandsfähigkeit, und ich fiel einem unablässigen Grauen zur Beute. Ich zögerte, auszureiten, spazieren zu gehen, oder mir irgend sonst Bewegung zu machen, die mich von Hause fortführen konnte. Tatsächlich wagte ich mich nicht mehr aus der unmittelbaren Nähe jener zu trauen, die von meiner An-

lage zur Katalepsie Kenntnis hatten, aus lauter Angst, ich könnte wieder einen meiner gewöhnlichen Anfälle erleiden und würde dann, ehe man meines wirklichen Zustandes inne geworden sei, begraben werden. Ich setzte Zweifel in die Sorgfalt, die Treulichkeit meiner engsten Freunde. Ich fürchtete, sie könnten sich vielleicht, bei einer Starre von mehr denn gewohnter Dauer, bewegen lassen, mich für unwiederherstellbar zu halten. Ich ging gar so weit zu befürchten, sie könnten, da ich ihnen doch so viel Mühsal und Ärger bereitete, am Ende froh sein, wenn irgendeine länger währende Attacke ihnen hinreichenden Vorwand bot, sich meiner auf immer zu entledigen. Es war vergebens, daß sie sich bemühten, mich mit den feierlichsten Versprechungen zu beschwichtigen. Ich verlangte ihnen die heiligsten Schwüre ab, daß sie mich unter gar keinen Umständen bestatten lassen würden, ehe die Zersetzung meines Leibes so wesentlich fortgeschritten sei, daß weitere Erhaltung unmöglich wäre. Und selbst dann noch wollten meine Todesängste auf keine Stimme der Vernunft hören – wollten keine Tröstung annehmen. Ich traf eine Reihe sorgfältiger Vorsichtsmaßnahmen. Unter anderem ließ ich die Familiengruft so umbauen, daß sie sich leicht von innen öffnen ließ. Der leiseste Druck auf einen langen Hebel, der tief ins Innere des Gewölbes reichte, mußte die eisernen Portale aufspringen lassen. Auch gab es Vorrichtungen für den freien Zutritt von Luft und Licht sowie passende Behältnisse für Nahrung und Wasser innerhalb unmittelbarer Reichweite des Sarges, welcher meinen Leib aufzunehmen bestimmt war. Dieser Sarg war mollig und weich gepolstert und hatte einen Deckel, der nach dem Prinzip der Grufttür gefertigt war, dazu noch Federn, welche so angebracht waren, daß die schwächste Bewegung hinreichen mußte, dem Körper die Freiheit zu geben. Neben all dem war auf dem Dache des Gruftbaus noch eine große Glocke aufgehängt, deren Läuteseil, so hatt' ich's bestimmt, durch ein Loch im Sarge niederreichen und an einer der Hände des Leichnams festgebunden werden sollte. Doch ach! was nützt dem Menschen alle Wachsamkeit gegen sein Geschick? Nicht einmal diese wohlersonnenen Sicherheitsvorkehrungen waren dazu ausreichend, vor den unsäglichen Qualen, lebendig begraben zu sein, einen armen Schelm zu bewahren, dem diese Qualen sein Schicksal vorherbestimmt hatte!

Und dann kam ein Zeitpunkt – wie er schon oft zuvor gekommen war – da tauchte ich aus totaler Bewußtlosigkeit ins erste schwache und unbestimmte Daseinsempfinden auf. Langsam – wie eine Schildkröte kriechend – nahte sich mir das blaßgraue Dämmern des seelischen Tags. Ein stumpfes Unbehagen. Ein apathisches Dulden dumpfer Pein. Kein Wollen – kein Hoffen – kein Bemühn. Dann, erst nach langer Zeit, ein Klingen in den Ohren; dann, nach noch längerer, ein prickelndes oder kribbelndes Gefühl in den Extremitäten; dann, scheinbar ewig dauernd, angenehme Ruhe, während welcher die erwachenden Empfindungen mit Macht dem Gedanken zustreben; dann wieder kurzes Versinken in das Nicht-Sein; dann plötzliches Genesen. Schließlich das leichte Erzittern eines Augenlids, und unmittelbar darauf ein elektrischer Schock des Entsetzens, tödlich und unbestimmt, welcher das Blut in Strömen von den Schläfen zum Herzen treibt. Und nun die erste entschiedne Anstrengung, zu denken. Und nun das erste Bemühn, sich zu erinnern. Und nun ein teilweiser, nurmehr erst winzig flüchtiger Erfolg. Und

nun hat das Gedächtnis seine Herrschaft so weit wiedergewonnen, daß ich in einigem Maße meines Zustands inne werde. Ich fühle, daß ich nicht aus gewöhnlichem Schlafe erwache. Ich entsinne mich, ich hatte einen Anfall von Katalepsie. Und nun endlich wird mein schaudernder Geist, wie von einem heranschäumenden Ozean, von der einen gräßlichen Gefahr überwältigt – von dem einen gespenstischen und alles beherrschenden Gedanken.
Minutenlang, nachdem diese Vorstellung von mir Besitz ergriffen, blieb ich ohne Bewegung. Und warum? Ich konnte einfach den Mut dazu nicht aufbringen. Ich wagte's nicht, die Anstrengung zu unternehmen, welche mir Klarheit über mein Schicksal bringen sollte, – und doch gab es ein Etwas in meinem Herzen, welches mir zuflüsterte, *es sei gewiß*. Verzweiflung – von einem Ausmaß, wie keine andre Art des Elends sie je ins Leben rufen kann – Verzweiflung allein drängte mich, nach langer Unschlüssigkeit, die schweren Lider meiner Augen zu heben. Ich tat's. Es war dunkel – alles dunkel. Ich wußte, daß der Anfall vorüber war. Ich wußte, daß ich die Krisis meines Übels lange schon hinter mir hatte. Ich wußte, daß ich mein Sehvermögen jetzt vollständig wiederbesaß – und doch war es dunkel – war alles ringsum dunkel – herrschte die tiefe, schwarze, strahlenlose Nacht, die da auf immer währet.
Ich mühte mich zu schreien; und meine Lippen und meine ausgedörrte Zunge bewegten sich konvulsivisch bei dem Versuch – doch kein Stimmlaut entkam den höhligen Lungen, welche, wie unter dem Druck eines auf ihnen lastenden Berges, bei jedem Atemholen, jedem Nach-Atem-Ringen, keuchten und mit dem Herzen zuckend klopften.

Die Bewegung der Kinnbacken, die dieser Versuch, laut aufzuschreien, mit sich brachte, zeigte mir, daß sie hochgebunden worden waren, wie es bei den Toten üblich ist. Auch fühlte ich, daß ich auf irgend etwas Hartem lag; und daß auch meine Seiten ein Ähnliches eng zusammenpreßte. Bis hierher hatte ich noch nicht gewagt, auch nur ein Glied zu regen, – doch jetzt warf ich mit einer heftigen Bewegung die Arme in die Höhe, die mit gekreuzten Gelenken lang ausgestreckt gelegen hatten. Sie trafen auf festes Holz, welches in einer Höhe von nicht mehr denn sechs Zoll über meinem Gesichte dahinlief. Ich konnte nicht länger zweifeln, daß ich in einem Sarge ruhte.

Und nun, mitten in meinem unendlichen Elende, erschien mir holdselig der Cherub Hoffnung – denn ich gedachte der Vorsichtsmaßnahmen, die ich getroffen. Ich krümmte, ich wand mich und strengte mich krampfhaft an, den Deckel gewaltsam aufzubringen: – er wollte sich nicht bewegen. Ich tastete meine Handgelenke nach dem Läuteseil ab: – es war nirgends zu finden. Da entfloh der Tröster auf immer, und eine schier noch grimmere Verzweiflung trat triumphant die Herrschaft an; denn ich konnte nicht umhin, das Fehlen der Polsterungen zu bemerken, die ich so sorgsam vorbereitet hatte, – und dann auch drang mir plötzlich der starke, eigentümliche Geruch von feuchter Erde in die Nüstern. Die Schlußfolgerung drängte sich unabweislich auf. Ich befand mich *nicht* in meiner Gruft. Ich hatte einen Trance-Anfall gehabt, derweil ich von Hause abwesend war – unter fremden Menschen – wann oder wie, daran vermochte ich mich nicht zu erinnern – und sie waren es gewesen, die mich verscharrt hatten wie einen Hund – mich eingenagelt in einen ganz gemeinen Sarg – und

mich tief, tief, und für immer und ewig, in irgendein gewöhnliches und namenloses *Grab* geworfen hatten.
Als diese furchtbare Überzeugung sich bis in die innersten Kammern meiner Seele Bahn gebrochen hatte, unternahm ich's noch einmal mit allen Kräften, laut aufzuschreien. Und bei diesem zweiten Versuch war mir Erfolg beschieden. Ein langer, wilder, anhaltender Schrei, ein Gellen der Qual, hallte durch die Reiche der unterirdischen Nacht.
«Halloh! nanu, was ist denn?» kam als Erwiderung eine barsche Stimme.
«Zum Teufel nochmal, was ist denn jetzt bloß los!» rief eine zweite.
«Raus da, verschwinde!» ließ sich eine dritte vernehmen.
«Was soll das heißen, hier rumzujaulen wie 'n angestochenes Schoßhündchen?» brummte eine vierte; und hierauf ward ich von einem Verein recht derb dreinblickender Individuen gepackt und mehrere Minuten lang ohne feierliche Umstände durchgeschüttelt. Sie rissen mich nicht aus dem Schlummer – denn ich war hellwach, als ich schrie – wohl aber brachten sie mich wieder in den vollen Besitz meines Gedächtnisses.
Dieses Abenteuer trug sich nahe Richmond, in Virginia, zu. Begleitet von einem Freunde, hatte ich mich, auf einem Jagdausfluge, ein paar Meilen den James River an seinen Ufern hinabbegeben. Die Nacht brach herein, und wir wurden von einem Sturm überrascht. Die Kajüte einer kleinen Schaluppe, die im Strom vor Anker lag und Gartenerde geladen hatte, bot uns den einzig verfügbaren Unterschlupf. Wir fanden uns so gut als möglich damit ab und verbrachten die Nacht an Bord. Ich schlief in einer der beiden einzigen Kojen des Schif-

fes – und wie die Kojen einer Schaluppe von sechzig oder siebzig Tonnen aussehen, bedarf wohl kaum der Beschreibung. Die von mir belegte besaß keinerlei Bettzeug irgend welcher Art. Ihre äußerste Breite betrug achtzehn Zoll. Boden und Deck hatten genau den nämlichen Abstand. Ich fand es über die Maßen schwierig, mich hineinzuzwängen. Nichtsdestoweniger schlief ich fest und gesund; und meine ganze Vision – denn ein Traum war es nicht, noch ein Nachtmahr – entstand natürlicherweise aus den Umständen meiner Lage – aus meiner gewöhnlichen Gedankenrichtung – und aus der bereits kurz erwähnten Schwierigkeit, die es mir noch längere Zeit nach dem Erwachen aus dem Schlummer bereitete, meine Sinne zu sammeln und, in Sonderheit, mein Gedächtnis wiederzugewinnen. Die Männer, die mich schüttelten, waren die Besatzung der Schaluppe und ein paar zum Entladen bestellte Arbeiter. Von der Ladung selbst kam der erdige Geruch. Die Binde um mein Kinn war ein seidenes Taschentuch, welches ich mir, in Ermangelung meiner gewohnten Nachtmütze, um den Kopf geschlungen hatte.

Die Qualen, die ich ausgestanden, warn für den Augenblick jedoch unzweifelhaft denen gleich, die ich in einem wirklichen Grabe erlitten hätte. Sie waren fürchterlich – sie waren unvorstellbar gräßlich; doch aus dem Übeln ging das Gute hervor; denn grad ihr Übermaß bewirkte in meinem Geist eine unvermeidliche Wandlung. Meine Seele gewann an Spannkraft – gewann an Gleichmut. Ich ging auf Reisen. Ich schaffte mir herzhaft Bewegung. Ich atmete die freie Himmelsluft. Ich dachte wieder an andere Dinge denn den Tod. Ich legte meine medizinischen Bücher weg. *Buchan* verbrannte ich. Ich las keine *Nachtgedanken* mehr – keinen Schwulst über

Kirchhöfe – keine Gruselgeschichten – *so wie diese hier*. Kurzum, ich ward ein neuer Mensch und führte eines Menschen Leben. Seit jener denkwürdigen Nacht gab ich auf immer meiner Grabesfurcht Valet, und mit ihr verschwand auch die Neigung zur Katalepsie, die vielleicht weniger ihre Ursache denn vielmehr ihre Folge gewesen war.

Es gibt Augenblicke, wo die Welt unserer traurigen Menschheit selbst für das nüchterne Auge der Vernunft einer Hölle Gestalt annehmen kann – doch ist die Imagination des Menschen nicht Carathis, daß es ihr erlaubt wäre, ungestraft eine jegliche ihrer Höhlen zu erforschen. Ach! die gräßlich große Schar der Grabesschrecken darf leider ganz und gar nicht als Phantasiegebild betrachtet werden – doch wie die Dämonen, in deren Gesellschaft Afrasiab seine Reise den Oxus hinab unternahm, müssen sie schlafen, oder sie werden uns verschlingen, – muß man sie schlummern lassen, oder wir gehen zugrunde.

DAS OVALE PORTRÄT

Das *château,* in welches mein Diener gewaltsam eingedrungen – denn lieber hatte er dies gewagt, als mich in meinem desperat verwundeten Zustande im Freien nächtigen zu lassen –, war eines jener Bauwerke von vermischter Düsternis und Hoheit, wie sie seit langen Zeiten in den Apenninen dräuen, in Wirklichkeit nicht minder denn in der Phantasie von Mrs. Radcliffe. Allem Erscheinen nach war es vorübergehend und ganz kürzlich erst verlassen worden. Wir richteten uns in einem der kleinsten und am wenigsten üppig ausgestatteten Gemächer ein. Es lag in einem entlegnen Turme des Gebäus. Sein Zierwerk war wohl reich, doch schon uralt, verfallen. Seine Wände waren mit Tapetengewirk behangen, und ihr Schmuck bestand aus mannigfaltigen und vielgestaltigen Wappentrophäen, zusammen mit einer ungewöhnlich großen Zahl von überaus beseelten modernen Malereien in Rahmen von reichgoldner Arabeske. Diese Gemälde, welche nicht nur an den Hauptflächen der Wände hingen, sondern auch in den vielen, von der bizarren Architektur des château bedingten Winkeln, – diese Gemälde mit tiefstem Interesse zu betrachten, hatte mich vielleicht mein beginnendes Delirium bestimmt; so daß ich Pedro bat, die schweren Fensterläden des Raumes zu verschließen – denn Nacht war nun bereits –, die Flammenzungen eines wuchtigen Kandelabers zu entzünden, welcher zu Häupten meines Bettes stand, und weit die befransten Vorhänge von schwarzem Sammet auseinanderzuschlagen, welche das Bett selber einhüllten. Ich wünschte dies alles getan, damit ich mich – wenn nicht dem Schlafe, so doch dafür zumindest der Betrachtung dieser Bilder widmen konnte

und der Lektüre eines schmalen Bändchens, das auf dem Pfühle sich gefunden und eine Kritik und Beschreibung der Bilder zum Inhalt hatte.
Lang, lange las ich – und mit Andacht schaut' ich. Eilig und köstlich flohn die Stunden hin, die tiefe Mittnacht kam. Die Stellung des Kandelabers mißfiel mir, doch mochte ich meinen schlummernden Diener nicht stören und stellte darum, indem ich unter Beschwernis meine Hand ausstreckte, mir lieber selbst den Leuchter so, daß seine Strahlen voller auf die Seiten fielen.
Aber dies hatte eine gänzlich unvorausgesehene Wirkung. Der Flammschein der zahlreichen Kerzen (denn ihrer waren viele) ergoß sich nun in eine Nische des Gemachs, über welche bislang einer der Bettpfosten tiefen Schatten geworfen hatte. So sah ich jäh denn in lebhaftem Lichte ein Bildnis, das sich zuvor gar nicht hatte bemerken lassen. Es war das Porträt eines eben zum Weibe reifenden jungen Mädchens. Nur kurz, fast hastig blickte ich über das Gemälde hin, dann schloß ich die Augen. Warum ich dieses tat, war meinem eigenen Begreifen selber im ersten Augenblicke nicht ersichtlich. Doch während meine Lider noch geschlossen blieben, umgingen die Gedanken meinen Grund dafür, daß ich sie so geschlossen. Es war eine impulsive Bewegung gewesen, um Zeit zum Nach-Denken zu gewinnen – um mich zu vergewissern, daß meine Vision mich nicht getäuscht habe, – um meine Phantasien zu beschwichtigen und zu bändigen, damit ein nüchternerer und gewisserer Blick dann möglich ward. Ein ganz paar Augenblicke später sah ich erneut und wie gebannt auf das Bild.
Daß ich nun richtig sähe, konnt' und wollt' ich nicht bezweifeln; denn schon das erste Blitzen des Kerzenscheines auf dem Ölgemälde hatte, so war's mir, die träu-

mische Betäubung zerstreut, die über meine Sinne gesunken, und mich alsbald in waches Leben aufschrecken lassen.

Das Porträt, so habe ich bereits gesagt, war das eines jungen Mädchens. Es zeigte lediglich Kopf und Schultern, in jener Weise ausgeführt, die technisch *vignette* heißt; im Stil sehr ähnlich den Köpfen, wie sie Sully mit Vorliebe malt. Die Arme, der Busen und selbst die Spitzen des glänzenden Haars schmolzen unmerklich in den vagen, doch tiefen Schatten, welcher den Hintergrund des Ganzen bildete. Der Rahmen war oval, war reich vergüldet und von moreskem Filigran. Als Kunstgebilde konnte gleich gar nichts bewundernswürdiger sein denn das Gemälde selbst. Doch war es nicht die Ausführung der Arbeit, noch die unsterbliche Schönheit der gemalten Züge gewesen, was mich so plötzlich und so vehement bewegt. Am allerwenigsten gar ließ sich denken, daß meine Phantasie, hochauf gescheucht aus halbem Schlafgedämmer, den Kopf sollte fälschlich für den eines lebendigen Menschen gehalten haben. Die Eigentümlichkeiten der Darstellung, der Vignettierung und des Rahmens hätten, das sah ich jetzt sogleich, einen solchen Gedanken augenblicklich verbannen müssen – ja, hätten schon verhindert, ihm auch nur momentlang Raum zu geben. Indem ich ernstlich über diese Punkte hindachte, blieb ich wohl eine Stunde lang halb sitzend, halb zurückgelehnt vor dem Porträt, mein Sehen fest darauf gerichtet. Schließlich doch sank ich – befriedigt, das wahre Geheimnis seiner Wirkung erschaut zu haben – im Bett zurück. Des Bildes Zauber hatte sich mir entdeckt: in einer absoluten *Lebensähnlichkeit* des Ausdrucks, die, anfangs nur verblüffend, mich schließlich überwältigte, verstörte und entsetzte. Mit tiefem und mit ehrfurchts-

vollem Grauen bracht' ich den Kandelaber an seinen frühern Platz zurück. Nachdem die Ursache meiner heftigen Erregung so dem Blick entzogen war, sucht' ich begierig in dem Bändchen nach, das die Gemälde und ihre Geschichte behandelte. Die Nummer aufschlagend, welche das ovale Porträt bezeichnete, las ich dort die vagen und wunderlichen Sätze, die hier folgen:
«Sie war eine Jungfrau von seltenster Schönheit, und der heitre Sinn, der sie erfüllte, stand ihrem Liebreiz in nichts nach. Doch übel war die Stunde, da sie den Maler sah, ihn liebte und sein Weib ward. Er, leidenschaftlich, strebsam und von strengem Ernste, er besaß in seiner Kunst schon eine Braut; und sie ein Mädchen von seltenster Schönheit und einer Heiterkeit, die ihrer Schönheit in nichts nachstand; ganz Licht und Lächeln war sie, und fröhlich wie das junge Reh; sie liebte, pflegte, hegte alle Dinge; sie haßte nur die Kunst, die ihr Rivalin war; sie fürchtete nur die Palette und die Pinsel und andre widerwärtige Instrumente, die ihr den Anblick des Geliebten raubten. So war's ein schrecklich Ding für diese junge Frau, als sie den Maler von seinem Begehren sprechen hörte, auch sie, sie selbst zu porträtieren. Doch sie schickte sich in Demut darein und saß holdselig viele Wochen lang im dunkel-hohen Turmgemach, wo das Licht einzig von droben herab auf die bleiche Leinwand tropfte. Doch er, der Maler, berauschte sich an seinem Werke, das von Stund' zu Stunde und von Tag zu Tage seinen Fortgang nahm. Und er war ein leidenschaftlicher und wilder und mürrisch-launenhafter Mann, der sich in Träumereien ganz verlor; so daß er nicht sehen *wollte*, wie das Licht, das da so geisterhaft in jenen abgelegnen Turm hinabfiel, Gesundheit und die Lebensgeister seiner jungen Frau verwelken ließ, die – allen außer ihm er-

sichtlich – dahinschwand. Doch weiter lächelte sie und immer weiter, und ohne Klage, denn sie sah, daß der Maler (der hohen Ruhm genoß) ein heftiges und brennendes Vergnügen an seinem Werke nahm und Tag und Nächte an der Arbeit war, sie abzumalen, sie, die ihn so liebte, doch die tagtäglich mehr an Mut verlor und schwächer ward. Und manche wahrlich, die das Porträt geschaut, sprachen von seiner Ähnlichkeit in leisen Worten wie von einem gewaltigen Wunder und einem Beweise von nicht weniger der Macht des Malers denn seiner tiefen Liebe zu der, welche er so ausnehmend wohl abbildete. Doch als die Arbeit schließlich dem Ende näher kam, ward niemand mehr im Turme zugelassen; denn der Maler war wild geworden im Gluteifer um sein Werk, und selbst die Züge seines Weibes zu betrachten, hob er die Augen selten nur noch von der Leinwand ab. Und er *wollte* nicht sehen, wie die Tönungen, die er darauf verteilte, den Wangen des Wesens entzogen wurden, das neben ihm saß. Und als dann viele Wochen vorübergestrichen waren und wenig mehr zu tun blieb, noch ein Pinselstrich am Munde – ein Tupfen dort am Aug', da flackerte der Geist des Mädchens noch einmal auf wie die Flamme in der Leuchterhülse. Und dann war der Pinselstrich getan und der Farbtupfen angebracht; und einen Augenblick lang stand der Maler versunken vor dem Werk, das er geschaffen; im nächsten aber, während er noch starrte, befiel ein Zittern ihn und große Blässe, Entsetzen packt' ihn, und mit lauter Stimme rief er ‹Wahrlich, das ist *das Leben* selbst!› und warf sich jählich herum, die Geliebte zu schaun: – *Sie war tot!*»

ANMERKUNGEN

DER FALL DES HAUSES ASCHER

The Fall of the House of Usher. In: *Burton's Gentleman's Magazine,* September 1839; *Tales of the Grotesque and Arabesque,* 1840; *Bentley's Miscellany,* August 1840; *Boston Notion,* 5. September 1840; **Tales,* 1845; *Prose Writers of America,* edited by R. W. Griswold. Philadelphia 1847.

Eine ganze Reihe von Quellen wurden bisher genannt. E. T. A. Hoffmann, *Das Majorat* (1817); Achim von Arnim, *Die Majoratsherren* (1822). Vgl. Henry A. Pochmann, *German Culture in America.* Madison, Wis. 1957, S. 403. H. Clauren, *Das Geisterschloß* (1812). Vgl.: Arno Schmidt, *Der Fall Ascher.* In: *Deutsche Zeitung,* 22./23. Februar 1964. Ludwig Tieck, *Abdallah.* Vgl. Arno Schmidt, *Die Ritter vom Geist.* Karlsruhe 1965, S. 280. – Walter Scott, *The Bride of Lammermoor* (1819). Vgl. John R. Moore, *Poe, Scott, and ›The Murders in the Rue Morgue‹.* In: *American Literature.* Bd. VIII (1936 bis 1937), S. 55 f. – *Some Passages from the Diary of a Late Physician* (die Erzählung erschien 1830-1837 in *Blackwood's Magazine*). Vgl. Margaret Alterton, *Origins of Poe's Critical Theory.* Iowa City 1925, S. 26. – In *Pinakidia* (August 1836) erwähnt Poe den irischen Erzbischof Usher aus dem 17. Jahrhundert. Eine Familie Usher kann Poe in New York gekannt haben; nach den Angaben des Herausgebers der *Pléiade* (S. 1088) waren James und Agnes Usher sogar mit der Familie von Poes Mutter verwandt.

SEITE 9: *Motto.* Es wurde erst 1845 hinzugefügt. Dem französischen Dichter Jean de Béranger (1780-1857) wurde für seine Teilnahme an der Juli-Revolution eine Staatspension angeboten. Er verzichtete zugunsten eines Freundes und schrieb über diesen Vorfall das Lied *Le Refus.* Poe benutzte das Zitat bereits im Motto zu seinem Gedicht *Israfel* (1831). Vgl. *The Poems of Edgar Allan Poe,* edited by Killis Campbell. Boston 1917, S. 203 f.

SEITE 19: *zu begründen.* In der Erstfassung wurde danach betont, daß Madeline der äußeren Erscheinung nach mit Roderick identisch ist.

SEITE 21: *Fuseli's.* Johann Heinrich Fueßli (1741-1825), schweizerischer Maler, lebte in England.

SEITE 23: *Das Geisterschloß.* Das Gedicht war bereits fünf Monate früher, im April 1839, unter dem Titel *The Haunted Palace* veröffentlicht worden. In *The Poetic Principle* (Oktober 1850) erwähnt Poe ein Gedicht von Thomas Hood, *The Haunted House* (*Virginia Edition.* Bd. XIV, S. 284).

SEITE 25: *bereits ähnlich gedacht.* In einer Fußnote erwähnt Poe dazu die englischen Mediziner William Watson (1710-1787) und Thomas Percival (1740-1804), den italienischen Biologen Lazzano Spallanzani (1729-1799) und den Bischof von Llandaff in Irland, einen Freund von Benjamin Franklin.

SEITE 26: ›*Vert-Vert*‹ *oder die* ›*Chartreuse*‹ *von Gresset.* Jean Baptiste Louis Gresset veröffentlichte 1734 *Vair Vert, ou les voyages du perroquet de la visitation de Nevers* und im folgenden Jahre *La Chartreuse.*
›*Belphegor*‹. *La Novella di Belfagor Arcidiavolo* (1549).
›*Himmel & Hölle*‹ *von Swedenborg. De Coelo* wurde zuerst 1758 veröffentlicht. Die englische Ausgabe, die Poe zeitlich am nächsten liegt, erschien 1823 in London unter dem Titel *A Treatise concerning Heaven and its Wonders, and also concerning Hell.*
Holberg. Ludwig Holberg, *Nicolai Klimii iter subterraneum* (1741), der Bericht einer imaginären Reise.
Robert Fludd. Englischer Rosenkreuzler (1574-1637).
Jean d'Indaginé. Jean de Hayn. *Chiromantia* (1534).
De la Chambre. Discours sur la chiromancie (1653).
Tieck's ›*Reise ins Blaue hinein*‹. *Das alte Buch, oder Reise ins Blaue hinein* (1835).
›*Sonnenstaat*‹ *Campanellas.* Thomas Campanella, *Civitas Solis* (1623), eine Beschreibung des idealen Staates.

›*Directorium Inquisitorum*‹. Ein Handbuch der Inquisition, verfaßt von Eymerie de Girone, Generalinquisitor für Kastilien, erschienen 1503.
Pomponius Mela. Römischer Geograph des 1. Jahrhunderts n. Chr., der in *De Situ Orbis* eine Beschreibung der bewohnten Welt gab. Poe erwähnt ihn auch in *The Island of the Fay.*

SEITE 27: *Vigiliae Mortuorum* ... Der genaue Titel lautet *Vigiliae mortuorum secundum chorum eccl. Moguntinae metropol* – ein Brevier, wahrscheinlich um 1500 in Speyer erschienen, das die im Bistum Mainz geltende liturgische Regelung für Totenoffizien enthält.

SEITE 29: *Lächeln, das bei Toten so grauenhaft ist.* In *Marginalia* (Dezember 1844) zitiert Poe eine Stelle von Lytton Bulwer über das süße und entrückte Lächeln der Toten, tadelt sie als sentimental und fordert, man solle den Fakten ins Auge sehen; »Wer hat denn *wirklich* je anderes als Grauen im Lächeln der Toten gesehen? Wir möchten nur so gern, daß es ‹süß› ist – das ist die Quelle des Irrtums« (*Virginia Edition.* Bd. XVI, S. 42).

SEITE 658: *Tristoll.* Im Original ›Mad Trist of Sir Launcelot Canning‹. Weder der Autor noch das Werk wurden bisher identifiziert.

DAS VERRÄTERISCHE HERZ

The Tell-Tale Heart. In: *The Pioneer,* Januar 1843; **The Broadway Journal,* 23. August 1845; *Spirit of the Times,* 27. August 1845.
Poes Honorar für den Erstdruck: $ 10.

Quellen. Für diese Erzählung und für *The Black Cat* (August 1843) benutzte Poe offenbar Charles Dickens, *The Clock-Case: A Confession Found in a Prison in the Time of Charles the Second.* In: *Master Humphrey's Clock* (1840-1841). Vgl. Edith Smith Krappe, *A Possible Source for Poe's* ›*The Tell-Tale Heart*‹ *and* ›*The Black Cat*‹. In: *American Literature.* Bd. XXI (1940-1941), S. 84-88. – Parallelen bestehen zu

E.T.A. Hoffmann, *Die Elixiere des Teufels* (1815-1816) und *Das Fräulein von Scuderi* (1820). Vgl. Henry A. Pochmann, *German Culture in America*. Madison, Wis. 1957, S. 399.

SEITE 39: *Wie der Gedanke zum erstenmal in mein Hirn drang ...*
Vgl. bei Dickens: »Wann das Gefühl mich zum erstenmal überkam, kann ich kaum genau sagen ... aber ich glaube, als es begann, dachte ich nicht daran, ihm Unbill zuzufügen ... Auch kam der Gedanke nicht plötzlich über mich, sondern ganz allmählich ... wurde dann ein fester Betandteil ... meines täglichen Denkens ...«
Sooft dessen Blick auf mich fiel ... Vgl. Dickens: »Nie erhob ich zu solchen Zeiten meinen Blick, ohne ihre Augen auf mich gerichtet zu finden ... Ich fühlte, daß sie mich ständig ansah ... sie verfolgte mich; ihr unbewegter und starrer Blick kommt jetzt wieder über mich wie die Erinnerung an einen dunklen Traum und läßt mein Blut erkalten.«

SEITE 40: *Blendlaterne.* Vgl. *William Wilson* (1840; *Werke* II, 688).

LIGEIA

Ligeia. In: *The American Museum of Science, Literature, and the Arts,* September 1838; *Tales of the Grotesque and Arabesque,* 1840; *New World,* 15. Februar 1845; * *The Broadway Journal,* 27. September 1845.

Enge Parallelen bestehen zu E.T.A. Hoffmann, *Der Sandmann* (1817). Die dort auftretende Clara ist eine Art Prototyp für Ligeia. Vgl. Henry A. Pochmann, *German Culture in America*. Madison, Wis. 1957, S. 400. In der griechischen Mythologie ist Ligeia eine der Sirenen, die allwissend sind, durch ihren Gesang betören und sterben müssen, wenn ein Sterblicher ihnen widersteht. Ursprünglich waren sie vielleicht Vögel, in denen die Seelen der Toten weiterlebten. Die klassische Kunst der Antike stellt sie als schöne, trauernde Wesen dar; in der hellenistischen Kunst und Literatur gelten sie als Töchter der Musen. Vgl. *The Oxford Classical Dictionary.* Oxford

1949, S. 842. Bei Poe begegnet der Name Ligeia zum ersten Male in seinem Gedicht *Al Aaraaf* (1831), ll. 100 ff. Als ›Ligea‹ findet er sich in John Miltons *Comus,* Vers 880, als ›Lygeia‹ in Walter Savage Landors *Chrysaor* (1802). v. 136.

In einem Brief an Poe kritisierte der virginische Dichter Philip Pendleton Cooke die Erzählung. Poe antwortet darauf am 21. September 1839. Er gibt zu, daß am Schluß die allmähliche Enthüllung der Identität wirkungsvoller gewesen sei, doch habe er damit bereits in *Morella* gearbeitet. Er bedaure nur, daß er Ligeia nicht als Rowena bestatten ließ, um keinen Zweifel zu lassen, daß der Wille nicht obsiegte.

SEITE 48: *Motto.* Das Zitat konnte bei Joseph Glanvill (1636-1680) bisher nicht identifiziert werden.

SEITE 49: *Romanze.* Vgl. das Gedicht *Romance* (1829). Dort ist die Romanze ein Vogel, der in der Einsamkeit mit gefalteten Flügeln vor sich hinträumt.
Ashtophet. das ist Aschtoreth. Vgl. Anmerkung zu *The Duc de l'Omelette.*

SEITE 50: *Delos.* Geburtsort des Apoll und der Artemis. Die ionischen Staaten hielten dort alljährlich ein Fest ab.
Bacon. Das Zitat stammt aus seinem Essay *Of Beauty* (1612).
hyakinthos. Bei Homer die ›blaue Schwertlilie‹. Poe verwendet das Epitheton auch in seinem Gedicht *To Helen* (1831) und in der Erzählung *The Assignation* (1834). Vielleicht geht es ihm weniger um eine Farbe als um die Schönheit des mythologischen Hyazinth. Vgl. *The Poems of Edgar Allan Poe,* edited by Killis Campbell. Boston 1917, S. 202.
Medaillons der Hebräer. Vgl. Anmerkung zu *The Assignation.*

SEITE 51: *Kleomenes.* Bildhauer zur Zeit des Augustus, dem die Venus von Medici zugeschrieben wird. »Der griechische Bildhauer meißelte seine Formen entsprechend dem, was er alle Tage vor sich sah, und erreichte damit eine Schönheit, die weit vollkommener

ist als irgendein Werk irgendeines Kleomenes auf der ganzen Welt«
(*Virginia Edition*. Bd. XII, S. 132).
des Stammes im Tale von Nourjahad. Anspielung auf Frances Sheridan, *The History of Nourjahad* (1767); der Titelheld, dem Reichtum und scheinbar auch ewiges Leben gewährt werden, kauft für seinen Serail die schönsten Mädchen des Landes.
Houris der Türken. Die Jungfrauen mit den schwarzen Augen der Gazellen, die den gläubigen Muselmanen im Paradies erwarten.

SEITE 52: *der Brunnen des Demokritos.* Vgl. a. das Motto zu *A Descent into the Maelström*.

SEITE 56: *Azrael.* Der Name begegnet schon im Dramenfragment *Politian.* v.4. Azrael ist der Engel, der das Sterben beobachtet und im Augenblick des Todes die Seele vom Körper trennt. Vgl. *Edgar Allan Poe,* edited by Margaret Alterton und Hardin Craig. New York 1935, S. 514.

SEITE 58: *gewisse Verse.* Das folgende Gedicht wurde im Januar 1843 unter dem Titel *The Conqueror Worm* selbständig veröffentlicht.
kondorgeschwingt. Vgl. ›Condor years‹ im Gedicht *Romance*.

SEITE 61: *Lady Rowena Trevanion, von Tremaine.* Trevanion und Tremaine sind anglisierte Formen keltischer Namen, die Wurzel ›tre‹ bedeutet ›Stätte‹. Einen Ort Tremaine gibt es in Cornwall, 15 Meilen von King Arthur's Castle entfernt. Rowena ist ein keltischer Name, der auch in Walter Scotts *Ivanhoe* (1819) vorkommt.
jenes Brautgemaches. Für die folgende Beschreibung vgl. a. den Essay *The Philosophy of Furniture* (Mai 1840).

SEITE 62: *Luxor.* Der Tempelort im oberen Ägypten an der Stelle des alten Theben.

DIE MASKE DES ROTEN TODES

The Mask of the Red Death. A. Fantasy. In: *Graham's Lady's and Gentleman's Magazine,* April 1842; *The Literary Souvenir,* 4. Juni 1842. *The Masque of the Red Death.* In: **The Broadway Journal,* 19. Juli 1845.

Mögliche Quellen: Ludwig Tieck, *Liebeszauber* (1811); E. T. A. Hoffmann, *Der Sandmann* (1817) und *Klein Zaches* (1819). Vgl. Henry A. Pochmann, *German Culture in America.* Madison, Wis. 1957, S. 403. – Joseph von Eichendorff, *Ahnung und Gegenwart* (1815). Vgl. F. K. Mohr, *The Influence of Eichendorff's Ahnung und Gegenwart on Poe's Masque of the Red Death.* In: *Modern Language Quarterly.* Bd. 10 (1949), S. 3-15. – Alessandro Manzoni, *I Promessi Sposi* (1825 bis 1827). Vgl. Cortell King Holsapple, *The Masque of the Red Death and I Promessi Sposi.* In: *University of Texas Studies in English.* Nr. 18 (1938). – William Harrison Ainsworth, *Old St. Paul's* (1841); Thomas De Quincey, *Klosterheim* (1832); ein Artikel im New Yorker *Mirror* vom 2. Juni 1832, in dem Nathaniel Parker Willis berichtet, bei einem Maskenball in Paris habe einer der Teilnehmer die Pest dargestellt. Vgl. Killis Campbell, *The Mind of Poe and Other Studies.* Cambridge, Mass. 1932, S. 171 und 175. – Als weitere Quellen kommen in Frage: Boccaccios *Decamerone,* bildliche Darstellungen des Totentanzes und Poes Erlebnis der Cholera in Baltimore 1831 (vgl. a. *King Pest*), vor allem aber auch eine sehr ähnliche Szene eines Werkes, das Poe in *A Tale of Jerusalem* parodiert hatte: Horace Smith, *Zillah; a Tale of the Holy City* (1828). Bd. 1, S. 108-120. Im September 1841 hatte Poe eine Petrarca-Biographie besprochen und dabei unter anderem getadelt, der Verfasser, Thomas Campbell, habe sich bei der Beschreibung der Pest im Ton vergriffen und sei dadurch seinem Gegenstande nicht gerecht geworden (*Virginia Edition.* Bd. X, S. 205 f.).

SEITE 73: *Avatara.* In den Vedanta-Systemen die Inkarnation des göttlichen Wesens (Gott ›entläßt sich aus sich selbst‹ in jedem Weltalter und wird in irdischer Gestalt geboren – *Bhagavadgita* 4, 7).

SEITE 77: *Hernant.* Victor Hugo (1802-1885), *Hernani* (1830).

MANUSKRIPTFUND IN EINER FLASCHE

MS. Found in a Bottle. In: *Baltimore Saturday Visiter,* 19. Oktober 1833; *The People's Advocate,* 26. Oktober 1833; *The Gift,* 1836; *The Southern Literary Messenger,* Dezember 1835; *Tales of the Grotesque and Arabesque,* 1840; **The Broadway Journal,* 11. Oktober 1845; *The Examiner,* 19. Oktober 1849.

Quellen. In einem Brief an Thomas White vom 30. April 1835 erwähnt Poe Edward George Earle Lytton Bulwers Erzählung *A MS. Found in a Madhouse.* Vgl. Killis Campbell, *The Mind of Poe and Other Studies.* Cambridge, Mass. 1933, S. 163. – In Betracht kommt auch die 1798 erschienene Verserzählung von Samuel Taylor Coleridge, *The Rime of the Ancient Mariner* (vgl. Campbell, a. a. O., S. 175), der folgendes *argumentum* vorangestellt ist: »Wie ein Schiff nach Passieren des Äquators von Stürmen in das kalte Land getrieben wurde, das sich zum Südpol hin erstreckt; und wie es von dort Kurs nimmt auf die tropischen Breiten des Großen Pazifischen Ozeans; und von den seltsamen Dingen, die sich zutrugen: und wie der Alte Seemann in sein eigenes Land zurückkam.«
Motto. Philippe Quinault (1635-1688), französischer Dramatiker, veröffentlichte 1676 *Atys, tragédie en musique.* Das Zitat stammt aus Akt 1, Szene 6.

SEITE 83: *den deutschen Moralisten.* Vgl. *Morella* (April 1835; *Werke* II, 572).
Pyrrhonismus. Pyrrho (ca. 360-270 v. Chr.), griechischer Skeptiker. Kern seiner Lehre: da der Mensch das Wesen der Dinge nicht erkennen kann, begegnet er ihnen am besten mit Gleichmut.

SEITE 88: *Neu-Holland* = Australien.

SEITE 89: *sämtliche früheren Entdecker.* Vgl. dazu *The Narrative of Arthur Gordon Pym* (1838; *Werke* II, 309).

SEITE 95: *Gedanken an alte fremde Chroniken.* In welcher literarischen Formung Poe das Motiv des Fliegenden Holländers kennengelernt hat, ist nicht bekannt. Vgl. a. *The Narrative of Arthur Gordon Pym* (Werke II, 242).

SEITE 98: *zu Balbec, zu Tadmor und Persepolis.* Baalbek am Fuß des Antilibanon, im 1.-2. Jahrhundert n. Chr. mit gewaltigen Tempeln geschmückt. Der Tempel des Jupiter Heliopolitanus (= Baal) wurde 554 durch Blitzschlag zerstört, die ganze Anlage 1759 durch ein Erdbeben.
Tadmor oder Palmyra, in der syrischen Wüste, der Sage nach von Salomo gegründet, später römische Kolonie, 273 durch Aurelian erobert. Ruinen aus spätrömischer Zeit zeigen den Tempelbezirk.
Persepolis, persische Gründung nordöstlich von Schiras. Die Burg wurde 330 n. Chr. von Alexander d. Gr. erobert und in Brand gesteckt.

SEITE 100: *ursprünglich 1831 veröffentlicht worden.* Bisher ist keine Veröffentlichung vor 1833 nachgewiesen.

BERENICE

Berenice. In: *The Southern Literary Messenger,* März 1835; *Tales of the Grotesque and Arabesque,* 1840; **The Broadway Journal,* 5. April 1845.

Das Thema der Erzählung, die Beziehung zwischen Liebe und Tod, wurde von den Romantikern häufig behandelt. Engere Parallelen zeigen sich zu E. T. A. Hoffmann, *Der Vampyr* (1821), und Novalis' *Hymnen an die Nacht* (1800); aber auch einige französische Werke kommen als Quellen in Frage. Vgl. Henry A. Pochmann, *German Culture in America.* Madison, Wis. 1957, S. 717. Am 23. Februar 1833 berichtete der *Baltimore Saturday Visiter,* daß bei einer Grabschändung der Leiche die Zähne herausgebrochen wurden. Vgl. Killis Campbell, *The Mind of Poe and Other Studies.* Cambridge, Mass. 1932, S. 167. In seinem Brief vom 30. April 1835 an Thomas W. White (vgl. Lebensdaten) rechtfertigt Poe den Stoff der Erzählung mit einem Hinweis auf mehrere Erzählungen des gleichen Typus in *Blackwood's Magazine*. Vgl. dazu Frank Davidson, *A Note on Poe's ›Berenice‹*. In: *American Literature*. Bd. XI (1939-1940), S. 212 f. Der Name Berenice begegnet in der Antike mehrfach. Die berühmteste Trägerin des Namens ist die Gattin des Ptolemaeus Euergetes, die als Pfand für seine glückliche Rückkehr aus dem Kriege ihr Haar im Tempel hinterlegte. Als er heimkehrte und das Haar verschwunden war, sagten ihr die Priester, es sei als Sternbild an das Firmament versetzt.

SEITE 101: *Motto*. Ebn Zaiat ist Muhammad Ben Abd-al-malik Abu Dschafar Ihn Al-Zaiyat (gestorben 847), Wesir mehrerer Abasiden. Überliefert ist nur Spruchgut.
daß die Seele keine pränatale Existenz habe. Die hier nur anklingende Seelenwanderung wird in *Morella* und *Ligeia* zum Kernmotiv.

SEITE 103: *Arnheim*. Hauptstadt der niederländischen Provinz Gelderland, deren Befestigungen ab 1829 geschleift wurden. An ihrer Stelle wurden Parks und Promenaden angelegt.

SEITE 104: *Identität ihrer Persönlichkeit*. Hier und in *Morella* stützt Poe sich auf Schellings Identitätslehre.
Besagte Monomanie. Die folgenden Abschnitte sind eine ausführliche Paraphrase von Gedanken, die bei John Locke anklingen im *Essay concerning Human Understanding* (1690) II. 19. Dort fällt auch das Stichwort ›attention‹.

SEITE 107: *›De Amplitudine Beati Regni Dei‹*. ›Von der Erhabenheit der glückseligen Herrschaft Gottes‹, erschienen 1554. Der Verfasser, Celio Secondo Curione, war Professor der Rhetorik in Basel und glaubte durch Inspiration im Besitz verborgener Wahrheiten zu sein.
›Gottesstaat‹. *De Civitute Dei* (430).
›De Carne Christi‹. ›Vom Leib Christi‹. Quintus Septimius Floreus Tertullianus (ca. 160-220), der sich von der Großkirche abwandte, ist einer der wichtigen Zeugen des westlichen Christentums. Das

Zitat lautet in Übersetzung: »Tot ist Gottes Sohn; das ist glaubhaft, weil es töricht ist – und auferstanden ist er aus dem Grab; das ist gewiß, weil es unmöglich ist.« Ebenfalls zitiert in *Marginalia* (*Virginia Edition*. Bd. XVI, S. 164).
Ptolemäus Chennus. Lebte zur Zeit Trajans und Hadrians. Seine Sammlung von Legenden und Fabeln zur Mythologie und Historie ist in einer Zusammenfassung von Photius erhalten.
Asphodel. Die Blume der elysischen Gefilde.

SEITE 109: *der schöneren halkyonischen.* Halkyone und ihr Gatte Keyx wurden von Zeus in Eisvögel verwandelt. Die Tage ihrer Brutzeit Anfang Januar gelten als besonders ruhig und sonnig.

SEITE 110: *zu Boden gesunken wäre.* Beim Nachdruck im *Broadway Journal* hat Poe im folgenden eine Passage gestrichen, in der Egaeus an Berenices Bahre steht und ahnt, daß sie noch lebt.

SEITE 111: *Ma'm'selle Sallé.* Französische Tänzerin an der Pariser Oper, die (nach 1730) auch in England gastierte; wurde von Voltaire protegiert.

GRUBE UND PENDEL

The Pit and the Pendulum. In: The *Gift*, 1843; * *The Broadway Journal*, 17. Mai 1845.

Quellen. Drei Erzählungen in *Blackwood's Magazine*: *The Man in the Bell* von William Maginn, *The Involuntary Experimentalist* von Samuel Warren (beide erwähnte Poe bereits 1838 in *How to Write a Blackwood Article.* Vgl. Anmerkung zu *Werke* I, 192f.), *The Iron Shroud* von William Mudford (1830). Weiter Charles Brockden Brown, *Edgar Huntley* (1799). Vgl. David Lee Clark, *The Sources of Poe's ›The Pit and the Pendulum‹.* In: *Modern Language Notes.* Bd. XLIV (1929), S. 349-356. – Juan Antonio Llorente, *History of the Spanish Inquisition.* New York 1826, Philadelphia 1843; Rezensionen dieses Werkes in

Blackwood's Magazine (1826) und *The British Critic* (1827). Vgl. Maragret Alterton, *An Additional Source of Poe's ›The Pit and the Pendulum‹.* In: *Modern Language Notes.* Bd. XLVIII (1933), S. 349-356. Für das Pendelmotiv vgl. *A Predicament* (November 1838) und *The Devil in the Belfry* (Mai 1839; *Werke* I, 204-231).

Motto.
Hier hat die ruchlose Menge die Leiden schuldlosen Blutes ohne Ersättigung schier lange und fruchtbar genährt.
Nun, da das Vaterland frei, die Höhle des Grabes zerbrochen, stehen, wo herrschte der Tod, offen hier Leben und Heil.
Der Beschreibung nach müßte es sich um den Marché Saint-Honoré handeln, doch hatte dieser, wie Baudelaire anmerkte, weder Tore noch eine Inschrift. Vgl. *Pléiade,* S. 1089.

SEITE 120: *Toledo.* Eines der Zentren der Inquisition.
ich könnte an die Wände eines Grabes *stoßen.* Vgl. dazu *The Premature Burial* (Juli 1844; *Werke* II, 788 ff.).

SEITE 124: *Geschichten über die Inquisition.* In *The Fall of the House of Usher* (September 1839) hatte Poe das *Directorium Inquisitorum* erwähnt. Vgl. Anmerkung zu *Werke* I, 652.

SEITE 129: *Ultima Thule.* Griech.-römische Bezeichnung für das nördlichste Land der Welt. Übertragene Bedeutung: die äußerste Grenze.

SEITE 139: *General Lasalle.* Antoine Chevalier Louis Collinet, Comte de Lasalle (1775-1809), französischer General, im Krieg auf der Iberischen Halbinsel (1808) Kommandeur einer Kavallerie-Division.

DAS GEBINDE AMONTILLADO

The Cask of Amontillado. In: *Godey's Lady's Book,* November 1846.

Im Mai 1846 hatte Poe mit der Veröffentlichung einer Serie über die New Yorker Literaten begonnen, die großes Aufsehen erregte und den sogenannten ›Krieg der Literaten‹ entfesselte. Poes Hauptgegner darin waren Thomas Dunn English und der Redakteur des New Yorker *Evening Mirror,* Hiram Fuller. Auf dem Höhepunkt des Streites strengte Poe eine Klage wegen Verbreitung verleumderischer Behauptungen an; er gewann den Prozeß im Februar 1847 (vgl. *Werke* I, 61 ff.). – Nachdem die Beschimpfungen zunächst direkt vorgetragen waren, griffen beide Parteien zu subtileren Waffen. English veröffentlichte im *Evening Mirror* einen Roman *1844; or, The Power of ›S. F.‹.* Der darin auftretende Marmaduke Hammerhead ist ein satirisches Porträt Poes. Die entsprechenden Passagen wurden am 5. und 19. September, 3., 24. und 31. Oktober 1846 veröffentlicht. Vgl. Leonard B. Hurley, *A New Note in the War of the Literati.* In: *American Literature.* Bd. VII (1936-1937), S. 376-394. – Poe schlug mit der vorliegenden Erzählung zurück, in der er sich selbst als Montresor, English als Fortunato und Fuller als Luchresi darstellte. Mit dem Gebinde Amontillado, über das angeblich ein Urteil herbeigeführt werden soll, wäre dann der schwebende Prozeß gemeint. Vgl. Francis B. Dedmond, ›*The Cask of Amontillado*‹ *and the War of the Literati.* In: *Modern Language Quarterly.* Bd. XV (1954), S. 137-146. Dedmonds Argumente werden in den folgenden Anmerkungen verwertet. Vgl. a. Englishs *Reminiscences of Poe,* die er 1895 im *Independent* (Bd. XLVIII) veröffentlichte. – Anregungen für Handlung und Szenerie könnte Poe empfangen haben aus Joel Tyler Headley, *Letters from Italy* (1845); ein Auszug daraus mit dem Titel *A Sketch, A Man built in a Wall* war in *The Columbian Lady's and Gentleman's Magazine* (August 1844) und im *Evening Mirror* (Juli 1845) erschienen. Vgl. Joseph S. Schick, *The Origin of ›The Cask of Amontillado‹.* In: *American Literature.* Bd. VI (1934-1935), S. 18-21.

SEITE 140: *Wohl tausendfältige Unbill hatt' ich von Fortunato ertragen.* Vom Schlüsselcharakter der Erzählung her gesehen ein Hinweis darauf, daß die Auseinandersetzung zwischen Poe und English sich über längere Zeit hin angebahnt hatte.

SEITE 141:. *Der Mensch trug sich wie ein rechter Narr.* In *Literati* (Juli 1846) hatte Poe über English geschrieben: »Nichts bietet ein erbärmlicheres Spektakel, als wenn jemand ohne die geringste Schulbildung sich daran macht, andere in der schönen Literatur zu instruieren. Das ist nicht nur deshalb absurd, weil der Möchtegern-Instrukteur dabei seine Ignoranz zur Schau stellt, sondern weil die Gewänder, mit denen er sie verhüllen will, höchst durchsichtig sind« (*Virginia Edition.* Bd. XV, S. 65).

SEITE 142: *Luchresi.* Die Anspielung erschließt sich über die Aussprache: ›Look Crazy‹. Von Hiram Fuller hatte Poe am 10. Juli 1846 gesagt: »Sein Gesichtsausdruck (wie ein fettes, in Träume versunkenes Schaf) kann einen wirklich dauern ... Es fällt ganz einfach schwer, dem Mann zu grollen. Man betrachte doch nur seine Selbstgefälligkeit! Wie gänzlich unbewußt ist er sich seines sprichwörtlichen Schwachsinns, der doch die ganze kleine Welt, in der er sich bewegt, in immerwährendem Hohngelächter oder Kichern hält« (*Virginia Edition.* Bd. XVII, S. 252 f.).
Amontillado von Sherry unterscheiden. Der Amontillado ist ein besonderer Sherry: hell, mit viel Körper.
sein Geschmack vermöge den Ihrigen durchaus in die Schranken zu fordern. English und Fuller können einander das Wasser reichen – im Angriff auf Poe spielten sie sich die Bälle zu, nun spielt Poe Fuller gegen English aus. Möglicherweise versuchte er damit, die beiden vor Beginn des Prozesses zu entzweien.
roquelaure. Langer altväterischer Rock.

SEITE 144: *Medoc.* Französischer Rotwein aus dem Bezirk Médoc, am linken Ufer der Gironde.

SEITE 145: »*Nemo me impune lacessit*«. ›Niemand kränkt mich ungestraft‹ – der alte Wahlspruch Schottlands.
De Grâve. Der Rotwein aus dem Bezirk De Grâve bei Bordeaux ist voller als der Médoc. Wäre Poe selbst Weinkenner gewesen, so hätte er dem Connaisseur Fortunato kaum einen dieser Weine ohne genaue Wachstumsbezeichnung angeboten.

SEITE 148: *den Eingang der Nische zu vermauern*. Poe tut dem Gegner an, was er selbst am meisten fürchtete: die schlimmste seiner Phobien bildet die immer wieder behandelte Angst vor dem Lebendigbegrabenwerden.

SEITE 150: *In pace requiescat!* ›Er ruhe in Frieden‹.

DER SCHWARZE KATER

The Black Cat. In: *United States Saturday Post,* 19. August 1843; **Tales,* 1845.

Quellen. Vgl. Anmerkung zu *The Tell-Tale Heart. Werke* II. 746. Margaret Alterton, *Origins of Poe's Critical Theory.* Iowa 1925, S. 17 f. weist auf Parallelen mit einem Fall hin, der 1838 in *The Medico-Chirurgical Review, and Journal of Practical Medicine* berichtet worden war.

SEITE 154: *der Geist der* PERVERSHEIT. Vgl. *The Imp of the Perverse* (Juli 1845; *Werke* II, 828 ff.).

SEITE 162: *wie eine Handelsware in eine Kiste zu packen*. Vgl. *The Oblong Box* (September 1844; *Werke* II, 578 ff.).
die Leiche im Keller einzumauern. Vgl. *The Cask of Amontillado* (November 1846; *Werke* II, 854 ff.).

DAS VORZEITIGE BEGRÄBNIS

The Premature Burial. In: *Dollar Newspaper,* 31. Juli 1844; *The Rover,* 17. August 1844; **The Broadway Journal,* 14. Juni 1845.

Quellen. Im Januar 1844 erschien in *The Columbian Lady's and Gentleman's Magazine* ein Gedicht von Seba (d. i. Elizabeth Oakes) Smith, *The Life-Preserving Coffin.* In Anmerkungen dazu heißt es, auf einer Ausstellung des American Institute in Niblo's Garden in New York habe ein Mr. Eisenbrant aus Baltimore eine Erfindung vorgeführt, die es ermöglichen sollte, den Sarg und das Grab von innen zu öffnen. Vgl. W. T. Bandy, *A Source of Poe's ›The Premature Burial‹.* In: *American Literature.* Bd. XIX (1947-1948), S. 167 f. – In *Hints for Jurymen (Blackwood's Magazine)* wurde das Lebendigbegrabensein als legitimer Gegenstand des Erzählers genannt. Vgl. Margaret Alterton, *Origins of Poe's Critical Theory.* Iowa 1925, S. 21. – Für weitere Quellen vgl. die Anmerkungen zu einzelnen Textstellen.

SEITE 167: *Übergang über die Beresina.* Beim Rückzug von Moskau überquerte Napoleons geschlagene Armee die Beresina (26. bis 28. Oktober 1812).
Erdbeben zu Lissabon. 1755 (über 30 000 Tote).
Pest in London. Der letzte und größte Ausbruch der Pest in London von Frühjahr 1665 bis Ende 1666. Auf dem Höhepunkt der Seuche starben wöchentlich fast 7000 Menschen.
Massaker der Bartholomäus-Nacht. Am 24. August 1572 wurden in Paris auf Veranlassung der katholischen Katharina von Medici zirka 2000 Hugenotten umgebracht.

SEITE 170: *Mademoiselle Victorine Lafourcade.* Ein Bericht über diesen Fall war im September 1827 im *Philadelphia Casket* erschienen. Vgl. Killis Campbell, *The Mind of Poe and Other Studies.* Cambridge, Mass. 1933, S. 167.

SEITE 172: *Das Leipziger ›Chirurgische Journal‹.* Gemeint sein könnte die *Deutsche Zeitschrift für die Chirurgie.* Vgl. Henry A. Pochmann, *German Culture in America.* Madison, Wis. 1957, S. 390.

SEITE 173: *in asphyktischem Zustande.* Der Erstickung nahe.

SEITE 174: *galvanische Batterie.* Vgl. Anmerkung zu *Loss of Breath* (November 1832; *Werke* I, III).
Mr. Edward Stapleton. Von ihm handelt die Erzählung *The Buried Alive* in *Blackwood's Magazine,* die allerdings im Oktober 1821 erschien. Vgl. Killis Campbell, *a. a. O.,* S. 167.

SEITE 175: *eine Anwendung der Batterie nahelegte.* Vgl. *Some Words with a Mummy* (April 1845; *Werke* I, 460 f.).

SEITE 177: *Gegenwart des Eroberers Wurm.* Vgl. *Ligeia* (September 1838; *Werke* I, 620 und Anmerkung).

SEITE 180: *»von Würmern, Grüften und von Epitaphen«.* Im Original: »of worms, of tombs, and epitaphs«. Das Zitat lautet korrekt: »Let's talk of graves, of worms, and epitaphs.« Shakespeare, *King Richard II.* III.II. 145.

SEITE 188: *Buchan verbrannte ich.* Gemeint ist wahrscheinlich der Schotte Peter Buchan (1790-1854), der 1828 eine Sammlung *Ancient Ballads and Songs of the North of Scotland* herausgegeben hatte. Da die *Virginia Edition* den Text des Erstdrucks der Erzählung nicht kollationiert hat, ist ungewiß, ob es sich um einen Zusatz der Fassung von 1845 handelt. In diesem Jahr veröffentlichte Buchan eine weitere Sammlung, *Scottish Traditional Versions of Ancient Ballads –* und Poe war, wie die Grotesken zeigen, stets bemüht, seine Anspielungen zu aktualisieren.
Ich las keine Nachtgedanken mehr. The Complaint or, Night Thoughts on Life, Death, and Immortality (1742-1745), ein Lehrgedicht von Edward Young (1683-1765).

SEITE 189: *Es gibt Augenblicke...* Der folgende Abschnitt wurde auch in *Marginalia* (Juni 1849) veröffentlicht.

Carathis. Gestalt in William Beckfords (1759-1844) *History of the Caliph Vathek* (1786). Die Mutter des Kalifen, den sie durch ihre Verbrechen noch übertrifft, durchforscht die Paläste der präadamitischen Sultane, die Höhlen und Schlünde der Unterwelt, des Iblis-Reiches, und verfällt dafür der Verdammnis.

Afrasiab. Legendärer Heerführer der persischen Frühgeschichte, der dem König die Herrschaft streitig machte. Um zu einer friedlichen Einigung zu kommen, beschloß man das Reich dort zu teilen, wo ein abgeschossener Pfeil niederfallen würde. Des Königs Bogenschütze schoß meisterhaft über mehrere Länder hinweg, so daß der Pfeil erst in West-Turkestan am Fluß Oxus (= Amu) wieder auf die Erde kam. Der Oxus wurde damit zum Schicksalsfluß Afrasiabs. Firdusi (= Abu'lkasim Manßur ben Ischak, ca. 940-1020) erzählt die Geschichte im *Schahnameh* (›Königsbuch‹).

DAS OVALE PORTRAIT

Life in Death. In: *Graham's Lady's and Gentleman's Magazine,* April 1842. *The Oval Portrait.* In: **The Broadway Journal,* 26. April 1845.

Als Quellen wurden bisher genannt: E. T. A. Hoffmann, *Die Jesuiterkirche in G-* (1817). Vgl. Henry A. Pochmann. *German Culture in America.* Madison, Wis. 1957, S. 402. – Die Erzählung *Buried Alive,* die im Oktober 1821 in Blackwood's Magazine erschien. Vgl. Margaret Alterton, *Origins of Poe's Critical Theory.* Iowa City 1925, S. 20. – Ein Gemälde des im Text erwähnten amerikanischen Malers Thomas Sully (1783-1872). Vgl. Mary E. Phillips, *Edgar Allan Poe, the Man.* Chicago 1926, S. 691.

SEITE 190: *Mrs. Radcliffe.* Anne Radcliffe (1764-1823), englische Autorin von Schauerromanen der Gattung ›German terror‹, die Poe hier ironisiert. Die Anspielung geht wahrscheinlich auf *The Italian* (1797).

DIE ERZÄHLUNGEN WURDEN ZITIERT NACH:

Edgar Allan Poe, Werke in vier Bänden. Herausgegeben von Kuno Schuhmann und Hans Dieter Müller. Aus dem Amerikanischen von Arno Schmidt, Hans Wollschläger und anderen. © Insel Verlag Frankfurt am Main und Leipzig 2008.
Die Übersetzung erschien erstmals in: Edgar Allan Poe, Werke. Herausgegeben von Kuno Schuhmann und Hans Dieter Müller. Aus dem Amerikanischen von Arno Schmidt und Hans Wollschläger. Walter Verlag Olten und Freiburg im Breisgau 1966-1973.

»**Ein phantastisches, neues Holmes-Geheimnis.**« *Bookseller's Choice*

Der neue Sherlock-Holmes-Roman

Über einen Fall von Sherlock Holmes schwieg Dr. Watson bis ins hohe Alter: Zu schockierend war das Geschehen, zu weitreichend die Verschwörung. Jetzt, mehr als ein Jahrhundert später, ist es so weit: Das Spiel hat begonnen!

»Ein brillanter neuer Sherlock-Holmes-Roman. Die Stimme ist vollkommen, die Darstellung von Ort und Zeit treffend. Ich will nicht zu viel über die Handlung verraten, aber man findet raffinierte Wendungen und eine Menge ›echt‹ Holmes'scher Momente.« *Bookseller's Choice*

Anthony Horowitz, Das Geheimnis des weißen Bandes
Roman. Aus dem Englischen von Lutz-W. Wolff
Insel Verlag. 360 Seiten. Gebunden

Sherlock Holmes im insel taschenbuch

Erstmals komplett im Taschenbuch: sämtliche Sherlock-Holmes-Geschichten und -Romane in neuen Übersetzungen. Die neunbändige Ausgabe versammelt vier Romane und 56 Kurzgeschichten um den exzentrischen und hellsichtigen Kriminologen. Jeder Band ist mit Anmerkungen und einer editorischen Notiz versehen. Diese Reihe bietet somit neben einem umfassenden Lesevergnügen auch die beste verfügbare Textgrundlage.

Sir Arthur Conan Doyle

Eine Studie in Scharlachrot. Roman. Aus dem Englischen von Gisbert Haefs. it 3313. 189 Seiten

Das Zeichen der Vier. Roman. Aus dem Englischen von Leslie Giger. it 3314. 196 Seiten

Der Hund der Baskervilles. Roman. Aus dem Englischen von Gisbert Haefs. it 3315. 244 Seiten

Das Tal der Angst. Roman. Aus dem Englischen von Hans Wolf. it 3316. 259 Seiten

Die Abenteuer des Sherlock Holmes. Erzählungen. Aus dem Englischen von Gisbert Haefs. it 3317. 432 Seiten

Die Memoiren des Sherlock Holmes. Erzählungen. Aus dem Englischen von Nikolaus Stingl. it 3318. 356 Seiten

Die Rückkehr des Sherlock Holmes. Erzählungen. Aus dem Englischen von Werner Schmitz. it 3319. 461 Seiten

Seine Abschiedsvorstellung. Erzählungen. Aus dem Englischen von Leslie Giger. it 3320. 318 Seiten

Sherlock Holmes' Buch der Fälle. Erzählungen. Aus dem Englischen von Hans Wolf. it 3321. 369 Seiten

»**Ein unglaublich bewegendes Buch.**« *NDR Kultur*

Es ist das Jahr 1961 – das Jahr, in dem John F. Kennedy Präsident wird, Gagarin in den Weltraum fliegt und der Bau der Berliner Mauer beginnt. Der zehnjährige Finn lebt mit seiner Mutter in einer schmucklosen Vorstadt von Oslo. Er ist schmächtig, aber vielleicht der Klügste seiner Klasse.
Eines Tages steht seine kleine Halbschwester Linda mutterseelenallein vor der Tür – mit einem himmelblauen Koffer und jeder Menge emotionalem Sprengstoff im Gepäck.
Für Finn beginnt ein Sommer, den er nie vergessen wird ...

Ein Familienroman voller Wärme und Magie und eine ergreifende Geschichte über die große Macht des Kleinen.

Roy Jacobsen, Der Sommer, in dem Linda schwimmen lernte. Roman. Aus dem Norwegischen von Gabriele Haefs. insel taschenbuch 4127. 294 Seiten

»Wir lieben uns. Wir mögen uns nur nicht besonders.«

Rosalind, Bianca und Cordelia: Die drei eigenwilligen Schwestern – von ihrem exzentrischen Vater liebevoll nach Shakespeare-Heldinnen benannt – kehren eines Sommers nach Hause zurück, in die kleine Universitätsstadt im Mittleren Westen. Die Freude über das Wiedersehen währt nur kurz, denn die temperamentvollen jungen Frauen und ihre gut gehüteten Probleme stellen die familiäre Harmonie auf eine harte Probe …

Mitreißend und tiefgründig, spritzig und humorvoll erzählt *Die Shakespeare-Schwestern* vom Los und Segen lebenslanger Schwesternbande, die – sosehr man sich bemüht, sie zu lösen – doch allen Stürmen des Lebens standhalten.

Eleanor Brown, Die Shakespeare-Schwestern. Roman. Aus dem Amerikanischen von Brigitte Heinrich und Christel Dormagen. insel taschenbuch 4135. 374 Seiten